THE GRAVEYARD BOOK

墓園裡的男孩

尼爾·蓋曼Neil Gaiman—著

馮瓊儀—譯

驚人的得獎紀錄

- 榮獲美國文學界最高榮譽「紐伯瑞大獎」！
- 榮獲「雨果獎」年度最佳小說！
- 榮獲「星雲獎」年度最佳青少年小說！
- 榮獲「美國獨立書商協會年度選書獎」最佳青少年小說！
- 榮獲「青少年部落客票選文學獎」最佳小說！
- 入圍「世界奇幻文學獎」年度最佳小說！
- 入圍「英倫奇幻獎」年度最佳小說！
- 入圍「洛杉磯時報書卷獎」最佳青少年小說！
- 入圍「黑色羽毛筆獎」年度闇黑小說！

傲人的口碑好評

「要養大一個孩子，得靠一整座墓園！我最喜歡這本書的地方，就是看著巴弟在這座即將傾頹的溫暖墓園中與他的死人和活人朋友一起長大。《墓園裡的男孩》是尼爾．蓋曼又一本出人意表的絕讚之作！」

——【《時空旅人之妻》作者】奧黛麗．尼芬格

「《墓園裡的男孩》充滿了無窮的創意，說故事的技巧無比熟練。而且就像故事主人翁巴弟一樣，聰慧無比，絕對無法只囿於一隅。這是一本老少咸宜的書，你會愛死它！」

——【《精靈奇幻事件簿》合著者】荷莉．布萊克

「《墓園裡的男孩》集尼爾．蓋曼的迷人之處於一身，而且還放大了好幾倍。這本小說展現他毫不費力的敘事天分、毫無瑕疵的懸疑直覺，最重要的是，他那幾乎如絲綢般滑順的黑色幽默！」

——【《心型盒》作者】喬．希爾

「看完《墓園裡的男孩》後，我只有一個想法——真是意猶未盡！我希望能看更多奴巴弟．歐文斯的冒險故事。我想對一本書而言，這可算是無上的讚美了！」

——【《艾妮塔．布雷克：吸血鬼獵人系列》作者】羅芮兒．漢彌頓

「老實說，這是尼爾．蓋曼最好的作品。我永遠也不會知道他是如何在一本奇幻小說中同時結合了迷人、友善、驚悚與恐懼，但他真的辦到了，而且做得真漂亮！這本書不只是萬聖節的理想讀物，一年三百六十五天也都適合。」

——【《奎師塔門西的眾世界》作者】黛安娜．韋恩．瓊斯

「真希望小時候的我，也有機會一讀再讀這本傑作，也希望現在的我，就是這本書的作者。」

——【《亞柏森》三部曲作者】賈斯．尼克斯

「蓋曼具有貨真價實的敘事天才與令人喜愛的輕快筆調，而這本書也兼俱幽默風趣與毛骨悚然的情節。青少年讀者只要一打開這個精緻的故事，一定會停不下來地拚到最後，享受每一個魔幻又驚悚的時刻！」

——【克萊特雙週刊】

「憂愁、詼諧、充滿智慧，而且讓人不寒而慄。所有的小孩和曾經是小孩的大人都應該讀這本書！」

——【寇克斯評論】

「《墓園裡的男孩》確定了我一直以來的想法：尼爾．蓋曼是個文學天才！」

——【《克里克利山莊的秘密》作者】詹姆斯．赫伯特

「《墓園裡的男孩》做到了一件了不起的事：它在吉卜林的經典《森林王子》上演奏出輕盈的即興爵士樂。你或許會說這本書是一顆小小的寶石，但事實上它遠比外表看起來更巨大！」

——【《最後的獨角獸》作者】彼得．畢格

「一個完全令人神魂顛倒的作品！……這個內容豐富的故事，能打動眾多讀者的心！」

——【《好書情報》雜誌】

「蓋曼的寫作風格充滿魅力與幽默，他又再次推出大獲全勝的作品！」

——【《青少年倡導之聲》雙月刊】

目錄

破車碎石路，
顛簸骨頭震。
本是窮光蛋，
屍體無人認。❶

——傳統童謠

＊本書全為譯註。

❶本段詩句取自名為〈窮光蛋乘車〉（The Pauper's Drive）一詩，講述一個窮光蛋死後無人收屍，由靈車經過顛簸的石子路載往墓園，靈車的車夫在途中對車裡的屍體流露出同情。詩句最後告訴讀者，應該好好對待死者，因為就算是窮困潦倒之徒，也會受到上帝的眷顧。

第一章

「奴巴弟」來到了墓園

黑暗中有一隻手，手上拿了一把刀。刀柄是磨得發亮的黑骨，刀鋒比任何一把剃刀都要銳利。誰要是讓這把刀給劃著了，或許不會有任何感覺，起碼不會馬上有感覺。

這把刀幾乎已經完成了它來到這棟屋裡要完成的工作，刀鋒和刀柄都是濕的。

臨街大門還開著，只露出一道小小的門縫，刀子和持刀人就是從這扇門溜進屋裡。夜晚的縷縷霧氣盤旋纏繞，從門縫飄了進來。

名叫傑克的男人佇立在樓梯間。他右手持刀，左手從黑色大衣的口袋裡掏出了一條白色大手帕，擦拭刀子和戴了手套的右手，然後將手帕收好。獵捕的行動幾乎要告一段落了。他將女人留在床上、男人留在臥室的地板上，年紀較大的女孩則留在她顏色鮮豔的臥室裡，身邊圍繞著玩具和半完成的模型。唯一的漏網之魚就是那個最小、還在蹣跚學步的寶寶。只要再添一條人命，就算大功告成了。

他活絡了一下手指。名叫傑克的男人是個專家，或者說他自詡是個專家，在任務完成前絕對不允許自己微笑。

他的頭髮是黑色的、眼睛是黑色的，手上還戴著極薄的黑色羔羊皮手套。

寶寶的房間在頂樓，名叫傑克的男人爬上樓梯，踩在地毯上的腳步寂靜無聲。他推開閣樓的門，走了進去。他穿著黑色的皮鞋，那雙鞋擦得光可鑑人，就像兩面黑色的鏡子：你可以看見映在鞋面上的月亮，一輪渺小的半圓月。

真正的月亮在窗扉外閃耀。月光蒙上了霧氣，並不皎潔明亮，但是名叫傑克的男人並不需要太多光線。這樣的月光已經夠了，夠他成事了。

他可以辨認出嬰兒床上寶寶的身形，寶寶的頭、四肢和軀幹。嬰兒床四面有高高的床欄，免得寶寶從床上摔下來。傑克彎下身，舉起右手，也就是那隻持刀的手，他瞄準寶寶的胸膛……

……然後低下了頭。嬰兒床裡的人影原來是隻泰迪熊，根本沒有寶寶的蹤影。

名叫傑克的男人雙眼已經適應了暗淡的月光，所以並沒有開燈的打算。畢竟，燈光並不是那麼重要，他還有其他的能力。

名叫傑克的男人嗅了嗅空氣。他不理會隨他進房的氣味，忽略可以放心置之不理的味道，全心全意嗅著目標。他可以聞到寶寶的氣味：像巧克力碎片餅乾的奶香，還有夜裡濕尿片的刺鼻酸味。他可以聞到寶寶髮梢上嬰兒洗髮精的香味，還有寶寶帶在身上的某個橡膠小東西——是個玩具，他猜想，隨即轉念：不，也許是個奶嘴。

寶寶曾經在這裡，但已經離開了。名叫傑克的男人循著氣味下樓，穿過高大無人的房子。他檢查了臥室、廚房、衣櫃，最後還檢查了樓下的門廊，但是門廊裡什麼也沒有，只有這家人的腳踏車、一堆空的購物袋，一片掉在地上的尿布，還有從臨街大門蔓延進屋裡的絲絲迷霧。

名叫傑克的男人發出了小小的聲響，那是一聲混雜著沮喪和滿足的嘟囔。他把刀子收進長大衣暗袋裡的刀鞘中，往門外的大街走去。月光依舊，街燈也亮著，但霧氣卻隱沒了一切，使得燈光不再明亮，聲音不再清晰，夜色裡魅影幢幢、變幻莫測。他望向山坡上打烊店家的燈光，再看看大街，街尾幾棟大房子沿著山坡蜿蜒而上，一路朝漆黑古老的墓園而去。

名叫傑克的男人嗅了嗅空氣，不疾不徐地爬上了山坡。

自從這個孩子學會走路，他就是父母心上的寶，卻也是心中的痛，因為從來沒有一個孩子這麼喜歡到處亂走、這麼喜歡爬上爬下、這麼喜歡鑽來鑽去。那天晚上，樓下的某個東西掉在地上，發出的巨響吵醒了他。醒來以後，他很快就覺得百般無聊，開始想方設法要爬出嬰兒床。嬰兒床有高高的床欄，就像他在樓下的遊戲床一樣，但是他確信自己可以爬過去，只要有個墊腳的東西就行了……

他把金色的大泰迪熊拉到嬰兒床的一角，用兩隻小手抓住床欄，一隻腳踩上泰迪熊的大腿、一隻腳踩上泰迪熊的頭，站了起來，然後連滾帶爬地摔出了嬰兒床。

他掉在一堆毛茸茸的玩具上頭，發出了一聲悶響。有些玩具是不到半年前，親戚在他一歲生日時送的禮物；有些玩具則是姊姊玩膩了給他的。他摔在地上時嚇了一跳，但是並沒有哭，要是哭了出來，就得由著大人送回嬰兒床了。

他爬出房間。

上樓的階梯危險又可怕，他還沒有十足的把握，但他發現下樓的階梯容易多了。他坐了下來，靠著厚厚的尿布一階一階地蹬坐下樓。

他咬著嘴嘴，是個橡膠奶嘴，最近媽媽開始說他已經長大，不能再吸了。他的尿布在蹬坐下樓的過程中鬆脫了。等他抵達最後一階，來到小門廊，站起身來的時候，尿布就整個脫落了。他踏出尿布，身上只穿著嬰孩穿的長睡衣。能帶他回房、回到家人身邊的樓梯又陡又可怕，但通往大街的門卻敞開著，彷彿在招呼著他……

寶寶略帶遲疑地步出房屋。霧氣隨即纏上了他，就像久違的朋友。寶寶的腳步原本還有些猶豫不決，但漸漸地愈走愈快，也愈走愈穩健，他搖搖擺擺地爬上了山丘。

來到山頂，霧氣薄了許多。半圓月的光芒不似白晝的陽光明亮，但也足以讓人看清墓園了。

看哪！

你可以看見廢棄的墓園禮拜堂，禮拜堂的鐵門深鎖，尖塔兩旁長滿了常春藤，屋頂排水溝甚至還長出了一棵小樹。你可以看見石頭、墓碑、墓穴和紀念碑，偶爾還可以看見野兔、田鼠或是黃鼠狼溜出矮樹叢，躍過小徑。

要是那天晚上你在那兒，一定能在月光下看見這些景物。

你甚至還能看見一個蒼白的胖女人走過接近墓園入口柵門的小徑。要是你看見她，只要再仔細地多看一眼，就會發現她只不過是一團月光、霧氣和陰影。但是蒼白的胖女人的確在那兒。她走上小徑，經過一堆半塌的墓碑，走向入口的柵門。

柵門上了鎖。冬天時，柵門一定在下午四點上鎖，夏天則是晚上八點。墓園四周有一部分圍上了尖尖的鐵絲網，剩下的則是高高的磚牆。柵門上的柵欄排得很密，大人絕對過不去，就連十歲的小孩也沒辦法……

「歐文斯！」蒼白的女人大喊，她的聲音聽起來就像吹過長草的颯颯風聲。「歐文斯！快過來看啊！」

她蹲下來，盯著地上的某個東西。一片陰影移進了月光之下，變成一個頭髮斑白、四十多歲的男子。他低頭看著妻子，再看看妻子盯著瞧的東西，然後抓了抓頭。

「夫人？」他這麼說，因為他的時代要比我們更講究禮儀。「這是我心裡想的那個東西嗎？」

就在這個時候，他眼前的那個「東西」好像看見了歐文斯夫人，張開了嘴巴，讓嘴裡的橡膠奶嘴掉在地上，然後伸出圓胖的小拳頭，好像拚命想抓住歐文斯夫人的蒼白手指。

「倘若那不是個寶寶，」歐文斯先生說，「那我鐵定是老眼昏花了。」

「那當然是個寶寶，」他的妻子說，「問題是，我們該拿他怎麼辦？」

「我敢說那絕對是個問題，夫人，」她的丈夫說。「不過並不是我們的問題，因為這個寶寶毫無疑問地還活著，和我們沒有關係，也不屬於我們的世界。」

「看看他的微笑！」歐文斯夫人說，「他擁有世上最甜美的微笑。」她伸出一隻無形的手，摸了摸寶寶稀疏的金髮。小男孩開心地咯咯笑。

一陣寒冷的微風吹過墓園，吹散了墓園低處的濃霧（墓園佔據了整個山頂，墓園裡的一道道小徑蜿蜒曲折地爬上山丘、爬下山丘，再重回墓園）。一陣吱吱嘎嘎的聲音傳來：原來是有人在拉扯搖晃墓園的大門，把古老的柵門和沉重的鎖鍊弄得吱嘎作響。

「妳瞧，」歐文斯先生說，「寶寶的家人來接他回溫暖的家囉！別理那個小人兒了。」他又加上了這句話，因為歐文斯夫人正用她無形的手摟著寶寶，愛憐地輕撫。

歐文斯夫人說：「那傢伙才不像是家人呢！」

穿著黑大衣的男人已經不再搖晃大門，轉而把念頭動到了較小的側門上，只不過側門也緊緊鎖著。去年墓園發生了幾起破壞事件，管理委員會已經採取了防範措施。

「來吧，夫人，別多管閒事了，這才聽話啊！」歐文斯先生說。忽然間他看見了一隻鬼，嚇得他張口結舌，不知道該說什麼才好。

你或許會以為——要是你真這麼以為，倒也無可厚非——既然歐文斯夫婦自己都死了好幾百年，平常也幾乎都在跟死人打交道，見鬼這件事應該不會讓歐文斯先生這麼驚訝才對。但是眼前的鬼卻和墓園的居民不同：那是一團模糊閃爍的驚人形體，顏色是猶如電視雜訊般的灰，充滿了驚慌與赤裸裸的情感，朝歐文斯夫婦洶湧而來，讓他們感同身受。總共有三個人形，兩大一小，但只有一個清晰能辨，而不僅是一道模糊的輪廓或微光。這個人形說：我的寶貝！他想傷害我的寶貝！

一陣「鏘鎯鏘鎯」的聲音傳來，柵門外的男人正從小巷對面拖著一只沉甸甸的金屬垃圾桶，朝墓園高聳的磚牆而來。

「保護我的兒子！」鬼魂說。歐文斯夫人覺得這個鬼魂應該是個女人，還會有誰呢？當然是寶寶的母親了。

「他對妳做了什麼？」歐文斯夫人問，但她並不認為鬼魂聽得見。才剛死而已，可憐的孩子，她心想。壽終正寢總是比較輕鬆，你會在適當的時候，在安葬的地方悠悠醒轉，接受死亡的事實，認識其他的居民。這個鬼魂只是一團為愛子而驚恐的魂魄，她的驚慌讓歐文斯夫婦覺得就像一陣低微的尖叫，而且還引來了注意，其他蒼白的鬼魂紛紛從墓園四面八方聚集而來。

「妳是誰？」該猶・龐培問鬼魂。他的墓碑已成了一塊飽經風霜的石頭，但是兩千年前，他曾自願將身後的屍骨埋在大理石神殿旁的墳塚之中，而不是讓遺骸落葉歸根，回歸羅馬，因此成為墓園裡最資深的居民之一，而他是一個非常有責任感的人。「妳安葬於此嗎？」

「當然不是！看樣子是剛剛才死的。」歐文斯夫人伸出一隻手摟住女鬼，在她耳邊說悄悄話，聲音低沉、冷靜而且明理。

小巷旁的高牆傳來了砰然巨響，垃圾桶已落地，男人爬上了高牆頂端，在濃霧籠罩的街燈下成了一道黑色的輪廓。他頓了頓，爬進了高牆的另一側。他的雙手緊握住高牆頂端，兩腳懸在半空中，最後在離地幾呎的地方鬆手，跳進了墓園。

「但是親愛的，」歐文斯夫人對鬼魂說，現在三個鬼魂只剩下了這一個。「他還活著，我們卻已經死了。妳能想像……」

寶寶抬頭望著她們，一臉疑惑。他伸出手摸摸其中一個，再摸摸另一個，卻只摸到空氣，女鬼正在迅速消失。

「好的，」歐文斯夫人對著某個沒人聽得見的問題回答，「如果可以，我們一定會。」然後她轉頭對身邊的男人說：「你呢，歐文斯？你願不願意做這個小傢伙的父親呢？」

「我願不願意怎樣？」歐文斯說，他皺起了眉頭。

「我們沒有孩子，」他的妻子說，「他的媽媽要我們保護他，你說好不好？」

穿黑大衣的男人在蔓生的藤蔓和半倒的墓碑裡跌了一跤，現在他重新站了起來，更加小心地往前走，驚得一隻貓頭鷹無聲地展翅而飛。寶寶就近在眼前，他忍不住露出得意的神情。

聽見妻子用這種語氣說話，歐文斯就知道她心裡在打什麼主意。他們生前死後已結褵超過兩百五十年，這麼長的婚姻歲月可不是白過的。「妳確定？」他問。「妳沒搞錯吧？」

「絕對沒搞錯。」歐文斯夫人說。

「那好吧！如果妳當他的母親，那我就當他的父親。」

「妳聽見了嗎？」歐文斯夫人問墓園裡那道閃爍的幽魂。現在那道幽魂只比一道輪廓清楚不了多少，就像遠方有著女人形體的夏日閃電。她對歐文斯夫人說了一句誰也聽不見的話，然後就消失了。

「她再也不會回來了，」歐文斯先生說。「下一次她醒來的時候會是在她自己的墓園裡，或是其他她該去的地方。」

歐文斯夫人彎下腰，伸出雙手。「來吧，」她溫柔地說，「來媽媽懷裡。」

名叫傑克的男人沿著小徑朝他們走來，刀子已握在手中。在月光之下，他好像看見一團霧氣纏住寶寶，然後寶寶就不見了，只剩下潮濕的霧氣、月光和隨風搖曳的青草。他眨眨眼，聞聞空氣。發生事情了，但他不知道是什麼事。他從喉嚨深處發出咆哮，就像一頭憤怒又挫敗的猛獸。

「有人嗎？」名叫傑克的男人喊著，他猜想寶寶是不是躲在什麼東西後頭。他的聲音陰沉粗啞，還有一種奇怪的特質，好像聽見自己說話讓他很驚訝或是很困惑似的。

墓園依然保守著秘密。

「有人嗎？」他又喊了一次。他希望能聽見寶寶的哭聲或是牙牙兒語，再不就是聽見寶寶的動作，但出乎意料地，他聽見了一個如絲綢般柔順悅耳的聲音。

「有什麼事情嗎？」

名叫傑克的男人很高，但這個男人更高；名叫傑克的男人穿著黑衣，但這個男人的衣服更黑。名叫傑克的男人總讓注意到他的人（而且他不喜歡讓別人注意到）感到煩惱不安，或是莫名其妙地恐懼害怕。但這回名叫傑克的男人抬頭望著陌生人，卻發現煩惱不安的人竟是自己。

「我在找人。」名叫傑克的男人說，他的右手悄悄收回了大衣口袋裡，藏起了刀子，但必要時仍然能立刻派上用場。

「三更半夜在上了鎖的墓園找人？」陌生人不帶感情地說。

「只是個小寶寶，」名叫傑克的男人說，「我恰巧路過，聽見一個寶寶在哭，我往柵門裡瞧，就瞧見他了。呃，難道還有別的辦法嗎？」

「你這麼熱心公益，真是值得讚賞，」陌生人說，「但就算能找到寶寶，你又要怎麼帶他出來呢？總不能抱個嬰兒爬牆吧！」

「我打算大聲呼救，直到有人放我出去為止。」名叫傑克的男人說。

一串沉重的鑰匙叮噹作響。「看來那個人就是我了。」陌生人說。「我會放你出去的。」他從那串鑰匙裡選了一把大鑰匙，說：「跟我來。」

名叫傑克的男人跟在陌生人身後，從口袋裡拿出了刀子。「看來你是墓園的管理員囉？」

「是嗎？沒錯，要這麼說也行。」陌生人說。他們正朝著柵門前進，名叫傑克的男人很確定他們離寶寶愈來愈遠了。但是鑰匙在管理員手上，只要趁黑捅上一刀，麻煩就解決了，然後他可以自己搜索墓園，必要的話找個整夜也無妨。

他舉起刀子。

「要是眞的有寶寶，」管理員頭也不回地說，「也不會在墓園裡。也許是你弄錯了，畢竟，一個小寶寶是不可能進墓園裡來的。恐怕你只是聽見夜鶯的叫聲，又碰巧看見一隻貓咪或是狐狸罷了。這兒早成了官方規定的自然保護區啦，那可是三十年前的事了，差不多是這兒舉行最後一場葬禮的時候。現在再仔細想想，然後告訴我，你確定你看見的是個寶寶？」

名叫傑克的男人沉思著。

陌生人解開側門的鎖。「狐狸的叫聲，」他說，「可是世上最奇怪的聲音了，和人類的哭聲的確有幾分神似。不，你這趟墓園之行是來錯了地方，你找的寶寶在別的地方等你，不在這裡。」他讓這個念頭在傑克的腦袋裡沉澱了好一會兒，然後才像變魔術似的打開柵門。「很高興認識你，」他說，「相信你會在外頭找到你要的東西。」

名叫傑克的男人站在墓園的柵門外，而陌生人則站在門內，再次鎖上了門，然後收起了鑰匙。

「你要去哪裡？」名叫傑克的男人問。

「還有其他的柵門得上鎖，」陌生人說，「我的車在山丘的另一邊。你別在意我，甚至也不必記得這段對話。」

「沒錯，」名叫傑克的男人欣然同意，「我不必記得。」他只會記得自己爬上了山丘，把狐狸看成了小寶寶，有個好心的管理員送他回街上，他把刀子收回內鞘。「那麼，」他說，「晚安了。」

「晚安。」被傑克誤認為管理員的陌生人說。

名叫傑克的男人啟程下山，繼續追捕嬰孩。

陌生人在陰影之中目送傑克離開，然後在夜色中動身，往山上爬啊爬，爬到接近山頂的一片平地。平地上有一座高聳的方尖塔，還立著一塊紀念「喬賽亞・沃辛頓」的石碑。他是當地的啤酒製造商、政治家，後來獲得「准爵」的頭銜，在將近三百年前買下這座老墓園和附近的土地，然後永久捐贈給市政廳。他替自己留了山丘上最好的一塊地——一座天然的圓形露天劇場，可以將整座城市的風景一覽無遺——也設法讓墓園永遠都是墓園，不至於移作他用。墓園的居民很感激，儘管不如喬賽亞・沃辛頓准爵期望中的感激。

墓園裡大約共有一萬個靈魂，但大部分都沉睡著，或是對這兒夜復一夜發生的事情不感興趣。月光下，露天劇場裡聚集了不到三百個靈魂。

陌生人像一陣霧似的接近他們。他在陰影中看著會議進行，一句話也沒有說。

喬賽亞．沃辛頓正在發言：「親愛的女士，您的固執還真是……哎，您看不出這件事有多荒謬嗎？」

「對，」歐文斯夫人說，「我看不出來。」

她盤腿坐在地上，活人寶寶在她的腿上睡著了。她用蒼白的雙手抱著寶寶的頭。

「閣下，懇請您原諒。內人的意思是，」站在她身邊的歐文斯先生說，「她並不認為這件事很荒謬，她認為她只是在盡她的責任而已。」

歐文斯先生和沃辛頓曾經在活著的時候見過面。歐文斯先生甚至替沃辛頓位於「英格善」近處的莊園製作過幾件高級家具，所以到現在還很尊敬他。

「她的責任？」喬賽亞．沃辛頓准爵搖搖頭，就像在甩掉蜘蛛網一樣，「女士，妳只須對墓園負責，還有對這群無形的幽靈、亡魂之輩負責，所以妳的責任就是盡快送這個生物回家——而他的家不在這裡。」

「這個孩子的媽媽把他交給我。」歐文斯夫人說，好像這是她唯一需要說的話。

「我親愛的女士……」

「我才不是你什麼親愛的女士，」歐文斯夫人說，站了起來，「老實說，我根本不知道為什麼我會在這裡跟你們這群沒腦袋的蠢材浪費唇舌，小傢伙很快就會餓醒了——墓園裡有什麼地方可以找到食物餵他呢？」

「這下子，」該猶・龐培拘謹地說，「您可說到重點了，您要拿什麼餵他？又要怎麼照顧他？」

歐文斯夫人氣得眼睛都要冒火了。「我可以照顧他，」她說，「照顧得就像他的親媽一樣的好，而他的親媽已經把他交給我了。瞧，我不正抱著他、摸著他嗎？」

「講講理呀，貝琪。」殺洛嬤嬤說，她是一個矮小的老婆婆，生前總戴著大圓帽、穿著披肩，下葬時也是一樣的裝束。「他要住在哪裡呢？」

「就住這裡，」歐文斯夫人說，「我們可以讓他擁有『墓園通行術』。」

殺洛嬤嬤的嘴巴噘成了一個小小的圓圈。「這……」她欲言又止，「這我可絕對不答應。」

「哼，憑什麼？咱們又不是沒給過外人墓園通行術？」

「話是這麼說沒錯，」該猶・龐培說，「但那個傢伙可不是活人。」

這句話讓陌生人瞭解，不管他喜不喜歡，這渾水他是蹚定了。他不情不願地步出陰影，像一片從陰影中分離出的黑影。「對，」他同意，「我不是活人，但是我贊成歐文斯夫人的看法。」

喬賽亞・沃辛頓說：「是嗎，塞拉？」

「是的。無論如何，歐文斯夫婦已經決定要保護這個孩子；我不知道這是好事還是壞事，但我堅信這是件好事。要養大這個孩子，需要的不只是幾個好心的靈魂，而是……」塞拉說，「一整座墓園。」

「那食物之類的問題怎麼辦呢？」

「我能自由進出墓園，我可以帶食物回來給他。」塞拉說。

「說得真好聽，」殺洛嬤嬤說，「但是你說來就來、說走就走，沒人能掌握你的行蹤。要是你一個星期沒回來，那孩子可能就餓死了。」

「您真是一位有智慧的女士，」塞拉說，「果然名不虛傳。」對於死人，他無法像對活人一樣隨心所欲地操縱其意志，但他可以使盡方法來逢迎拍馬、循循善誘，因為就算是死人也對這兩招沒轍。然後他下了決定：「很好。如果歐文斯賢伉儷願意當他的雙親，那我就當他的監護人。我會留在這裡，如果我必須離開，我會負責找人代替我為孩子找食物、照顧他。我們可以利用禮拜堂的地窖。」

「可是，」喬賽亞・沃辛頓告誡，「可他是人類的孩子、一個活生生的孩子。我是說眞的，這是個墓園，不是個托兒所，天殺的！」

「一點也沒錯，」塞拉點頭如搗蒜，「真是一語中的，喬賽亞爵士，我甘拜下風。正因如此，養育這個孩子的工作必須盡量不打擾……呃，請原諒我這麼說……不打擾墓園的生活。」說著，他走向歐文斯夫人，低頭看著她懷裡的嬰孩，揚起一隻眉毛。「他有名字嗎，歐文斯夫人？」

「他的媽媽沒告訴我。」她說。

「那好吧，」塞拉說，「反正他的舊名字對他已經沒多大用處，外頭還有人想傷害他。我們替他取個名字如何？」

該猶・龐培走過去，看看寶寶。「他長得有點像我的總督馬可思，就叫他馬可思吧！」

喬賽亞・沃辛頓說：「他長得比較像我的園丁長史戴賓，也不一定要叫他史戴賓啦，那傢伙一喝起酒來就不懂得節制。」

「他長得很像我的外甥哈利。」殺洛嬤嬤說。這下子整座墓園都加入了命名大賽，大家七嘴八舌地發言，說這個寶寶跟某個遺忘多時的故人如何相像。終於，歐文斯夫人忍不住插嘴。

「他誰也不像，」歐文斯夫人堅決地說，「沒人跟他長得像。」

「那就叫他『奴巴弟』❷吧！」塞拉說，「他就叫『奴巴弟・歐文斯』。」

就在這個時候，寶寶醒了，他的眼睛睜得又圓又大，好像在回應這個名字。他凝視四周，瞧見一張張死人的臉，瞧見濃霧和月亮。然後他望著塞拉，眼神一點也不畏懼，而是像墓園一樣地沉穩嚴肅。

「『奴巴弟』，這是哪門子的名字啊？」殺洛嬤嬤大驚失色地問。

「這是他的名字，而且是一個好名字，」塞拉告訴她，「可以保他平安。」

❷奴巴弟（Nobody）在英文中就是「沒有人」的意思。

「我可不想惹麻煩。」沃辛頓說。寶寶抬頭看著他，然後，不知是因為餓了、累了，或者只是因為想家、想念親人、想念他的世界，所以他皺起小臉，哭了起來。

「請妳離開，」龐培對歐文斯夫人說，「我們要進一步商量這件事，請妳迴避。」

歐文斯夫人在墓園禮拜堂外等候，這座墓園禮拜堂是一座有尖塔的小教堂，四十多年前列入了「具有歷史意義的建築」名單中，不過它只是一間坐落於荒涼墓園的小小禮拜堂，外貌已經過時，鎮議會認為翻修它太花錢，所以決定把它鎖起來，等著它自生自滅。常春藤覆蓋了禮拜堂，但它仍然屹立不搖，不會在這個世紀中傾頹。

寶寶在歐文斯夫人的懷中睡著了，歐文斯夫人輕輕搖著寶寶，對他唱起一首古老的歌曲。在歐文斯夫人還是個小寶寶的時候，她的媽媽也曾對她唱過這首歌，那時候男人才剛戴起撲了粉的假髮。這首歌是這樣唱的：

寶寶睡，快快睡，
乖乖睡到大天明。
長大之後看世界，
願我心願能得償。

親吻愛人跳支舞，

找到你的名字和寶藏……

歐文斯夫人唱啊唱，卻在最後發現自己忘了這首歌是怎麼結尾的。她覺得這首歌的最後一句歌詞好像跟「長了毛的培根」有關，但那應該是完全不同的一首歌，所以她停了下來，唱起〈月亮上的男人掉下來〉。接下來她又用她溫暖的鄉村歌喉唱起一首比較近代的歌曲，歌詞的意思是一個小夥子把大拇指塞進洞裡，拉出來的時候卻成了洋李。接下來她打算唱一首長長的民謠，說的是一個鄉下年輕人的女友沒來由地就用一盤斑點鰻魚毒死了他，可是她才剛剛起頭，塞拉就從禮拜堂的側門出來，手裡拿著一個硬紙盒。

「來啦，歐文斯夫人，」他說，「這裡頭裝的全是有益小寶寶成長的好東西。我們可以把它放在地窖裡，對吧？」

塞拉打開門鎖、拉開鐵門。歐文斯夫人走進門裡，狐疑地看著書櫃和靠放在牆邊的老舊長木椅。屋裡的一角放著發了霉的箱子，箱子裡裝著古老的教區資料。另一個角落則有一扇敞開的門扉，門後是維多利亞式的馬桶，和只有一只冰冷水龍頭的洗臉盆。

寶寶張開眼，凝視著眼前的景象。

「我們可以把食物放在這裡，」塞拉說，「這裡很涼爽，食物可以保存得久一些。」他從硬紙盒裡拿出一根香蕉。

「那是什麼東西呀？」歐文斯夫人問，懷疑地瞅著那黃棕色的東西瞧。

「這叫做『香蕉』，一種熱帶水果。我想應該是從這裡剝開外皮吧！」塞拉說，「就像這樣。」

名叫「奴巴弟」的寶寶在歐文斯夫人的懷裡動來動去，歐文斯夫人一把寶寶放在石板地上，寶寶立刻搖搖擺擺地朝塞拉快步跑去，緊緊抓著塞拉的褲管不放。

塞拉把香蕉拿到寶寶面前。

歐文斯夫人看著寶寶吃香蕉。「香──蕉──」她說，「聽都沒聽過。吃起來味道如何？」

「我也不曉得。」塞拉說。他只吃一種食物，而那種食物並不是香蕉。「妳可以在這裡幫寶寶弄張床。」

「不行！歐文斯和我在黃水仙花叢旁有座可愛的小墳，還夠多住個小寶寶。總而言之，」她擔心拒絕塞拉的一片好意會讓塞拉耿耿於懷，所以又加了一句：「我不會讓小傢伙打擾你的。」

「他不會的。」

寶寶吃完了香蕉，全身沾滿了他頭一次嘗試的食物。他開懷一笑，全身髒兮兮，兩頰像蘋果般紅通通。

「蕉蕉。」他開心地說。

「真是個聰明的小東西，」歐文斯夫人說，「看看他，弄得全身髒兮兮的！唉，你這動個不停的小娃娃……」她從寶寶的衣服和頭髮上清掉香蕉屑，然後說：「你覺得他們會做出什麼決定？」

「我不知道。」

「我不能放棄他，我可是答應了他的媽媽呀！」

「雖然我這輩子擔任過許多職務，」塞拉說，「但我從沒當過母親，也不打算當母親。不過我可以離開這個地方……」

歐文斯夫人只是簡單地說：「我就不行了，我的屍骨葬在這裡，歐文斯也是。我沒辦法離開這裡。」

「有歸屬的感覺，」塞拉說，「一定很好。有家的感覺一定很好。」他說這句話的時候一點也不哀怨。他的聲音就像沙漠一樣，一點感情也擠不出來，而現在他的語氣平鋪直敘，就像在陳述一件不容辯駁的事實，歐文斯夫人也沒有和他爭辯。

「你覺得我們還要等很久嗎？」

「不。」塞拉說，但是他猜錯了。

在山坡旁的露天劇場裡，辯論持續著。由於扯進這件蠢事裡的人是歐文斯夫婦，而不是某個輕浮的新人，所以大家非常重視這件事，因為歐文斯夫婦在墓園裡是德高望重的一對。另外，塞拉自告奮勇擔任寶寶的監護人，也讓這件事變得非同小可——墓園的居民對塞拉又敬又畏，因為他存在於亡者的世界與生者的世界之間。但是話說回來、話說回來……

墓園通常不是民主的，但死亡卻是個偉大的民主國，每個亡者都有權利發言。那天晚上，對於活人寶寶能不能留下來一事，每個亡者都有意見，也都爭先恐後地踴躍發言。

時值晚秋，天亮得很晚。雖然天色仍黑，卻能聽見山坡下傳來汽車發動的聲音。生者穿過霧氣朦朧、夜色濃重的清晨，駕車前往上班地點，而墓園的居民則談論著不請自來的寶寶，以及該拿這個寶寶怎麼辦。三百個聲音、三百種意見。詩人尼希米・特洛從陡斜的墓園西北邊而來，慷慨激昂地發表起個人意見，儘管在場的聽眾沒有一位是他的知音。就在這個時候，突然發生了一件事，這件事不但讓在場每一張堅持己見的嘴巴都閉了起來，而且還是墓園裡史無前例的一件事。

一匹巨大的白馬緩緩步上山丘，不過識馬的行家都知道，牠其實是一匹灰馬。馬未到，躂躂的馬蹄聲先到。除了馬蹄聲以外，還有樹木碎裂的聲響，一路隨著牠穿過矮樹叢與灌木林、穿過荊棘與常春藤、穿過長在山丘邊的金雀花。這匹馬的體型猶如一匹夏爾馬❸，足足有十九個手掌之高。這種馬可以載著全副武裝的騎士上陣，但眼前這匹馬卻只背著一個一身灰衣的女人，她的長裙和頭巾看起來就像是用古老的蜘蛛網編織而成。

她的面容寧靜祥和。

墓園的居民都認識她，因為只要時候到了，每個人都會遇見騎灰馬的女士，而且一見面就再也忘不了她。

馬兒在方尖塔旁邊稍作停留。東方的天空微微發亮，那道黎明前珍珠似的曙光讓墓園的居民渾身不自在，只想回到溫暖的家，但就算如此，也沒有一個人移動半步。他們看著騎灰馬的女士，一個個既興奮、又害怕。亡者通常都不迷信，但是他們看她的眼神就像古羅馬占卜官看著聖鴉在天空盤旋，努力尋找智慧、尋找預兆。

她開口對他們說話。

她的聲音就像一百個小銀鈴悅耳的叮噹聲，她只說了一句話：「亡者應該慈悲。」然後微微一笑。

馬兒原本滿足地嚼著濃密的草叢，此刻突然停了下來。女士摸摸馬兒的脖子，馬兒隨即掉頭，躂躂地踏了幾個大步，然後便奔離山坡，在天空漫步。牠轟轟的蹄聲成了遠方的晨雷，不一會兒便消失了蹤影。

❸Shire horse，夏爾馬屬於體型高大的馬匹，通常高於一百八十公分，體重超過九百公斤。中世紀時，夏爾馬被當成戰馬，武士們身穿盔甲騎著夏爾馬上戰場。

至少，那一夜親睹這一幕的墓園居民是這麼說的。

辯論結束了，連表決都不需要就達成了決議，名叫「奴巴弟・歐文斯」的寶寶將獲得墓園通行術。

殺洛嬤嬤和喬賽亞・沃辛頓准爵陪著歐文斯先生來到舊禮拜堂的地窖，把消息告訴了歐文斯夫人。

她似乎對這個奇蹟一點也不驚訝。「這才對嘛！」她說，「有些人就是一點腦袋也沒有，但她卻是個聰明人，她當然是個聰明人。」

這是個雷聲轟轟又灰濛濛的早晨，日出之前，寶寶在歐文斯家精緻小巧的墓穴裡（歐文斯師傅生前十分富有，是當地櫥櫃工匠公會的主席，公會的會員特地將他的身後事辦得風風光光）沉沉熟睡。

塞拉在日出前出了最後一趟門，他找到了山坡上的大房子，檢查了在屋裡發現的三具屍體，研究了刀傷的形狀。勘查完成之後，他走出屋外，走進仍嫌黑暗的晨曦中，不愉快的可能性在他的腦袋裡翻攪。他回到墓園，回到棲身的禮拜堂尖塔裡，靜候白天過去。

在山腳下的小鎮裡，名叫傑克的男人愈想愈生氣。昨晚是數個月……不，是數年精心計畫的結果，他期盼了這麼久，而且昨晚的任務一開始又是那麼順利——三個人連喊叫的機會都沒有就丟了性命，然後……

然後突然間出了不可思議的大錯。那時候寶寶明明就是往山下跑，他到底是為什麼要往山上爬？他好不容易抵達山腳時，早就為時已晚。有人發現了寶寶，帶走了寶寶，把他藏了起來。除此之外，再也沒有別的解釋了。

一陣雷聲大作，像槍聲一般響亮又突然，接著大雨開始落下。名叫傑克的男人是個講究方法的人，他開始盤算下一步棋——他得去城裡拜訪幾個人，這些人將成為他在城裡的眼線。

他不需要告訴議會他失敗了。

清晨的大雨像淚水般落下，他在商家的屋簷底下避雨，告訴自己，無論如何，他並沒有失敗。他還沒有失敗，還有好幾年的時間。他有得是時間，他有得是時間收拾爛攤子，把事情徹底解決。

警鈴聲響起，一輛警車、一輛救護車和一輛沒有標幟的警車依序從他面前急駛而過，往山丘而去。直到此時，名叫傑克的男人才心不甘情不願地立起大衣的衣領，低下頭走進晨光之中。

他的刀子在他的口袋裡，安全又乾燥地收在刀鞘中，不受風吹雨淋。

第二章　新朋友

巴弟是個安靜的孩子，他有雙沉穩的灰眸，還有一頭鼠灰色的亂髮，大部分的時候他都很聽話。

他學會了說話，而且一旦學會說話，他就開始用無數的問題騷擾墓園的居民。「我為什麼『不得』離開墓園？」他會這麼問，或是「教我耍他剛才那招好不好？」或是「誰住在這裡？」

大人會盡力回答他的問題，但他們的答案不是太模稜兩可、太令人困惑，就是自相矛盾，所以巴弟就會走到舊禮拜堂問塞拉。

他會在那裡等待落日，塞拉總會在日落後醒來。

巴弟的監護人總是能將問題解釋得簡單明瞭，讓巴弟一聽就懂。

「你『不能』離開墓園，因為只有在墓園裡我們才能保證你的安全——順道一提，現在大家都說『不能』，沒人說什麼文謅謅的『不得』了。墓園是你住的地方，愛你的人也都在墓園裡。你在外面可能不安全，至少現在還不安全。」

「可是你就能到外面去，你每天晚上都到外面去。」

「我比你大了好多、好多歲，而且我不管在哪裡都很安全。」

「我也是不管在哪裡都很安全。」

「但願如此，但是只要你待在這裡，你就很安全。」

或是……

「想知道怎麼耍那招嗎？有些技術靠學習，有些技術靠練習，有些技術則要靠時間。只要你用功，就會知道怎麼耍那些技巧。很快你就會掌握消失術、滑溜術和夢遊術，但是有些技巧是活人學不來的，你只能慢慢等待。不過我相信，假以時日，就連那些技巧對你來說也不成問題。

「畢竟你獲得了墓園通行術，」塞拉會這麼告訴他，「所以墓園會負責照顧你。只要你在這裡，你就能在黑暗中看得很清楚。你可以到一些活人去不了的地方，活人的眼睛看不到你。我也獲得了墓園通行術，不過我之所以能獲得墓園通行術，純粹是因為我是這裡的居民，理當有這個權利。」

「我想變得跟你一樣。」巴弟說，生氣地撇撇下唇。

「不，」塞拉堅決地說，「你不想。」

或是……

「誰住在這裡？你知道的，巴弟，許多墳墓上的墓碑都寫得很清楚。你識字了嗎？會背字母了嗎？」

「背什麼？」

塞拉搖搖頭，但是沒說話。歐文斯夫婦在世的時候就不識幾個大字，墓園裡也沒有教字母的書。

第二天晚上，塞拉帶著三本大書出現在溫暖的歐文斯家墳前——兩本是色彩鮮豔的字母書（A是Apple的A，B是Ball的B），一本是《魔法靈貓》❹。他還帶了紙張和一盒蠟筆。接著他帶巴弟繞著墓園走了一圈，要他把小小的手指放在最新、最清楚的墓碑和紀念碑上，教他認識字母，第一個認識的就是像個尖塔的大寫字母「A」。

塞拉交給巴弟一個任務，要他在墓園裡找齊二十六個字母。巴弟得意地完成任務，甚至還找到了「以西結・奧姆斯利」的石碑。那塊石碑鑲在舊禮拜堂的石牆邊，可不是那麼容易找到的。他的監護人非常滿意。

巴弟每天都會帶著紙和蠟筆到墓園裡，儘可能地抄寫名字、單字和數字。每天晚上，在塞拉進入外面的世界之前，巴弟會要塞拉跟他解釋那些字的意義，還要他翻譯一些拉丁文的片段。對歐文斯夫婦來說，那些拉丁文大部分都是有看沒有懂。

一個天氣晴朗的日子，大黃蜂在墓園角落的野花叢裡探險，牠們一邊發出懶洋洋的低沉嗡嗡聲，一邊在金雀花和藍色鐘形花之間飛來飛去，而巴弟則躺在春日的陽光下，看著一隻青銅色的金龜子漫步走過「吉歐・瑞德」與「朵卡思」夫婦及兒子「賽巴斯汀」的墓碑（墓碑上用拉丁文寫著「忠貞至死」）。巴弟已經抄好了他們的碑文，一心只想著那隻金龜子。突然有人說：「小鬼，你在做什麼？」

巴弟抬起頭，金雀花叢的對面有個人在看他。

「沒做什麼。」巴弟說完，吐吐舌。

金雀花叢對面的臉皺成了石像鬼的臉，舌頭吐得長長的、眼球凸了出來，然後又變回了女孩的模樣。

「好厲害。」巴弟佩服地說。

「我很會做鬼臉，」女孩說，「你看。」她用一隻手指頂出朝天鼻，嘴巴咧成一個心滿意足的大微笑，瞇著眼睛、鼓起臉頰。「你知道這是什麼嗎？」

「不知道。」

「是豬啦，傻瓜。」

「噢，」巴弟心想，「妳是說『豬八戒』的『豬』嗎？」

「當然，等一下。」

她繞過金雀花叢，站在巴弟身旁，巴弟也站了起來。女孩的年紀比巴弟大一點，身材也高一點，穿著黃色、粉色和橘色的鮮豔衣裳。巴弟全身裹著灰色的裹屍布，覺得自己的打扮真是寒酸無趣。

「你幾歲？」女孩說，「在這裡幹嘛？你住這裡嗎？叫什麼名字？」

「我不知道。」巴弟說。

❹The Cat in the Hat，蘇斯博士（Dr. Seuss）所著的童書，書裡使用許多單音節的字寫成押韻的詩句，適合小朋友學習。

「你不知道名字？」女孩說，「怎麼可能？每個人都知道自己的名字呀！少說謊了。」

「我知道我的名字，」巴弟說，「我也知道我在這裡幹嘛，但是我不知道妳問的另一個問題。」

巴弟點點頭。

「你是說，你不知道你幾歲？」

「嗯……」女孩說，「你上次過生日的時候是幾歲？」

「我沒有過生日，」巴弟說，「我從來沒過過生日。」

「每個人都會過生日。你是說，你從來沒切過蛋糕、吹過蠟燭？」

巴弟搖搖頭，女孩看起來很同情。「真可憐！我五歲，我猜你也五歲。」

巴弟猛點頭，他不想跟他的新朋友爭論，她讓他很開心。

她告訴巴弟，她的名字是史嘉蕾‧安珀‧博金斯，住在一間沒有花園的小公寓裡。她的媽媽坐在山腳下小禮拜堂旁的長椅上看雜誌，要史嘉蕾去做點運動，半個小時就回去，不要惹麻煩、也不要跟陌生人說話。

「我是陌生人。」巴弟提醒她。

「你不是，」她斬釘截鐵地說，「你是個小男孩。」然後又接著說：「而且你是我的朋友，所以你不是陌生人。」

巴弟很少笑，但現在他笑了起來，笑得又大又開心。「我是妳的朋友。」他說。

「你叫什麼名字？」

「巴弟。全名是『奴巴弟』。」

她笑了。「好奇怪的名字，」她說，「你在幹嘛？」

「學字母，」巴弟說，「學墓碑上的字母，我得把它們抄下來。」

「我可以跟你一起抄嗎？」

巴弟突然起了防衛心——墓碑是他的，不是嗎？——不過他隨即發現自己有多愚蠢，他心想，有些事情跟朋友在太陽下一起做或許會更有趣。他說：「好啊！」

他們一起抄寫墓碑上的名字，史嘉蕾教巴弟唸不熟悉的名字和單字，巴弟則教史嘉蕾他學過的拉丁文。聽到山腳下有人大喊：「史嘉蕾！」的時候，時間好像才過了沒多久。

女孩把蠟筆和紙丟還給巴弟。「我得走了。」

「下次再見，」巴弟說，「我還會再見到妳吧？」

「你住在哪裡？」她問。

「這裡。」他說。他站了起來，目送她跑下山丘。

回家的路上，史嘉蕾告訴媽媽墓園裡住了一個名叫「奴巴弟」的小男孩，她還跟他玩了一會兒。那天晚上，史嘉蕾的媽媽跟爸爸提了這件事，爸爸說他相信這個年紀的孩子有個想像的朋友是很正常的，不必太擔心，而且他們能住在離自然保護區這麼近的地方，實在很幸運。

自從第一次見面之後，從來都是巴弟先看見史嘉蕾，史嘉蕾總是未能先找到巴弟。在沒有下雨的日子裡，史嘉蕾的爸爸或媽媽就會帶她到墓園。爸爸或媽媽會坐在長椅上看書，而史嘉蕾則會漫步走上小徑去探險，她的身影就像一抹螢光綠、螢光橘或是螢光粉紅的顏料。不用多久，她就會看見一張嚴肅的小臉和一雙灰色的眼睛從鼠灰色的亂髮底下瞪著她瞧。然後巴弟就會和她玩耍——有時候玩捉迷藏，有時候玩登山遊戲，有時候則是靜靜地觀察舊禮拜堂後頭的兔子。

巴弟把史嘉蕾介紹給其他的朋友。她似乎並不在意自己看不見那些朋友，因為爸爸媽媽已經十分肯定地告訴過她，巴弟是她想像出來的，而且這沒有什麼不正常——媽媽甚至還有幾天在晚餐的餐桌上替巴弟留了個位子——所以巴弟當然也會有他自己想像出來的朋友。巴弟還會把朋友說的話轉述給她聽。

「巴特比說：『汝之面容誠如擠爛之莓果。』」

「這樣啊！他講話怎麼這麼奇怪呢？他的意思是『擠爛的番茄』嗎？」

「我想在他的年代裡應該沒有番茄這種水果，」巴弟說，「他們那個時代的人講話都是這樣。」

史嘉蕾很開心。她是個聰明、寂寞的小孩，她的媽媽為一所很遠的大學工作，教一些從來不會見面的學生，批改透過電腦寄來的英文報告，再回寄一些建議或鼓勵。她的爸爸教粒子物理學，但是史嘉蕾告訴巴弟，想教粒子物理學的人太多，但想學的人卻不夠，所以史嘉蕾一家人必須從一個大學城搬到另一個大學城，每次爸爸都會希望能找到一份固定的教職，但每次都落空。

「什麼是『粒子物理學』？」

史嘉蕾聳聳肩。「這個嘛，」她說，「有種東西叫『原子』，這是一種小到眼睛看不見的東西，是組成我們的元素。還有一種東西比原子更小，叫做『粒子』。」

巴弟點點頭，覺得史嘉蕾的爸爸或許也很喜歡想像東西。

巴弟和史嘉蕾每個平日的午後都一起在墓園裡閒逛，用手指摸索名字，再抄寫下來。巴弟會把他對墳墓、陵寢或是墓穴居民的了解一五一十地告訴史嘉蕾，而史嘉蕾則會把她看過或聽過的故事告訴巴弟，有時候還會告訴他關於外面世界的事情，比如說車子、巴士、電視機還有飛機（巴弟曾看過飛機從頭上飛過，還以為是吵鬧的銀鳥，但一直到現在才對它們感到好奇）。巴弟也會對她說些墳墓居民在世時的歷史——比如說賽巴斯汀・瑞德曾經去倫敦城覲見女王。女王是一個戴著毛帽的胖女人，老愛瞪人，而且不會說英語。賽巴斯汀忘了她是哪位女王，但認為她應該在位不久。

「她是什麼時候當女王的啊？」史嘉蕾問。

「賽巴斯汀的墓碑上寫著他死於一五八三年，所以應該是那之前的事。」

「在整座墓園裡，誰是最老的人？」史嘉蕾問。

巴弟皺起眉頭。「也許是該猶・龐培吧！他在羅馬人第一次來英國之後一百年來到這裡，這是他告訴我的。他喜歡大馬路。」

「所以他是最老的囉？」

「我想是吧！」

「我們可以找間石屋在裡頭蓋小房子嗎？」

「妳進不去的，石屋上鎖了，每一間都上鎖了。」

「你可以進去嗎？」

「當然。」

「那為什麼我不行？」

「因為墓園就是這樣，」他解釋，「我得到了墓園通行術，所以我可以自由來去。」

「我想到石屋裡蓋小房子。」

「不行。」

「你真小氣。」

「我沒有。」

「小氣鬼。」

「我不是。」

史嘉蕾把手插進厚夾克的口袋裡，沒說再見就走下了山丘。她相信巴弟是故意不讓她進石屋，但同時又懷疑是自己誤會了，而這一點讓她更生氣。那天晚上吃晚餐的時候，她問媽媽和爸爸在羅馬人入侵英國之前，是不是還有別人早一步出現。

「妳從哪兒聽到羅馬人的事情啊？」爸爸問。

「大家都知道啊！」史嘉蕾的語氣有點瞧不起人，「到底有沒有呢？」

「有『喀爾特人』，」媽媽說，「他們是第一批來英國的人。他們比羅馬人還要早來英國，羅馬人征服了他們。」

在舊禮拜堂旁的長椅上，巴弟也進行了類似的對話。

「最老的？」塞拉說，「巴弟，老實說我不知道。我遇過在墓園裡最老的人是該猶・龐培，但這裡還有比羅馬人更早來的人。這樣的人有很多，而且歷史也很悠久。你的字母學得怎樣了？」

「我想應該還不錯。我什麼時候才能學拼字啊？」

塞拉停頓了一下。「我相信，」他沉思了一會兒之後才回答，「在埋葬於此的眾多才能之士中，至少會有幾個老師。我會去問問看。」

巴弟非常興奮。他幻想著將來能看懂所有的文字，這樣他就能打開所有的故事，發現所有的秘密。塞拉離開墓園去處理他的事情，巴弟走到舊禮拜堂旁邊的柳樹下，呼喚該猶・龐培。

老羅馬人打著呵欠走出墳墓。「啊，是的，那個活人小子。」他說，「活人小子，你好嗎？」

巴弟說：「先生，我很好。」

「好，很高興聽到這個消息。」老羅馬人的頭髮在月光下成了一片蒼白，他穿著下葬時的古羅馬白長袍，長袍底下則是厚厚的羊毛背心和綁腿褲，這是因為此地是個位在世界邊陲的寒冷國度。比這裡冷的地方只有北方的「加勒多尼亞」❺，那裡的人充滿了獸性，披著橘色的毛皮，野蠻得連羅馬人也征服不了，所以很快地就被隔絕在永恆的冬天之中。

「你是最老的嗎？」巴弟問。

「墓園裡最老的人嗎？我是啊！」

「所以你是第一個葬在這裡的人囉？」

老羅馬人遲疑了一陣。「幾乎是第一個，」該猶・龐培說，「在喀爾特人之前，這座島上還有別的人，其中一位就葬在這裡。」

「噢，」巴弟想了想，「他的墳墓在哪裡？」

該猶指著山丘頂。

「他在山丘頂。」巴弟說。

該猶搖搖頭。

「不然是在哪裡？」

老羅馬人彎下腰，弄亂巴弟的頭髮。「在山丘裡，」他說，「在山丘的地底下。我的朋友們先把我帶到這裡，他們戴著蠟做的面具，面具上畫的是我在卡牧羅杜南❻死於熱病的亡妻，還有我在高盧邊境戰死的先父。之後地方官和啞劇演員又帶著我的朋友們來到這裡。我死後三百年，有個農夫想找片新地讓羊群吃草，無意間發現擋住入口的巨石。他移開巨石，走了進去，以為裡頭會有寶藏。過了一會兒他就出來了，他那頭黑髮變得和我一樣白……」

「他看到了什麼？」

該猶沉默了一會兒，然後說：「他不肯透露，也不願意再回去。他們把巨石移回原位，時間一久就忘了。然後在兩百年前，建造佛比沙墓穴的時候又再次發現了那個地方。發現那個地方的年輕人夢想著發大財，所以沒有告訴別人，還把入口藏在艾佛琳・派帝佛的棺材後頭。有天晚上他就走了下去，還以為神不知鬼不覺呢！」

「他出來的時候頭髮變白了嗎？」

「他沒有出來。」

「嗯，噢。所以那裡到底葬了什麼人？」

❺Caledonia，蘇格蘭的古名。
❻Camulodonum，今天英國「科爾切斯特」（Colchester）一地的舊稱。

該猶搖搖頭。「我不知道，歐文斯小子。但是遠在這個地方還空盪盪的時候，我就可以感覺到他。早在那個時候，我就可以感覺到有東西在山丘的地底深處等待著。」

「他在等什麼？」

「我能感覺到的，」該猶．龐培說，「只有等待而已。」

史嘉蕾帶著一本很大的繪本，坐在柵門旁的綠色長椅上，坐在媽媽身邊。她看著繪本，媽媽則仔細讀著一本教育專刊。她享受著春日的陽光，努力不理會小男孩。

一開始小男孩先是在佈滿常春藤的紀念碑後頭對她比手畫腳，但等她下定決心再也不看紀念碑之後，男孩就從一塊墓碑（裘治．G．修治，卒於一九二一年，「我作客旅，你們留我住」）後頭突然冒出頭來，就像從魔術箱裡蹦出的小丑一樣。但任憑他怎麼瘋狂地揮手，她就是視若無睹。

最後她終於把書放在長椅上。

「媽咪，我要去散步一下。」

「別離開小徑，親愛的。」

她沿著小徑走到轉角，看見巴弟在山丘更高處對她揮手，她做了個鬼臉。

「我發現了一些事情。」史嘉蕾說。

「我也是。」巴弟說。

「在羅馬人之前還有別人，」她說，「很早很早以前。他們活在……不，我是說，他們死了以後，就葬在這片山丘的地底下，還有寶藏之類的東西陪葬，這種地方叫做『古墳』。」

「噢，沒錯，」巴弟說，「原來如此。妳想看看古墳嗎？」

「現在嗎？」史嘉蕾看起來很懷疑，「你應該不知道古墳在哪裡吧？而且你也知道不是你去哪裡，我就能去哪裡。」她曾經看過他穿牆而過，就像一道陰影。

巴弟的回應是舉起一只又大又生鏽的鐵鑰匙。「我在禮拜堂裡找到的，」他說，「它應該可以打開山上這裡大部分的柵門。這是一把萬用鑰匙，比較省事。」

她奮力爬上山丘，來到他身邊。

「你說的是實話？」

他點點頭，一抹開心的微笑在嘴角跳躍。「來吧！」他說。

這是一個完美的春日，空氣中洋溢著鳥語蜂鳴。黃水仙花在微風中奔忙，山坡上處處可見幾朵早開的鬱金香隨風搖曳。兩個孩子爬上山丘，朝佛比沙的小墓穴走去，幾叢藍色的勿忘我和小巧圓胖的黃色報春花，星羅棋佈地點綴在滿山的綠意中。

佛比沙墓穴設計得很簡單，它是一間為人遺忘的小石屋，大門是金屬做的柵門。巴弟用鑰匙打開門鎖，兩人便走了進去。

巴弟說：「在一具棺材後面有個洞，那就是入口。」

他們在最底層的棺材後面發現了入口，入口很小，得用爬的才能進去。「在這裡，」巴弟說，「我們下去吧！」

史嘉蕾發現自己突然沒了冒險的興致。「裡面很黑，我們會看不見。」

「我不需要光線，」巴弟說，「只要在墓園裡就不需要。」

「可是我需要，」史嘉蕾說，「裡面好黑喔！」

巴弟想說些安慰的話，像是「裡面沒有什麼可怕的東西」，但是在聽過有人頭髮變白、一去不回的故事之後，他實在不能昧著良心這麼說。所以他說：「我下去，妳在這裡等我。」

史嘉蕾皺起眉頭。「你不該丟下我。」她說。

「我下去，」巴弟說，「看看下面有誰，然後再上來告訴妳。」

他轉向入口，跪下來爬進洞口。洞口後的空間足夠他站起來，他還能看見用石頭砌的階梯。「我要下階梯囉！」他說。

「階梯很長嗎？」

「我想是吧！」

「如果你拉著我的手，告訴我四周的情形，」她說，「我就可以跟你一起去。只要你保護我的安全。」

「當然。」巴弟說。不過他話還沒說完，女孩就爬進了洞口。

「妳可以站起來了。」巴弟告訴她，牽著她的手。「階梯就在這裡。只要往前一步就能踩到了。來，我先走。」

「你真的看得到？」她問。

「這裡很黑，」巴弟說，「但是我看得到。」

他領著史嘉蕾走下階梯，走進山丘的地底，一邊走一邊形容四周的情形。「我們腳下是階梯，」他說，「石頭做的階梯。我們的頭上也都是石頭。有人在牆上畫了一幅畫。」

「什麼樣的畫？」

「我想應該是一隻毛茸茸的大母牛吧！長了角的母牛。還有一個圖形，好像是一個大繩結。它好像是用刻的，而不是用畫的，妳摸摸看！」他拉著她的手去摸雕刻的繩結。

「真的耶！」她說。

「階梯變大了，我們來到一間大房間，但是階梯還是繼續往下。別動。好，現在我在妳跟大房間的中間。左手不要離開牆壁。」

他們繼續往下走。「再往下走一階就到岩石地了，」巴弟說，「地面有點不平。」房間很小，地上有片石板，角落還放著一個矮壁架，架上放著些小東西。地上有骨頭，是非常古老的骨頭，不過在房間的入口底下，巴弟還看見一副枯骨，枯骨身上穿著棕色的長大衣。

巴弟猜想那應該是夢想著發大財的年輕人，他一定是在黑暗中跌了一跤。四周傳來聲音，就像蛇穿過枯葉時發出滑溜的沙沙聲。史嘉蕾的手把巴弟抓得更緊了。

「什麼聲音？你看到什麼了嗎？」

「沒有。」

史嘉蕾發出像喘息又像哭泣的聲音。巴弟看到某個東西了，而且不用問就知道史嘉蕾也看到了。房間的盡頭有光線，一個男人走過岩石從光裡走了出來，巴弟聽到史嘉蕾想尖叫卻發不出聲音。

這個男人看起來保存得很好，但還是像死了很久。他的皮膚上有紫色的圖形，看起來像是畫上去的（巴弟這麼想）或是刺上去的（史嘉蕾這麼想），他的脖子上掛著一串又尖又長的牙齒。

「我是這個地方的主人！」那個人說，他說的話聽起來古老又含混不清，幾乎叫人聽不懂。「我保護這個地方，不讓任何人傷害它！」

他的眼睛大得嚇人。巴弟發現，那是因為他畫了紫色的眼圈，所以整張臉看起來就像貓頭鷹的臉。

「你是誰？」巴弟問，問的時候忍不住緊緊抓住史嘉蕾的手。

「靛青人」似乎沒聽到這個問題，惡狠狠地瞪著他們。

「離開這裡！」巴弟在腦袋裡聽到他說話，而他說話的聲音仍然是含混不清的咆哮。

「他會傷害我們嗎？」史嘉蕾問。

「我想不會。」巴弟說。接著他照著大人教他的方法對靛青人說：「我有墓園通行術，所以我能來去自如。」

靛青人對這句話沒有反應，這讓巴弟更困惑了，因為就算是墓園中最火爆的居民，聽到這句話也會立刻平靜下來。巴弟說：「史嘉蕾，妳看得到他嗎？」

「我當然看得見。他是個又大又可怕的刺青人，而且他想殺死我們。巴弟，快把他趕走啦！」

巴弟看著棕色大衣男士的骨骸，骨骸旁的地板上有一盞破掉的油燈。「他逃跑了，」巴弟大聲說，「他害怕，所以逃跑了。然後他滑了一跤，或是被階梯絆倒，所以跌倒了。」

「你說誰？」

「地上的男人。」

現在史嘉蕾聽起來很生氣，同時也很迷惑害怕。「什麼地上的男人？這裡太黑了，我只能看到刺青人。」

這個時候，就像要向他們證明自己的確在這裡，靛青人突然仰頭發出一連串忽高忽低的呼嘯，這串充滿喉音的叫聲嚇得史嘉蕾又緊緊抓住巴弟的手，指甲都掐進他的肉裡了。

但是巴弟不再害怕了。

「對不起，我以前還說他們是幻想出來的，」史嘉蕾說，「我現在相信了。他們是真的。」

靛青人把某個東西舉在頭上，看起來像是一把尖銳的石刀。「入侵者死！」他用含混不清的聲音大吼。巴弟想起那個男人在發現石室後一夕白髮，而且再也不願意回到墓園，也不肯提起自己看到了什麼。

「不，」巴弟說，「我想妳是對的。這個人的確是。」

「是什麼？」

「是想像出來的。」

「別傻了，」史嘉蕾說，「我看得見他呀！」

「沒錯，」巴弟說，「但是妳看不見死人。」他環視石室。「你可以停止了，」他說，「我們知道這不是真的。」

「我要吃掉你的肝！」靛青人尖叫。

「不，你不會。」史嘉蕾大大地嘆了一口氣說。「巴弟說得沒錯，」然後她說，「我想他也許只是個稻草人。」

「什麼是稻草人？」巴弟問。

「是農夫放在稻田裡嚇麻雀的東西。」

「他們為什麼要那麼做？」巴弟很喜歡麻雀。他覺得麻雀很有趣，也喜歡牠們幫忙維持墓園的整潔。

「我也不太清楚，我會問問媽咪。不過有一次我坐火車的時候看到一個稻草人，就問別人那是什麼東西。麻雀以為它是真的人，其實它只是一個假的東西，看起來像人，但不是真的人，只是用來嚇跑麻雀而已。」

巴弟看看石室的四周，說：「不管你是誰，這樣都是沒用的，嚇不倒我們的。我們知道這不是真的，快住手。」

靛青人停了下來，他走到石板上，躺了下來，然後就不見了。

對史嘉蕾來說，石室又變成了一片漆黑。但在黑暗之中，她又再次聽見沙沙聲，而且愈來愈大聲，好像有東西纏繞著這間圓形的房間。

有個聲音說：我們是殺手。

巴弟覺得寒毛直豎，他腦袋裡的聲音屬於某個非常老又非常乾的東西，就像枯樹枝摩擦禮拜堂窗戶的聲音，而且巴弟覺得這裡的聲音不只一個，好像有許多聲音在同時說話一樣。

「妳聽到了嗎？」他問史嘉蕾。

「我什麼也沒聽到，只聽到滑溜溜的聲音。我覺得好奇怪，全身不對勁，好像要發生可怕的事情了。」

「不會發生什麼可怕的事。」巴弟說，然後他對著石室說：「報上名來！」

我們是殺手。我們負責看守，我們負責保護。

「你們保護什麼？」

主人的長眠之所，這裡是聖地中的聖地，由殺手保護。

「你們碰不了我們，」巴弟說，「你們只能嚇唬我們。」

纏繞的聲音聽起來脾氣不太好。恐懼是殺手的武器。

巴弟低頭看看壁架。「那是你們主人的寶物嗎？一只舊胸針、一個杯子，還有一把小石刀？看起來不怎樣嘛！」

殺手保護寶物。胸針、聖杯、刀。我們爲主人看守它們，等待主人歸來。它會回來的。它總會回來的。

「你們有多少人？」

但「殺手」沒再回話。巴弟覺得腦袋裡好像長滿了蜘蛛網，他搖搖頭，想要甩掉蜘蛛網，然後他緊握史嘉蕾的手。「我們該走了。」

他帶著她走過穿著棕色大衣的死人身邊。巴弟心想，說實在的，如果那個男人沒有因為害怕而跌倒，一定會對這趟尋寶之旅很失望。一萬年前的寶物和今天的寶物不一樣。巴弟小心翼翼地領著史嘉蕾走上階梯，走出山丘的地下世界，進入佛比沙墓穴突出地表的黑色磚石建築中。

暮春的陽光穿過磚石建築的縫隙和柵門，明亮得驚人。這突如其來的光線刺得史嘉蕾瞇起眼睛，用手遮住雙眼。鳥兒在樹叢裡歌唱，一隻大黃蜂嗡嗡飛過，一切正常得令人驚訝。

巴弟推開墓穴的大門，然後轉身鎖上門。

史嘉蕾鮮豔的衣服沾滿了塵垢與蜘蛛網，黝黑的臉龐和雙手也讓灰塵染白了。

在山腳下，某個人——其實是有一群人——在呼喊，呼喊得又大聲、又焦急。

有人大吼：「史嘉蕾？史嘉蕾・博金斯？」

史嘉蕾說：「我在這裡！哈囉！」

她還來不及和巴弟討論他們看到了什麼，也來不及聊聊「靛青人」，就有一個女人對著她問東問西。女人穿著背後印有「警察」兩個字的螢光黃色夾克，問她好不好？去了哪裡？是不是有人想綁架她？然後用對講機通知大家，失蹤的孩子已經順利找到了。

巴弟悄悄跟著她們走下山丘。禮拜堂的門開著，史嘉蕾的爸媽在裡頭等待，有另一位女警陪在身邊。媽媽哭成了淚人兒，爸爸則擔心地在講手機，沒有人看見巴弟在角落等待。

大人們一直問史嘉蕾發生了什麼事？而她也儘可能如實回答。她告訴他們有個叫做「奴巴弟」的男孩帶她到山丘的地底深處，那裡出現了有紫色刺青的男人，但事實上他只是個稻草人。大人給史嘉蕾巧克力棒，擦擦她的臉，問她有刺青的男人是不是騎摩托車。史嘉蕾的爸媽鬆了一口氣，不再為史嘉蕾擔心，不過卻開始生自己和史嘉蕾的氣。他們互相指責對方不該讓他們的小女兒在墓園玩耍，儘管那裡是個自然保護區，還說現在的世界是個危險的地方，如果不每分每秒盯著孩子，真不敢想像他們會碰上什麼嚇人的事，尤其是像史嘉蕾這樣的孩子。

史嘉蕾的媽媽哭了起來，害史嘉蕾也跟著哭。一個女警和史嘉蕾的爸爸吵了起來。爸爸告訴女警，身為納稅人，她領的薪水都是他付的；而女警則告訴爸爸，她也是個納稅人，搞不好他的薪水也是她付的。巴弟坐在禮拜堂角落的陰影裡，沒有人看得見，就連史嘉蕾也看不見他。他靜靜觀察、聆聽，直到再也忍受不了為止。

墓園裡已是黃昏，塞拉在露天劇場附近找到了正在眺望城市的巴弟。他站在男孩身邊，說了一些不像是他會說的話。

「那不是她的錯，」巴弟說，「是我的錯，可卻是她惹上了麻煩。」

「你帶她去哪裡了？」塞拉問。

「到山丘的地底去看最老的墳墓。不過裡面一個人也沒有，只有一個像蛇的東西。那東西叫『殺手』，喜歡嚇人。」

「好極了。」

他們一起走回山丘，看著舊禮拜堂再次上鎖，警察和史嘉蕾一家人走入夜色之中。

「博若思小姐會教你拼字，」塞拉說，「你看完《魔法靈貓》了嗎？」

「看完了，」巴弟說，「早就看完了。你能不能帶更多的書給我？」

「正有此意。」塞拉說。

「你覺得我還會再看到她嗎？」

「那個女孩？恐怕不太可能。」

但塞拉錯了。三個禮拜後，一個灰濛濛的下午，史嘉蕾在爸媽的陪伴下來到墓園。爸媽堅持史嘉蕾不能離開他們的視線，自己則跟在史嘉蕾後頭，只離她一點點距離。媽媽不時感嘆這個地方實在太陰森了，真高興他們馬上就要永遠離開這裡了。

趁爸媽開始聊天，巴弟說：「哈囉。」

「嗨。」史嘉蕾非常小聲地說。

「我以為我再也見不到妳了。」

「我告訴他們，除非再帶我來這裡最後一次，否則我不會跟他們走。」

「走？到哪兒去？」

「蘇格蘭。那裡有一所大學。爸爸要去教粒子物理學。」

他們一起在小徑上走著，一個是穿著亮橘色厚夾克的小女孩，一個是裹著灰色裹屍布的小男孩。

「蘇格蘭離這裡很遠嗎？」

「很遠。」她說。

「噢。」

「我一直希望能在這裡碰見你，好跟你告別。」

「我一直都在這裡。」

「但是你還沒死，不是嗎？奴巴弟・歐文斯？」

「當然還沒。」

「那麼你就不能一輩子待在這裡了，不是嗎？有一天你會長大，然後你就必須離開這裡，在外面的世界生活。」

他搖搖頭。「我在外面不安全。」

「誰說的？」

「塞拉說的，我的家人說的，每個人都這麼說。」

她沉默了。

爸爸大喊：「史嘉蕾！快來，親愛的，我們該走了。妳已經來過墓園最後一趟，現在咱們該回家了。」

史嘉蕾對巴弟說：「你很勇敢，你是我認識最勇敢的人，而且你是我的朋友。我不在乎你只是我的幻想。」然後她沿著小徑飛奔回去，回到爸媽身邊，回到外面的世界。

第三章　上帝的獵犬

每座墓園都有一座屬於食屍鬼的墳，只要在墓園裡遛達得夠久就會發現——它沾滿了水漬、凹凸不平，四周滿是碎石、雜草或蔓生的水草，接近時還會有一種荒蕪的感覺。它的墓碑或許也比其他墓碑更冰冷，上頭刻的名字常是難以辨認。如果墳上有雕像，一定是座無頭雕像，或是滿佈蕈菇和苔蘚，看起來就像是株大蕈菇。如果墓園裡有哪座墳是破壞狂的最愛，一定是「食屍鬼門」。如果有哪座墳讓你一刻都不想多留，一定是「食屍鬼門」。

巴弟的墓園裡就有一個。每座墓園都有一個。

塞拉要走了。

巴弟剛聽到這個消息的時候很傷心，可是現在他不傷心了，而是很生氣。

「為什麼？」巴弟說。

「我說過了，我需要獲得一些資訊。為了獲得資訊，我必須旅行。為了旅行，我必須離開這裡。我們已經談過這件事了。」

「有什麼事情重要到你非離開不可？」巴弟六歲大的腦袋努力想出有什麼事情能讓塞拉想離開他，但怎麼也想不到。「這不公平。」

他的監護人不為所動。「奴巴弟•歐文斯，沒有什麼公平不公平，事情就是這樣。」

巴弟不領情。「你應該要照顧我，這可是你自己說的。」

「身為你的監護人，我的確對你有責任。幸運的是，我不是世界上唯一一個能擔負這個責任的人。」

「你要去哪裡？」

「去外面，離開這裡。有些東西我沒辦法在這裡找到，得到外面才行。」

巴弟哼了一聲，走開來，邊走邊踢他幻想出來的石頭。墓園的西北方是一片蠻荒之地，不管是土地管理員或是「墓園之友」的志工都毫無能力開墾。他漫步來到這裡，吵醒了一家子維多利亞時代的小孩，這群孩子全都在十歲的生日以前就夭折了。月光下，他們在常春藤蔓生的叢林中玩捉迷藏。巴弟努力假裝塞拉沒有要離開，假裝一切都不會改變，但是遊戲結束，回到舊禮拜堂的時候，他看見兩樣東西改變了他的心情。

第一樣東西是個包包，巴弟一看就知道那是塞拉的包包。它至少有兩百五十年的歷史，十分漂亮，是個附有黃銅配件的黑色皮革包，維多利亞時代的醫生或是殯葬業者或許會提這種包包，所有必需的器材都在裡頭。巴弟從沒看過塞拉的包包，不過這個包包非塞拉莫屬。巴弟想偷看裡面的東西，但是包包用黃銅大鎖鎖上了，而且包包太重，巴弟也提不動。

那是第一樣東西。第二樣東西坐在禮拜堂旁邊的長椅上。

「巴弟，」塞拉說，「這位是露佩思古小姐。」

露佩思古小姐不漂亮，她皺著臉，表情裡滿是不同意。她有一頭灰白的頭髮，不過她的臉太年輕，似乎不該這麼早就滿頭白髮。她的門牙有點歪，身上穿著笨重的防水外套，繫著男人的領帶。

「幸會了，露佩思古小姐。」巴弟說。

露佩思古小姐沒說話，她吸吸鼻子、看看塞拉，然後說：「所以這就是那個小子囉？」她從椅子上站起來，繞著巴弟走，鼻孔一張一闔，好像在聞他身上的氣味。在巴弟身邊繞了一圈之後，她說：「每天起床睡前向我報到。我在那兒租了一個房間，」她指向從這兒剛好能瞧見的屋頂，「不過我會待在墓園這兒。我是個歷史學家，研究古老墳墓的歷史。你懂了嗎，小子？嗄？」

「巴弟，」巴弟說，「我叫巴弟，不是什麼小子。」

「全名是『奴巴弟』，」她說，「真是個蠢名字。另外，巴弟是個暱稱，是個小名，我不允許。我會叫你『小子』，你就叫我『露佩思古小姐』。」

巴弟抬頭用哀求的眼神看著塞拉，但塞拉的臉上沒有絲毫同情。他拎起包包說：「巴弟，露佩思古小姐會把你照顧得很好，我相信你們兩個一定能好好相處。」

「我們才不會！」巴弟說，「她好恐怖！」

「你這麼說，」塞拉說，「真是沒有禮貌。我想你應該道歉，不是嗎？」

巴弟沒有道歉，但是塞拉盯著他瞧，塞拉拎著黑色的包包準備離開，不曉得要多久才會回來，所以他說：「露佩思古小姐，對不起。」

一開始她沒有回話，只是一個勁兒地抽著鼻子，過了一會兒才說：「小子，我可是千里迢迢來照顧你，希望你值得我這麼費心。」

巴弟無法想像擁抱塞拉會是什麼情形，所以他伸出手，而塞拉則彎下腰，輕輕和他握手，把巴弟髒髒的小手握在他蒼白的大手中，然後毫不費力地拎起黑色的皮包，走上小徑後離開墓園。

巴弟告訴爸、媽這件事。

「塞拉走了。」他說。

「他會回來的。」歐文斯先生爽朗地說，「別擔心啦！」

歐文斯夫人說：「你出生的時候，他答應我們如果他必須離開，一定會找人帶食物給你、照顧你，現在他說到做到了，真是可靠。」

塞拉的確帶食物給巴弟，每天晚上都會把食物留在地窖給巴弟吃，但就巴弟所知，塞拉為他做的絕對不只這些。他給的建議很酷、很有道理，而且絕對正確；他知道的事情比墓園的居民還多，因為他每晚都到外面的世界去，所以對外面的世界有最新的了解，而不是一百年前的過時資訊；他冷靜可靠，巴弟有生以來每天晚上都跟他在一起，所以巴弟很難想像小禮拜堂竟然會少了它唯一的居民；最重要的是，他讓巴弟覺得很安全。

露佩思古小姐也認為自己的工作不只是把巴弟餵飽，而且克盡職守。

「那是什麼東西？」巴弟驚恐地問。

「有益健康的食物。」露佩思古小姐說。他們在地窖裡，露佩斯古小姐把兩個塑膠盒放在桌上，打開盒蓋。她指著第一個塑膠盒說：「那是甜菜根大麥燉湯，」接著指著第二個塑膠盒說：「那是沙拉。把兩盒都吃掉，我為你做的。」

巴弟瞪著她，以為她在開玩笑。塞拉帶來的食物大部分都裝在包裝裡，採購自深夜仍在賣食物、而且不會問東問西的商店。從來沒人帶裝在塑膠盒、還有塑膠蓋子的食物給他。「聞起來好恐怖。」他說。

「如果你不快點把燉湯吃掉，」她說，「它會變得更恐怖。它會冷掉。快吃。」

巴弟很餓，他拿起塑膠湯匙，舀起紫紅色的燉湯，吃了起來。燉湯嚐起來黏糊糊的，是他沒吃過的味道，但他還是吞下肚去。

「現在把沙拉吃掉！」露佩思古說著，打開了第二個塑膠盒的蓋子。盒子裡裝的是一大塊一大塊的生洋蔥、甜菜根和番茄，泡在濃稠的醋汁裡。巴弟把一塊甜菜放進嘴巴裡，嚼了起來。他可以感覺到唾液在集中，然後發現要是把嘴裡的東西吞下去，他一定會吐出來。他說：「我不能吃這個。」

「它對你的身體很好。」

「我會生病。」

兩人瞪著彼此：一個是瘦小的男孩，有著一頭鼠灰色的亂髮；另一個則是皺著臉的蒼白女人，銀白的頭髮與她再適合不過了。露佩思古小姐說：「再吃一塊。」

「不行。」

「再吃一塊，不然你就待在這裡，直到吃完全部的東西為止。」

巴弟挑起一塊醋汁番茄，嚼了嚼，吞了下去。露佩思古小姐把盒蓋蓋上，放回塑膠購物袋中。「好了，上課吧！」

正是盛夏時分，天色要到接近午夜才會完全變黑。盛夏時巴弟不上課——巴弟清醒時總在無止盡的溫暖暮色中玩耍、探險或到處攀爬。

「上課？」

「你的監護人覺得我應該教你一些東西。」

「我已經有老師了。雷蒂莎．博若思小姐教我寫作跟英文，潘尼沃斯先生教我『青年教育系統大全——附加死者參考資料』。我還有上地理課跟一大堆東西，我不需要更多的課程。」

「那麼你什麼都知道囉，小子？才六歲大就無所不知了。」

「我可沒那麼說。」

露佩思古小姐把雙手交叉在胸前。「跟我說說食屍鬼。」她說。

巴弟努力回想這幾年來塞拉教過他的食屍鬼知識。「不要接近他們。」他說。

「你就知道這些？嗄？為什麼不要接近他們？他們來自哪裡？他們會去哪裡？你為

什麼不能接近食屍鬼門？回答我呀，小子？」

巴弟聳聳肩，搖搖頭。

「說出三種不一樣的人，」露佩思古小姐說，「快！」

巴弟想了一會兒。「活人，」他說，「呃……死人。」他停了一下，然後說：「……貓？」他沒把握地說。

「你真是無知，小子。」露佩思古小姐說，「這實在太糟糕了，更糟的是你還甘願做個無知的人。跟我唸一次，人分死人與活人、日行者與夜行者、食屍鬼與霧行者、大獵人與上帝的獵犬，另外還有一些人是獨行俠。」

「妳是哪一種人？」巴弟問。

「我，」她嚴厲地說，「是露佩思古小姐。」

「那塞拉呢？」

她遲疑了一會兒才說：「他是個獨行俠。」

巴弟忍耐著課程，塞拉教他東西的時候都很有趣，大部分的時候巴弟甚至不覺得自己在上課。但露佩思古小姐總是要他背一大堆的名單，巴弟從來不知道這麼做有什麼意義。他坐在地窖裡，迫不及待地想出去沐浴在夏日的暮色裡，沉浸在鬼魅般的月色之下。

上完課，巴弟帶著最惡劣的心情逃了出來。他尋找玩伴，但一個也沒找到，只看見一隻在墓碑之間徘徊的大灰狗。那隻大灰狗總是和他保持距離，在墓碑之間潛行、在陰影之間穿梭。

上課的日子變得更難捱了。

露佩思古小姐繼續帶她親手做的食物給巴弟，在豬油裡游泳的餃子；加了一團酸奶油的紅紫色濃湯；小小、冷冷的水煮馬鈴薯；帶著濃濃大蒜味的冷香腸；還有煮得硬邦邦的雞蛋，泡在令人沒了食慾的灰色液體裡。他總是想辦法吃得愈少愈好。課程也繼續上，有整整兩天的時間，露佩思古小姐只教他用世界上的各種語言呼救。要是巴弟說錯或是忘了，露佩思古小姐還會用筆敲他的指關節。到了第三天，露佩思古小姐開始用一連串的問題轟炸他。

「法語？」

「Au secours.」

「摩斯電報密碼？」

「S—O—S。三短音、三長音、再三短音。」

「夜魘語？」

「這真是太蠢了。我根本不記得夜魘是什麼東西。」

「夜魘有無毛的翅膀，飛得很低很快。他們不會到這個世界來，只會在食屍鄉之道上方的赤色天空飛行。」

「我永遠也不會需要知道這種東西。」

她的嘴抿得更緊了。她只說了一句話：「夜魔語？」

巴弟照她教的方法，從喉嚨深處發出聲音——一陣含糊的吼叫，就像老鷹的叫聲。

她抽抽鼻子。「還可以。」她說。

巴弟一心期望塞拉快點回來。

他說：「有時候墓園裡會有一隻大灰狗，妳來的時候，牠也會來。牠是妳的狗嗎？」

露佩思古小姐動手把領帶調正。「不是。」她說。

「課上完了嗎？」

「今天的課上完了。今晚把我給你的名單唸熟，明天以前要背好。」

露佩思古小姐的名單用淡紫色的墨水印在白紙上，聞起來有股怪味。巴弟拿著新名單走到山坡上，努力辨識上頭的字跡，但就是沒辦法專心。最後他把名單摺起來，塞在一顆石頭底下。

那天晚上沒人跟他玩，沒人想玩耍或是聊天，也沒人想在碩大的夏月下奔跑攀爬。

他走到歐文斯夫婦的墳裡，向爸媽抱怨，但歐文斯夫人卻連一句露佩思古小姐的壞話也聽不進去。巴弟覺得，歐文斯夫人會這麼偏袒露佩思古小姐，不過就是因為露佩思古小姐是塞拉欽點的人選，這個理由真是太不公平了。至於歐文斯先生則是聳聳肩，告訴巴弟他年輕時在櫥櫃師傅門下學藝的事情，還告訴巴弟，要是他當年有機會像巴弟一樣學到這麼多有用的知識，一定會非常感動，但這卻讓巴弟覺得更難過了。

「你不是得唸書嗎？」歐文斯夫人說。巴弟的雙手用力握拳，一句話也沒說。他用力跺著步走進墓園，覺得自己沒人疼愛也沒人了解。

巴弟滿懷憤慨，一邊踢著石頭，一邊漫步穿過墓園。他看見那隻陰鬱的大灰狗，想叫牠過來一起玩，但大灰狗依然保持著距離。巴弟生氣地抓起一把泥土丟向牠，泥土在一旁的墓碑上碎開，濺得到處都是。大灰狗用責備的眼神瞪著巴弟，然後走進陰影，消失不見。

巴弟走回山坡的西南方，刻意避開了舊禮拜堂，如今塞拉不在，他不願意睹物思人。巴弟在一座看起來和他一樣憂鬱的墳墓旁停了下來，它位在一株橡樹底下，那株橡樹曾遭雷擊，如今只留一截焦黑的殘株，就像一隻突出山坡的尖銳獸爪；至於墳墓本身則是沾滿了水漬，而且滿是裂痕，上頭立著一個紀念碑，碑上掛著一個無頭天使，天使的袍子看來就像一株長在樹上的醜陋大真蕈。

巴弟坐在草叢旁，自憐自艾、討厭所有的人。他甚至討厭塞拉，因為他竟然拋下巴弟一走了之。然後他閉上眼睛，在草地上蜷成一團，飄進了無夢的睡眠之中。

「西敏公爵」、「阿契博・費滋休大人」和「巴斯兼威爾斯主教」從大街爬上了山坡，一路上他們偷偷摸摸、蹦蹦跳跳地從一個陰影跑到另一個陰影，一個個身材又瘦又黑，動作敏捷又充滿了精力，身上穿著破破爛爛的衣服。他們時而跳躍、時而狂奔、時而潛行，在垃圾桶之間像青蛙似的跳來跳去，盡量不離開樹籬的陰影。

他們的體型很小，就像日曬後縮水的成人。他們一邊走、一邊對彼此竊竊私語，比如：「若閣下對我等所在之處，能提出比我輩更精闢的見解，我輩洗耳恭聽。若不然，則請閣下閉上那張又大又臭的狗嘴。」還有：「大人，鄙人的淺見是，在下知道附近哪兒有墓園，因為在下聞得到。」或是：「閣下，如果您能嗅得到，在下一定也聞得到，因為在下的鼻子比您還靈。」

他們就這樣一路躲躲閃閃、迂迂迴迴地穿過郊區的花園。他們避開其中一座花園（「噓！」阿契博・費滋休大人低聲說，「有狗！」），在花園的圍牆頂端奔跑，又蹦又跳，就像體型有兒童般大小的老鼠。他們跑進大街，走上通往山頂的馬路，來到墓園的圍牆前，像麻雀飛上樹枝般靈活地跳上圍牆，嗅著空氣。

「小心狗。」西敏公爵說。

「在哪兒？我可不知道，但就在這附近，總之聞起來不是隻普通的狗。」巴斯兼威爾斯主教說。

「剛才還有人連這兒有座墓園都聞不出來，」阿契博・費滋休大人說，「難不成您忘啦？不過就是隻狗罷了嘛！」

三人跳下圍牆，手腳並用地穿過墓園，來到雷劈樹旁的食屍鬼門。

在食屍鬼門旁、在月光之下，他們停了下來。

「這是什麼玩意兒呀？」巴斯兼威爾斯主教問。

「哎呀呀！」西敏公爵說。

巴弟醒了。

那三張盯著他猛瞧的臉就像木乃伊的臉，又瘦又乾，但表情卻生動又充滿了興趣——三張咧著笑容的嘴露出了滿是牙漬的尖牙；三雙又亮又圓的眼睛；爪子般的手指動著、敲著。

「你們是誰？」巴弟問。

「我們，」其中一個生物說——巴弟發現他們的體型比自己大不了多少——「可是大人物。這位是西敏公爵。」

最大的生物鞠了個躬，說：「幸會，幸會。」

「……這位是巴斯兼威爾斯主教——」

另一個生物咧嘴而笑，露出銳利的牙齒，長得不可思議的尖舌在兩排牙齒之間晃呀晃。他看起來一點也不像巴弟想像中的主教：他的皮膚上長滿了斑紋，一隻眼睛上還有一道很大的斑點，讓他看起來很像海盜。「……至於在下則很榮幸身為阿契博・費滋休大人，隨時聽候差遣。」

三個生物同時鞠躬。巴斯兼威爾斯主教說：「現在輪到你做自我介紹了，別打誑語，記得你可是在對主教說話。」

「大人您說得是。」另外兩個生物說。

所以巴弟照做，他告訴他們沒人喜歡他也沒人想跟他玩，沒人了解他或關心他，就連他的監護人也拋棄了他。

「我的天呀！」西敏公爵一邊說、一邊搔搔鼻子（他的鼻子又乾又癟，幾乎只剩下了鼻孔），「你需要到一個有人了解你的地方。」

「世界上沒有那種地方，」巴弟說，「而且我不能離開墓園。」

「你需要很多很多的朋友跟玩伴，」巴斯兼威爾斯主教一邊說，一邊吐著他的長舌，「一個充滿歡樂、趣味與魔法的地方，在那裡有人了解你，不會忽略你。」

巴弟說：「有一位女士負責照顧我。她做的菜好恐怖，有煮得硬邦邦的雞蛋，還有一堆東西。」

「食物！」阿契博・費滋休大人說，「我們要去的地方有世界上最好吃的食物，一想到那些食物我就飢腸轆轆、口水直流。」

「我可以跟你們去嗎？」巴弟說。

「跟我們去？」西敏公爵說，他聽起來很震驚。

「別這樣，大人，」巴斯兼威爾斯主教說，「發發善心吧！看看這可憐的小孩，他不曉得多久沒好好吃過飯囉！」

「我贊成帶他同行，」阿契博‧費滋休大人說，「我們住的地方有可口的食物。」他摸摸肚皮，好像在告訴巴弟他們的食物有多美味。

「所以你要加入冒險囉？」西敏公爵說，這新奇的主意完全說服了他，「還是你想浪費你的餘生在這個鬼地方？」他用骨瘦如柴的手指指向墓園與夜色。

巴弟想到露佩思古小姐、她可怕的食物和那張抿得緊緊的嘴。

「我加入。」他說。

他的三個新朋友也許體型與他差不了多少，但力氣卻比任何小孩都大，巴弟發現巴斯兼威爾斯主教把他高高舉在頭上，而西敏公爵則抓住一把疥癬似的野草，大吼：「斯卡！希伊！卡哇嘎！」然後用力拉扯。蓋住墳墓上方的石板像扇活板門似的打了開來，露出一個黑漆漆的洞。

「動作快！」公爵說，巴斯兼威爾斯主教把巴弟丟進黑漆漆的洞裡，然後也跟著跳了進去，後頭跟著阿契博‧費滋休大人，最後西敏公爵也縱身一躍，靈活地跳進洞裡，他一進洞裡便大喊：「威卡拉多斯！」食屍鬼門應聲關上，石板在他們頭上發出轟然巨響。

巴弟往下墜落，像一塊大理石似的滾進黑暗中，他驚訝得忘了害怕，一心想著墳墓底下的洞到底有多深。突然間兩隻強壯的手從腋下挾著他，他發現自己正往前飛過一片漆黑。

巴弟已經好多年沒經歷過伸手不見五指的情形。在墓園裡，他的視力和死人一樣，所以對他來說，沒有一座墳是真正黑暗的。但現在他卻在全然的黑暗中，覺得自己在一連串的推擠中被拋向前方，他身邊的狂風令人害怕，卻也令人興奮。

然後有了光，一切便因此改變。

天空是紅色的，不過不是落日時溫暖的紅色。那是一片憤怒、刺眼的紅，就像傷口受到感染時的顏色。太陽很小，看起來很蒼老也很遙遠。空氣很冰冷，他們正沿著一面牆下降。許多墓碑與雕像突出牆面，就像是豎直了的墓園一樣。西敏公爵、巴斯兼威爾斯主教和阿契博・費滋休大人就像三隻穿著後扣式破爛黑西裝的瘦皮猴，從一座雕像盪到另一座雕像，一邊前進一邊把巴弟丟來丟去，從不失手，總是輕而易舉地接住他，甚至連看都不用看。

巴弟努力往上看，想看看這個奇異世界的墳墓入口，但只看見許多墓碑。他懷疑他們盪過的每座墳底下是不是都有一扇門，讓這些挾持者的同類能自由來去……

「我們要去什麼地方？」他問，但狂風吹走了他的聲音。

他們的速度愈來愈快，巴弟看見前方有一座雕像掀了開來，另外兩個生物從裡頭衝出來，飛向這個有著赤色天空的世界，就像挾著巴弟的三個人一樣。其中一個穿著破爛的絲綢禮服，那身禮服看起來曾經是白色的；另一個則穿著太大的骯髒灰西裝，兩只袖子早已破爛無比。他們看見巴弟和三個新朋友，於是朝他們飛來，輕輕鬆鬆地下降了二十呎。

西敏公爵發出充滿喉音的粗糲叫聲，假裝很害怕，接著巴弟和其他三人便盪下了滿是墳墓的牆壁，新來的兩個生物緊追在後。在紅色的天空之下，過度燃燒的太陽像一隻死掉的眼睛般盯著他們，沒有人露出疲態或是喘不過氣，但最後他們還是在一座巨大的雕像前停了下來，雕像的整張臉長滿了真蕈。有人為巴弟引見了兩個人，美國第三十三任總統和中國皇帝。

「這位是巴弟少爺，」巴斯兼威爾斯主教說，「他將成為我們的一分子。」

「他想吃大餐。」阿契博．費滋休大人說。

「這個嘛，等你成為我們的一分子，我保證你一定能吃到大餐。」中國皇帝說。

「沒錯。」美國第三十三任總統說。

巴弟說：「我成為你們的一分子？你是說，我會變得跟你們一樣？」

「真是冰雪聰明，不容小看呀！」巴斯兼威爾斯主教說。「沒錯，成為我們的一分子，和我們一樣強壯、一樣迅捷、一樣無敵。」

「牙齒強韌得能咬斷任何骨頭；舌頭又尖又長，足以舔到最深的骨髓，或是從胖子的臉上刮下肥肉。」中國皇帝說。

「能在陰影之間來回穿梭，沒有人看得見、沒有人懷疑。自由如空氣、快捷如思想、冷如霜、堅如釘，危險如……如我們。」西敏公爵說。

巴弟看著這群生物。「但要是我不想成為你們的一分子呢？」他說。

「不想？你當然想！還有什麼比這更好的？我覺得宇宙裡沒有一個人不想變得跟我們一模一樣。」

「我們有最好的城市——」

「食屍鄉。」美國第三十三任總統說。

「最好的生活，最好的食物——」

「你能想像，」巴斯兼威爾斯主教插嘴，「鉛棺裡蓄積的黑色膿汁有多麼美味嗎？或是確信自己一定比王公貴族、總統、首相或是大英雄更了不起，就像人類一定比甘藍菜更重要一樣，會有多麼快樂嗎？」

巴弟說：「你們到底是什麼人？」

「食屍鬼，」巴斯兼威爾斯主教說，「老天爺呀，這傢伙根本沒專心嘛！我們是食屍鬼。」

「看！」

在他們下方，一大群小小的生物又蹦又跑又跳地往底下的小徑前進，巴弟還來不及答話，一雙乾瘦的手便抓住了他，帶著他蹦蹦跳跳、左搖右晃地飛過空中，與下方其他的同伴會面。

滿是墳墓的牆壁即將來到盡頭，眼前出現了一條路，一條貨真價實的道路，一條飽經踐踏的道路。它穿過一片荒蕪的平原、一片滿是石頭與骨骸的沙漠，最後通往一座位在紅色大石丘高處的城市，那裡足足有數哩之遙。

巴弟抬頭看著那座城市，感到驚駭無比，一陣激動吞沒了他，那陣激動混雜了嫌惡與恐懼、憎厭與噁心，還帶著幾許驚恐。

食屍鬼不從事建設，他們是寄生蟲和禿鷹，專吃腐臭的屍體。他們口中的「食屍鄉」是他們在很久很久以前發現的，並不是他們建造出來的。現在已經沒有人知道（過去也從沒有人類知道）是什麼樣的生物建造出這些大樓，又是誰在岩石上打造出這些蜂窩似的隧道與高塔，但可以確定的是，只有食屍鬼才會想待在那裡，或甚至是想接近那個地方。

即使在食屍鄉底下的小徑上，離食屍鄉還有數哩之遙，巴弟還是可以看見食屍鄉裡所有的角度都不對勁——那裡的牆壁瘋狂地傾斜，猶如巴弟此生所有惡夢的化身，就像一張滿是尖牙的血盆大口。這樣的城市建來就是要被遺棄的，它的建造者將所有的恐懼、瘋狂與厭惡都化為石像，放進這座城市裡。食屍鬼發現了它，以之為樂，以之為家。

食屍鬼的動作很快，他們沿著小徑飛過沙漠，比禿鷹飛得還要敏捷。他們帶著巴弟，用強壯的食屍鬼之手把他高高舉在頭上，互相丟來丟去。巴弟覺得很噁心，覺得驚慌害怕，覺得很蠢。

在他們頭頂的陰鬱赤色天空上，有一群怪物用巨大的黑色翅膀盤旋飛行。

「小心，」西敏公爵說，「把他藏好，別讓夜魘偷走他。該死的小偷！」

「沒錯！我們討厭小偷！」中國皇帝大吼。

夜魘，在食屍鄉的赤色天空上……巴弟深呼吸，照露佩思古小姐教他的方法呼救。他從喉嚨深處發出像老鷹叫聲的呼喊。

其中一隻長了翅膀的野獸朝他們飛來，在低處盤旋。巴弟又呼救了一次，直到一隻強壯的手摀住了他的嘴。「真是個好主意，竟然想把牠們叫下來，」阿契博・費滋休大人說，「但是相信我，牠們要爛了好幾個禮拜才能吃，而且只會製造麻煩。咱們和牠們沒傷了和氣吧？」

夜魘再次升上乾燥的沙漠天空，與同伴會合，巴弟覺得所有的希望都消失了。

食屍鬼朝岩石上的城市加速前進，現在西敏公爵把巴弟隨便扛在肩上，帶著他同行。

死掉的太陽落下，兩個月亮升起。其中一個月亮很大，長滿了麻花似的斑點，顏色是白的，它升起時彷彿佔據了半個地平線，但升得愈高就縮得愈小；另一個月亮比較小，顏色有如起司發霉紋路的藍綠色，它的出現對食屍鬼而言是值得慶賀的事情。他們停下行進的腳步，在路邊紮營。

幾位新成員加入了他們，其中一位——巴弟覺得應該是叫做「知名作家雨果」的那一位——拿出一個麻袋，麻袋裡裝滿了木柴，其中幾根木柴還連著轉軸或是銅把手；麻袋裡還裝著一只金屬打火機。沒多久火生好了，所有的食屍鬼便繞著營火坐下休息。他們抬頭瞪著藍綠色的月亮，為了爭奪營火邊的最佳座位而互相扭打、互相辱罵，有時還抓來抓去、咬來咬去。

「我們馬上就要睡了，然後在月落時啟程前往食屍鄉。」西敏公爵說，「只要沿著這條路跑九、十個小時就行了。我們會在接近月升時抵達目的地，然後就辦個派對，如何？慶祝你即將成為我們的一分子！」

「不會痛的，」阿契博・費滋休大人說，「你根本不會注意到，想想你之後會有多快樂！」

接著他們說起了故事，告訴巴弟當個食屍鬼有多麼美好，他們堅硬的牙齒咬碎吞嚥過哪些東西。他們百病不侵，其中一個食屍鬼這麼說。不管他們的晚餐是怎麼死的，他們都能大口大口地吞下肚。他們還告訴巴弟他們去過的地方，大部分似乎都是墓穴和埋葬瘟疫死者的亂葬崗。（「亂葬崗最好吃了。」中國皇帝說，大家也都同意。）他們告訴巴弟他們的名字是怎麼來的，還告訴巴弟，等到他變成一個無名的食屍鬼之後，也會用和他們一樣的方法得到新名字。

「可是我不想成為你們的一分子。」巴弟說。

「無論如何，」巴斯兼威爾斯主教爽朗地說，「你都會變成我們的一分子。另一個方法比較麻煩一點，你得在五臟廟裡被消化消化，你一定不會喜歡的。」

「這真不是個適合聊天的話題，」中國皇帝說，「當食屍鬼最好啦！我們什麼都不怕！」

聽到這句話，圍著棺木營火的眾食屍鬼紛紛歡呼、咆哮、歌唱，讚嘆著他們有多聰明、多偉大，讚嘆著能夠什麼都不怕是件多麼美好的事情。突然從沙漠遠處傳來了一個聲音，一個遙遠的嚎叫，眾食屍鬼竊竊私語，紛紛擠近營火。

「什麼聲音？」巴弟問。

眾食屍鬼搖搖頭。「只是沙漠裡的某個東西。」其中一個食屍鬼低語，「安靜！它會聽到我們的聲音！」

所有的食屍鬼安靜了一陣，不過沒多久又故態復萌，忘了沙漠裡的東西，唱起了食屍鬼之歌。食屍鬼之歌裡充滿了不堪的髒話和更不堪的情感，最受歡迎的一首從頭到尾唱著接下來要吃的是腐屍的哪個器官，以及吃的順序。

「我想回家。」等到歌聲停歇，巴弟說。「我不想待在這裡。」

「別鬧脾氣了，」西敏公爵說，「嗳，小傻瓜，我保證你一成為我們的一分子，馬上就會連你曾經有個家都忘得一乾二淨。」

「我完全不記得我在成為食屍鬼之前的那段歲月。」知名作家雨果說。

「我也不記得。」中國皇帝驕傲地說。

「我也是。」美國第三十三任總統說。

「你將成為精英的一員，屬於最聰明、最強壯、最勇敢的生物。」巴斯兼威爾斯主教自吹自擂。

巴弟一點也不覺得食屍鬼有多勇敢或是多有智慧，不過他們的確很強壯，而且速度快得異於常人。巴弟陷在一大群食屍鬼之中，不可能脫身。就算他逃跑，跑不了幾十碼，食屍鬼也會立刻追上他。

夜色之中，遠方的某個東西再次嚎叫，食屍鬼靠得離營火更近了。巴弟可以聽見他們吸鼻子和咒罵的聲音。他閉上眼，覺得悲慘又想家，他不想成為食屍鬼。他以為自己這麼煩惱絕望，一定睡不著，但他竟然睡了兩、三個小時，連他自己都覺得有些驚訝。

一陣噪音吵醒了他，那陣噪音聽來沮喪、刺耳，而且近在身邊，原來是有人在說話：「哎呀，他們到底在哪兒啊？說呀！」

他張開眼睛，看見巴斯兼威爾斯主教正對著中國皇帝大吼大叫。似乎有幾位夥伴在夜裡失蹤，不見了蹤影，沒有人能提出解釋。剩下的食屍鬼非常焦慮，他們迅速打包，美國第三十三任總統抓起巴弟，一把扛在肩上。

在顏色如壞血般的天空下，一群食屍鬼慌慌張張地爬下通往馬路的峭壁，朝食屍鬼鄉前進。今天早晨他們看來不再那麼生氣勃勃。現在他們看起來——至少對隨著他們蹦跳跳的巴弟來說——好像在逃命一樣。

中午時分左右，死眼般的太陽高掛空中，食屍鬼停下腳步並聚成了一團。在他們前方，數十隻夜魔乘著上升的暖流，在高高的天空上順著熱氣流盤旋。

食屍鬼分成了兩派，一派覺得夥伴失蹤不是什麼大不了的事；一派則覺得一定有東西在追捕他們，或許就是夜魔。兩派意見莫衷一是，唯一的共識就是要準備好防身的石頭，以防夜魔下降襲擊，他們在西裝和長袍的口袋裡裝滿沙漠裡的圓石。

在他們左方的沙漠裡又傳來了嚎叫聲，食屍鬼面面相覷。嚎叫聲比前晚更大聲也更近了，是低沉的狼嚎。

「你聽到了嗎？」倫敦市長說。

「沒有。」美國第三十三任總統說。

「我也沒聽到。」阿契博・費滋休大人說。

嚎叫聲又起。

「我們得回家了。」西敏公爵說著，舉起一顆大石頭。

名叫「食屍鄉」的鬼魅之城，位在前方一座露出地表的岩石高地上，眾食屍鬼在通往食屍鄉的道路上邁開大步奔跑。

「夜魔來啦！」巴斯兼威爾斯主教大吼，「朝那些該死的傢伙丟石頭！」

此時巴弟的視野上下顛倒，在美國第三十三任總統的背上彈來彈去，小路上揚起的砂石打在他的臉上。但是他聽得見鷹叫似的吼聲，於是巴弟再次用夜魔語呼救。這次沒有人阻止他，但是夜魔的叫聲四起，食屍鬼丟擲石塊時還不停地詛咒、謾罵，所以他不確定有沒有人聽見他的呼救聲。

巴弟又聽見嚎叫聲，這次叫聲來自他們的右方。

「那些混帳東西有好幾十隻啊！」西敏公爵沮喪地說。

美國第三十三任總統把巴弟交給知名作家雨果，雨果把巴弟丟進麻袋，扛在肩上，巴弟很高興麻袋裡聞起來沒有比髒木柴還糟糕的東西。

「他們要撤退了！」一隻食屍鬼說，「看，他們要走了！」

「別擔心，小子，」一個聲音靠近袋子說，巴弟覺得很像是巴斯兼威爾斯主教的聲音，「等我們把你送到食屍城，就不會再碰到這種麻煩事了，食屍城是固若金湯的。」

巴弟不曉得食屍鬼和夜魘纏鬥時有沒有傷亡，但是從巴斯兼威爾斯主教的咒罵聲聽來，又有幾個食屍鬼乘亂逃跑了。

「快呀！」某個可能是西敏公爵的人大吼，眾食屍鬼拔腿狂奔。在麻袋裡的巴弟不時和知名作家雨鬼的背部相撞，偶爾還撞向地面，他覺得非常不舒服。更讓他不舒服的是，在麻袋裡陪伴他的還有幾塊木柴，更別提尖銳的螺絲和釘子了。木柴本來就是從棺木上拆下來的，那些螺絲和釘子就是棺木柴火最後的一點遺跡。一根釘子剛好壓在他手下，刺進了肉裡。

雖然挾持者每走一步就顛簸一次，但巴弟還是想辦法用右手抓住了那根釘子。他摸到了釘子銳利的尖端，在心裡默默祈禱，然後把釘子用力刺向身後的麻布裡，拉出來之後，接著在離第一個破洞底下不遠的地方又刺了一個洞。

他聽見身後再次傳來了嚎叫聲，突然想到，讓這群食屍鬼如此害怕的東西一定也是恐怖得令人難以想像。他忍不住停下了手上的釘子——要是他順利逃出了麻袋，卻落進某種邪惡怪獸的爪牙中呢？不過那麼一來，巴弟心想，至少他死的時候還是他本來的模樣，他還會擁有所有的回憶，記得爸爸、媽媽，記得塞拉，記得露佩思古小姐。

那是件好事。

他把銅釘再次戳進麻袋，用力地刺呀戳的，直到麻袋又破了一個洞。

「快呀，夥伴們，」巴斯兼威爾斯主教大吼，「爬上階梯，咱們就到家了，在食屍鄉我們就安全了！」

「萬歲，閣下！」另一個人大喊，或許是阿契博．費滋休大人。

現在這群綁匪的方向改變，不再是單純地往前，而是一連串的動作，向上再往前、向上再往前。

巴弟用力推擠麻袋，擠出了一個偷窺孔。他往外看。頭上是陰鬱的赤色天空，底下是……

……他看見沙漠地，但卻在他腳下好幾百里。他們身後有凸出的階梯，但卻是為巨人打造的高大階梯；他的右邊則是一道赭色的石牆。雖然巴弟看不見，但食屍鄉一定就在階梯之上，他的左邊是一道陡峭的懸崖。他決定要直接掉在階梯上，只希望食屍鬼忙著回家逃命，不會注意到他開溜。他看見夜魔在赤色的天空上高飛，盤旋不前。

他很高興地發現後面沒有其他的食屍鬼，知名作家雨果負責殿後，所以後頭沒有別的食屍鬼警告其他同伴麻袋破了洞，或是看見巴弟掉出來……

但還有別的東西……

巴弟的身體彈了起來，成了側躺的姿勢，離開了麻布的破洞，但是他看見底下的階梯上有個又大又灰的東西在追他們。他聽見憤怒的嚎叫聲。

歐文斯先生會用一句話形容自己遇上進退兩難的情形：「前有惡魔，後有深淵」。巴弟一輩子都待在墓園裡，沒看過惡魔也沒看過深淵，所以不曉得惡魔或是深淵是什麼意思。

我是「前有食屍鬼，後有大野獸」，他心想。

他正這麼想著，尖銳的犬齒便咬住了麻袋，沿著巴弟刺出的洞口扯開麻布。巴弟滾落在石階上，一隻巨大的灰色動物俯視著他，淌著口水咆哮著。牠的形狀像隻狗，但體型卻比狗大，有火焰般的眼睛、白色的尖牙和巨大的腳爪。牠喘著氣，瞪著巴弟。

在他們前方，食屍鬼停下了腳步。「該死！」西敏公爵說，「那隻地獄獵犬抓走了討厭的小鬼！」

「管不了那麼多了，」中國皇帝說，「快跑！」

「遵命！」美國第三十三任總統說。

食屍鬼跑上階梯，現在巴弟確定階梯一定是出自巨人之手，因為每一級階梯都造得比他還高。食屍鬼拚命逃跑，只偶爾回頭比出無禮的手勢咒罵野獸，可能連巴弟也是他們咒罵的對象。

野獸在原地不動。

牠要吃了我，巴弟悲傷地想，眞是聰明反被聰明誤呀，巴弟。他想起了他在墓園的家，再也不記得自己為什麼要離家出走了。不管眼前有沒有大怪狗，他都必須回家，還有人在等他。

他推開野獸，跳到下一級階梯上。階梯足足高四呎，比他的身高還高。他扭傷了腳踝，痛得他重重跌落在石地上。

他聽見野獸跳下階梯，朝他跑來。他努力掙扎著起身，但他的腳踝又痛又麻，一點用也沒有，他忍不住又摔了一跤，從階梯上往下墜，離開了石牆，掉進了空中，掉下了懸崖——他滾落了一段他無法想像的距離，就像一場惡夢……

就在他往下墜落的時候，他確信自己聽到有個聲音從大灰狗的方向傳來，那是露佩思古小姐的聲音：「噢，巴弟！」

他朝地面墜落，就像每個往下墜落的夢境一樣．他驚恐慌亂地在空中下墜。巴弟覺得他的腦袋不夠大，只能容許一個念頭，所以「那隻大狗其實是露佩思古小姐」和「我要掉在石地上粉身碎骨了」這兩個念頭在他的腦袋裡瘋狂地搶位。

有個東西以和巴弟相同的速度下降，包住了巴弟，接著是一陣拍打皮翼的聲音，然後一切慢了下來，地面不再用相同的速度朝他逼近了。

翅膀拍得更大力了。他們輕輕往上飄，現在巴弟腦袋裡唯一的想法是：我在飛！而他的確在飛。他轉過頭，看見上方有一顆深棕色的頭，那顆頭沒有毛髮，一雙深邃的眼眸好像是擦亮的黑色玻璃板。

巴弟用夜魘語發出嘶啞的「救命」。夜魘微微一笑回以低沉的嘯聲，看起來似乎很高興。

隨著一陣俯衝減速，他們「砰」的一聲落在沙漠地上。巴弟想站起來，但他的腳踝又不聽話，害他跌坐在沙地上。風很強，沙漠裡銳利的沙石重重打在巴弟的皮膚上，刺痛了他。

夜魘蜷伏在他身邊，一對皮翼收在背後。巴弟在墓園長大，對於長了翅膀的人早就見怪不怪，但墓碑上的天使和眼前的夜魘長得完全不一樣。

現在，在食屍鄉的陰影下，一隻形同大狗的灰色大野獸穿過沙漠朝他們奔來。

大狗用露佩思古小姐的聲音說話。

她說：「這是夜魘第三次出手救你了，巴弟。第一次是你呼救，牠們聽見了。傳信給我，告訴我你的位置。第二次是昨晚在營火旁你睡著的時候，牠們在黑夜中盤旋，聽見幾個食屍鬼說你是個衰神，他們應該用石頭砸爛你的腦袋，把你藏在某個地方，等你爛透了再回來吃掉你，夜魔在暗地裡把事情處理好了。第三次就是現在了。」

「露佩思古小姐？」

大狗朝他低頭，巴弟以為大狗要咬他，一時間嚇得失了魂，但大狗只是用舌頭溫柔地舔舔他的側臉。「你傷了腳踝？」

「對，我站不起來。」

「咱們想辦法把你弄到我的背上吧！」露佩思古小姐變成的大灰狗說。

她用嘶啞的夜魔語說了幾句話之後，夜魔便走過來，抓起巴弟，讓巴弟抱住露佩思古小姐的脖子。

「抓住我的毛，」她說，「抓緊！好，在我們離開之前，跟著我說……」她發出高亢嘶啞的聲音。

「那是什麼意思？」

「謝謝，或是再見。兩個意思都有。」

巴弟盡力發出嘶啞的聲音，逗得夜魔咯咯笑了起來。牠發出了類似的聲音，然後展開巨大的皮翼，用力拍著翅膀，跑進沙漠的狂風中。狂風迎向牠，載著牠往上升，就像一面迎風起飛的風箏。

「好啦，」露佩思古小姐變成的大狗說，「抓緊囉！」然後她邁開步伐狂奔。

「我們要去那面滿是墳墓的牆壁嗎？」

「去食屍鬼門？不，那是給食屍鬼用的。我是上帝的獵犬，出入地獄時我走自己的路。」此時巴弟覺得她好像跑得更快了。

巨大的月亮升起，較小的青霉色月亮也一起升起，接著寶石紅的月亮也加入了它們。在三個月亮之下，灰狼用穩定的步伐躍過滿是骨骸的沙漠，停在一棟泥造建築旁。泥造建築的外型像巨大的蜂窩，旁邊還有一道涓涓細流從沙漠的石地裡冒出，嘩啦嘩啦地蓄成一片小池塘，然後再次消失無蹤。灰狼低頭飲水，巴弟則用雙手舀水，用小嘴狼吞虎嚥地喝著水。

「這裡是邊界。」露佩思古小姐變成的灰狼說。巴弟抬起頭，三個月亮不見了，現在他可以看見銀河。他從來沒有看過這樣的銀河，它就像一條橫越天際的閃亮裹屍布，星斗滿天。

「好美喔！」巴弟說。

「等我們回家，」露佩思古小姐說，「我會教你星辰的名字和各個星座。」

「好主意。」巴弟同意。

巴弟再次爬上她又大又灰的背部，把臉埋進她的毛皮裡，緊緊抓住。彷彿才一眨眼的時間，他就被背著——一個成年的女人背著一個六歲大的男孩，樣子有些難看——走過墓園，來到歐文斯夫婦的墳墓裡。

「他傷了腳踝。」露佩思古小姐說。

「可憐的孩子，」歐文斯夫人說，從她手中接過巴弟，用無形但卻能幹的雙手抱在懷裡輕輕搖晃。「我不能說我不擔心，因為我實在很擔心。但是他回來了，其他的都不重要了。」

然後，在地底下，在這溫暖的地方，巴弟躺在自己的枕頭上，覺得舒服極了。一陣溫柔、疲憊的黑暗攫走了他。

巴弟的左腳腫了起來，還有一大片瘀青。崔佛西醫生（一八七〇～一九三六，願他復活時得到榮耀）診斷後，宣布只是單純的扭傷。露佩思古小姐從藥商那兒拿來了纏腳踝的治療繃帶；沃辛頓准爵則堅持一定要把陪葬的黑檀木枴杖借給巴弟。巴弟拄著枴杖，假裝自己是個一百歲的老頭子，玩得好不開心。

巴弟一跛一跛地爬上山丘，從一塊石頭底下拿出一張摺好的紙，紙上寫著：

上帝的獵犬

印刷的顏料是紫色的墨水，而且是一連串名單的第一項。

人稱「狼人」或是「變狼症病患」者，自稱爲「上帝的獵犬」。他們聲稱其變身的能力是造物者的賜予，他們將以不屈不撓的毅力回報這項賞賜，一路追捕爲非作歹的人，不到地獄之門絕不罷休。

巴弟點點頭。

不只是爲非作歹的人，他心想。

他唸完剩下的名單，努力記在腦袋裡，然後走到禮拜堂。露佩思古小姐在禮拜堂裡等他，還帶來了從山腳下速食餐廳買來的小肉餅和一大袋薯條，以及另一疊用紫色墨水複印的名單。

他們兩人一起吃薯條，露佩思古小姐難得地露出了一、兩次微笑。

塞拉在月底回來了，他用左手拿著黑包包，右手舉起時有些僵硬。但他是塞拉，巴弟很高興見到他，更高興塞拉送他禮物，一個舊金山金門大橋的小模型。

幾乎已是午夜，但天色還沒全黑，他們三人坐在山頂，城市的萬家燈火在他們腳下閃爍。

「我相信我不在的時候，一切都很好。」塞拉說。

「我學到了很多東西。」巴弟說，手裡仍拿著他的金門大橋。他指著夜空說：「那是獵戶座，就在那裡，他的皮帶是三顆星星。那是金牛座。」

「非常好。」塞拉說。

「那你呢？」巴弟問，「你不在的時候學到了什麼東西嗎？」

「噢，當然。」塞拉說，但是他不肯詳細說明。

「我也是，」露佩思古小姐拘謹地說，「我也學到了一些東西。」

「很好！」塞拉說。一隻貓頭鷹在橡樹上啼叫。「嗯，我不在的時候聽到了一些謠言。」塞拉說，「幾個禮拜前，你們兩人出了一趟遠門，到了一個我無法追蹤的地方。通常我會警告你們小心為上策，但食屍鬼有個獨特之處，他們的記性很差。」

巴弟說：「沒關係，我有露佩思古小姐照顧，從來沒碰到危險。」

露佩思古小姐看著巴弟，雙眼閃閃發亮，然後她看著塞拉。

「要學的知識還有很多，」她說，「也許明年盛夏我可以再回來教這個小子。」

塞拉看著露佩思古小姐，微微揚起一隻眉毛，然後他看著巴弟。

「好主意。」巴弟說。

第四章

女巫的墓碑

大家都知道，墓園的邊緣葬了一個女巫。打從巴弟有記憶以來，歐文斯夫人就一直告誡他離那個角落愈遠愈好。

「為什麼？」他問。

「對活人小子的身體不好，」歐文斯夫人說，「那底下很潮濕，根本是個沼澤，你會丟了小命的。」

歐文斯先生說話沒那麼直截了當，也沒那麼有想像力。「那不是個好地方。」他只會這麼說。

墓園的界線在山丘西方的一株老蘋果樹底下，圍著一道生鏽的棕色鐵圍欄，每根欄杆都頂著生鏽的小尖刺。圍欄之外還有一片荒原，荒原上蕁麻、野草、刺藤叢生，秋季枯黃的花木遍佈。巴弟大體而言是個聽話的孩子，所以他沒有從欄杆的縫隙鑽出去，只是走到那兒探頭探腦而已。他知道別人沒告訴他全部的真相，心裡很不是滋味。

巴弟爬回山丘，到接近墓園入口的小禮拜堂，在那兒等到天黑。暮色由灰轉紫時，尖塔傳來了一道彷彿拍打厚重絲絨的聲響，塞拉離開了位在鐘樓的歇息處，頭下腳上地爬下尖塔。

「墓園遠處的那個角落有什麼東西？」巴弟問，「就是在本教區的麵包師傅哈里遜・魏斯伍德，和他的兩個老婆瑪麗安和瓊安，再過去的那邊？」

「為什麼這麼問？」他的監護人一邊說、一邊用象牙色的手指拂去黑西裝上的灰塵。

巴弟聳聳肩。「只是納悶。」

「那片土地不潔，」塞拉說，「你知道那是什麼意思嗎？」

「不太清楚。」巴弟說。

塞拉走過小徑，連一片落葉都沒驚動。他靠著巴弟在長椅上坐下。「有些人，」他用絲綢般輕柔的聲音說，「相信所有的土地都是聖潔的，在我們到來之前如此，在我們來後亦然。但是在這裡、在你的國度裡，他們一面為教堂和墳地祝禱，讓這塊土地成為聖地，一面卻在聖地旁留下不潔之地當作亂葬崗，專門埋葬罪犯、自殺者或是沒有信仰的人。」

「所以埋在圍籬另一邊的人，都是壞人囉？」

塞拉挑起一邊的眉毛。「嗯？噢，不盡然。讓我想想看，我已經很久沒去那兒了，但是我不記得那裡有什麼特別邪惡的人。別忘了，在很久很久以前，光是偷個一先令就可能被吊死，還有人覺得生活再也撐不下去，所以最好的辦法就是加快腳步，讓自己能快點投身到另一個存在空間去。」

「你是說，他們自殺了？」巴弟說。他大概八歲，是個大眼睛的好奇寶寶，而且還不笨。

「沒錯。」

「有用嗎？他們死了以後會比較快樂嗎？」

「有時候，但大半都不會。就像有些人以為自己要是搬到別的地方住會比較開心，但最後才發現不是那麼一回事。不管搬到哪裡，你都還是你自己。你懂我的意思吧？」

「有點懂。」巴弟說。

塞拉彎下腰，揉亂了男孩的頭髮。

巴弟說：「那麼，那個女巫呢？」

「是啊，」塞拉說，「自殺者、罪犯還有女巫，他們臨終時都未得赦免。」他站起身，成了暮色中一抹午夜的陰影。「說得太多了，」他說，「我的早餐都還沒吃，你上課也要遲到囉！」墓園的暮光中傳來一陣爆炸悶響，隨著一陣黑絲絨的拍動聲，塞拉消失了。

巴弟抵達潘尼沃斯先生的陵墓時，月亮已經升起，湯瑪斯‧潘尼沃斯（彼長眠於此，復活時必獲無上之光榮）也早就等著了，他的心情不太好。

「你遲到了。」他說。

「對不起，潘尼沃斯先生。」

潘尼沃斯先生嘖了幾聲。上個禮拜潘尼沃斯先生教了巴弟四大元素和四大體液，但巴弟老是記不住。他以為會有考試，沒想到潘尼沃斯先生卻說：「我想該花幾天時間做做實務工作了，畢竟時光飛逝呀！」

「是嗎？」

「恐怕正是如此，歐文斯少爺。好啦，你的消失術練得如何啦？」

巴弟還巴望著老師不會問這個問題。

「還可以啦，」他說，「我是說，你知道的嘛！」

「不，歐文斯少爺，我不知道。你何不示範示範？」

巴弟的心一沉。他深呼吸、瞇起眼，使盡全力消失。

潘尼沃斯先生一臉不開心。

「呿，才不是那樣，完全不是。要溜逝、要消失，小子，就像死人一樣。在陰影中溜逝、在意識中消失。再試一次！」

巴弟更努力了。

「你就跟你臉上的鼻子一樣清楚，」潘尼沃斯先生說，「而且你的鼻子更是明顯得不得了，就像你臉上其他地方一樣，年輕人。看在老天的份上，放空你的腦袋。好，現在你是一條空巷子、你是空盪盪的門口，你什麼都不是。眼睛看不到你、腦袋記不住你，你所在之處無物亦無人。」

巴弟又試了一次。他閉上眼，幻想自己隱入了陵墓牆上沾了污漬的石塊，成了夜裡的一道影子，就此無他。他打了個噴嚏。

「可怕，」潘尼沃斯先生說著，嘆了口氣，「太可怕了。我想我該跟你的監護人談談這件事。」他搖搖頭，「好，請說出四大體液。」

「呃……血液、黃膽汁、黏液……還有一種，呃……我想是黑膽汁吧！」

如此這般繼續下去，直到本教區的老處女（此人有生之日未曾傷害過一位男子，謁碑者亦能如是否？）雷蒂莎．博若思小姐來上文法和作文課。巴弟喜歡博若思小姐，喜歡她舒適的小地窖，而且要引她離題聊天實在是太容易了。

「他們說那塊不……不潔之地有個女巫。」他說。

「沒錯，親愛的，但是你不會想去那兒的。」

「為什麼？」

博若思小姐露出死者沒有心機的微笑。「他們和我們不同類。」她說。

「但那裡也算是墓園，不是嗎？我是說，要是我想去，我還是可以去吧？」

「我勸你還是別去的好。」博若思小姐說。

巴弟是個聽話的小孩，但也很好奇，所以那天晚上下課後，他就走過麵包師傅，哈里遜．魏斯伍德一家人的紀念碑（一尊斷臂天使），但沒有爬下山丘到亂葬崗去，而是爬上山坡，來到一株大大的蘋果樹前，那是三十多年前別人野餐留下的遺跡。

巴弟已經學到了一些教訓。幾年前他曾經從那樹上摘了沒熟的蘋果，味道很酸，果核是白色的。他吃了一肚子沒熟的蘋果，後悔了好幾天，肚子疼得滿地打滾，而歐文斯夫人則乘機告訴他哪些東西吃不得。現在他一定等到蘋果熟了才吃，而且絕對不會連續兩、三個晚上都吃。雖然上個禮拜他吃完了最後一顆蘋果，但他還是喜歡來這裡思考。

他慢慢爬上樹，來到他最喜歡的地方（兩根樹枝中間的分叉處），俯瞰下方的亂葬崗。月光下，亂葬崗是一片刺藤遍佈、雜草叢生的荒地。他想知道女巫是不是很老、是不是滿嘴鋼牙、是不是坐在長了雞腿的房子裡四處旅行❼，是不是瘦巴巴、尖鼻子，還帶著根掃把。

巴弟的肚子餓得咕咕叫。他真希望自己沒吃掉樹上所有的蘋果，哪怕只留下一顆也行……

他抬頭看，好像看到了什麼。他定睛又瞧了一次，然後又看了第二次：沒錯，是個蘋果，又紅又熟的蘋果。

巴弟對自己的爬樹技巧非常得意。他往上盪，盪過一根又一根樹枝，幻想自己是塞拉，流暢地攀上一面陡峭的磚牆。紅豔的蘋果在月光下看起來幾乎是黑色的，剛好垂在伸手搆不到的地方。巴弟慢慢沿著樹枝往前爬，爬到了蘋果的正下方，然後他伸長了手，他的指尖摸到了那顆完美的蘋果。

❼東歐童話故事中的巫婆芭芭·亞嘎（Baba Yaga）便是住在長了四隻雞腿的房子裡。

可惜他永遠也嚐不到。

「啪」的一聲，他腳下的樹枝斷了，響得如獵人的槍鳴。

隨著一陣突如其來的痛楚，他在夏夜的雜草堆裡驚醒。那陣痛楚猶如冰晶般銳利，如緩慢的雷鳴般令人震撼。

他身下的土地似乎相當柔軟，而且出奇地溫暖。他伸手往下摸，覺得底下似乎鋪著溫暖的毛皮。他跌在草堆上，墓園的土地管理員用除草機割下的廢草就丟在那兒。草堆雖然替他擋住了不少衝擊力，但他還是覺得胸口疼痛，他的腿更是疼得好像在落地時扭傷了。

巴弟忍不住呻吟。

「噓、噓——你這小子，快給我閉嘴！」他身後傳來一個聲音，「你從哪兒來的？像一道雷電似的從天而降，發生什麼事啦？」

「我剛剛在蘋果樹上。」巴弟說。

「啊……讓我看看你的腿。難不成像樹枝一樣斷囉？可真會給我找麻煩。」冰冷的手指在他的左腿戳了戳。「沒斷，只是扭傷了。沒錯，或許只是扭傷了。小子，你的運氣好得跟魔鬼一樣，剛好掉在堆肥上。好啦，又不是世界末日。」

「噢，那就好，」巴弟說，「可是很痛。」

他轉過頭，抬眼望著身後。女孩年紀比她大，但還沒成年，看起來既無善意也無惡意，倒是十分警覺。她看起來一臉聰明，但一點也不漂亮。

「我叫巴弟。」他說。

「那個活人小子？」她問。

巴弟點點頭。

「我就知道，」她說，「我們都聽說過你，就連在亂葬崗這兒你也很出名。怎麼稱呼你？」

「我姓歐文斯，」他說，「全名是奴巴弟・歐文斯，小名巴弟。」

「幸會了，巴弟小少爺。」

巴弟把她從頭到尾打量了一遍。她穿著一身素白的連身裙，頭髮又亂又長，臉上還帶著小妖精似的邪氣——不管她臉上擺出什麼表情，嘴角似乎都帶著一抹狡黠的微笑。

「妳是自殺死的嗎？」他問，「還是妳偷了一先令？」

「我才沒偷東西呢！」她說，「連條手帕都沒偷過。總而言之，」她驕傲地說，「自殺的人都在那裡，在那株山楂的另一邊；至於上了絞刑台的那兩位，都在黑莓叢裡，一個犯了偽幣罪，另一個則是江洋大盜——這是他自己說的啦，不過要我說，我看他八成只是個小毛賊。」

「喔。」巴弟說，隨即起了疑心，於是他試探地問：「他們說這裡埋了一個女巫。」

她點點頭。「被淹死又被燒掉，然後葬在這裡，連塊標示葬身之地的石頭都沒有。」

「妳被淹死又被燒掉？」

她坐在他身邊的廢草堆上，用冰冷的雙手拖住他隱隱作痛的腿。「他們黎明時來到我的小屋，我人都還沒醒，就把我拖到草地廣場上。他們嚷著：『妳是女巫！』一個個肥嘟嘟，大清早就把全身洗刷得乾乾淨淨、白裡透紅，就像一隻隻豬仔洗得清潔溜溜，準備趕上市集。

「光天化日之下，他們一個接著一個站起來，說什麼牛奶變酸啦、馬兒變跛啦，到了最後，最肥、最粉、洗得最乾淨的潔米瑪小姐站了起來，說所羅門・波瑞特把她忘得一乾二淨，卻像黃蜂黏著蜂蜜罐一樣成天在洗衣店附近徘徊。她說全是我的魔法害的，那位可憐的年輕人一定是被下了咒。所以他們把我綁在刑椅上，沉進鴨池塘裡，還說我如果真是女巫，肯定不痛不癢。潔米瑪小姐的父親還給他們一人一個四便士銀幣，要他們把刑椅在那攤髒兮兮的綠色水池裡多泡一陣子，看看我會不會被嗆死。」

「那妳嗆死了嗎？」

「噢，當然，吸得整個肺都是水，我就這樣死了。」

「喔。」巴弟說，「這麼說來，妳不是女巫囉？」

女孩用圓滾滾的鬼眼瞪著他，然後斜著嘴狡黠一笑。她看起來還是像個小妖精，但卻是個漂亮的小妖精，巴弟覺得她的微笑那麼美，用不著魔法就能迷倒所羅門．波瑞特。

「你在胡說什麼啊！我當然是個女巫。他們把我從刑椅上解下來，攤在草地上的時候，就明白我是個女巫了。我全身沾滿了浮萍和臭哄哄的池塘淤泥。我把白眼翻回來，詛咒那天早晨在草地廣場的每個人、詛咒他們在墳裡永世不得安息。我很訝異詛咒居然這麼簡單，就像跳舞一樣。就算一首曲子你的耳朵沒聽過，腦袋也不知道，只要腳步一跟上，就能跳到天亮了。」

她站起來，轉圈踢腳，赤裸的雙腳在月光下閃著光芒。「我吸了滿腔的池水，就那樣咕嚕咕嚕地吐出最後幾口氣詛咒他們，然後我就沒了氣。他們在草地上把我燒成一把黑抹抹的焦骨，接著把我丟到亂葬崗的一個坑裡，連塊標示名字的墓碑都沒有。」她一口氣說到這裡才停下來，有那麼一會兒，看起來有幾許惆悵。

「後來他們有人也埋在這座墓園裡嗎？」巴弟問。

「一個也沒有。」女孩朝他眨眨眼，「他們把我溺斃焚屍之後的禮拜六，有張地毯千里迢迢地從倫敦送到了波林格先生的手上，而且還是張精美的地毯。但結果證明那張地毯裡有的不只是堅韌的羊毛和精緻的手工，它的圖樣裡還帶著瘟疫。到了禮拜一有五個人開始咳血，皮膚變得跟我被拖出火堆時一樣黑。一個禮拜後，村莊裡的人死了大半，於是他們就在村外挖了個瘟疫坑，把屍體胡亂地丟了進去，然後填土埋葬。」

「村莊裡的人都死光了嗎？」

她聳聳肩。「看著我被溺斃焚屍的人都死了。你的腿現在怎麼啦？」

「好多了，」他說，「謝啦。」

巴弟站了起來，一跛一跛地慢慢走下草堆，靠在鐵欄杆上。「妳一直都是個女巫嗎？」他問，「我是說，在詛咒他們之前，妳就是個女巫嗎？」

「你以為要讓所羅門・波瑞特在我的小屋前閒晃，」她用鼻子哼了一口氣說，「還需要什麼巫術嗎？」

巴弟心想，這算得上是回答嗎？才不算呢！不過他沒說出來。

「妳叫什麼名字？」他問。

「我又沒有墓碑，」她垂下了嘴角，「所以我可能誰都是，不是嗎？」

「但是妳總該有名字吧！」

「不介意的話就叫我『麗莎・漢絲托』吧！」她尖酸地說，接著又說：「這不算是個過分的要求吧？我只是想要個標示墳墓的東西罷了。你瞧，我就躺在那兒，什麼都沒有，只能靠蕁麻指出我的安息之處。」就在那一瞬間，她看起來如此哀傷，巴弟真想擁抱她。他從欄杆的這邊擠回另一邊時，突然靈光一閃，他要替麗莎・漢絲托找塊墓碑，在上頭刻上她的名字。他要讓她開心微笑。

他開始爬上山丘時，回頭向她揮手告別，卻發現她已經不見了蹤影。

墓園裡有別人的墓碑和雕像碎片，但巴弟知道，他絕對不能帶那些東西給亂葬崗的灰眼女巫，他絕對不能這樣草草了事。他決定不要把計畫告訴別人，因為他覺得別人一定會阻止他，而這樣的想法也不是全無根據。

接下來的幾天，他滿腦子的計畫，一個比一個更複雜，一個比一個更大膽。潘尼沃斯先生則對他真是失望透了。

「我真的認為，」他搔著滿是灰塵的小鬍子，大聲宣布，「要說你有哪裡不一樣，你還真是每況愈下啊！你根本沒有消失，你真是顯而易見呀，小子！要不看見你還真難。就算你迎面走來，身邊帶著一隻紫獅子、綠大象，還有一隻紅獨角獸，獨角獸背上還載著身披皇袍的英皇，我想眾人一定還是盯著你猛瞧，把別的全當成微不足道的小配角。」

巴弟只是瞪著他，什麼也沒說，一心想著在活人住的地方裡，是不是有專賣墓碑的店舖？要真有這樣的店舖，他又該上哪兒去找？他滿腦子都是這些念頭，對消失術根本心不在焉。

他利用博若思小姐容易離題的個性，把她引到完全不相干的話題上——錢是怎麼運作的？要怎麼用錢買到想要的東西？這些年來，巴弟收集了不少錢幣（他憑經驗知道要去哪兒找錢幣最好：情侶總愛在墓園的草地上相依相偎、親吻翻滾，事後他總能在草地上找到硬幣），他覺得或許現在終於是派上用場的時候了。

「一塊墓碑要多少錢？」他問博若思小姐。

「在我的年代，」她告訴他，「一塊墓碑價值十五基尼❽。我不知道現在要多少錢，但一定更多，而且多很多。」

巴弟有兩英鎊五十三便士，他很確定不夠。

自從巴弟到靛青人的墓穴一遊，已經過了四年，幾乎是他的半輩子，但是他還記得路。他爬上山頂，直到整座城鎮都在他腳下，甚至連蘋果樹的樹頂、小禮拜堂的尖塔都成了他俯瞰的風景，最後終於來到像一顆爛牙般佇立的佛比沙陵墓。

他溜下陵墓，鑽進棺材的後方，然後一路往下爬啊爬、爬啊爬，來到砌在石丘地底中心的小石階。

他走下石階，抵達了石室。墓穴裡的石室就像深深的錫礦坑般漆黑，但巴弟的視力就像死人一樣好，墓穴的秘密一覽無遺。

殺手纏繞著古墓的牆壁，他可以感覺得到。它還是他記憶中的模樣，沒有形體，而是一根根煙霧般的捲鬚，滿心的仇恨與貪婪。不過這一次他並不害怕。

害怕我們，殺手低語。因爲我們負責看守寶藏，不曾失職。

「我不怕你們，」巴弟說，「記得嗎？而且我要從這兒拿走一樣東西。」

任何東西皆不得離開，那蜷曲的東西在黑暗中回答。刀子、胸針、聖杯。殺手負責在黑暗中看守它們。我們等待。

「抱歉請問一下，」巴弟說，「這是你們的墳墓嗎？」

主人將我們置於這片平原上，命我們負責看守，將我們的頭骨埋在這塊石頭下，把我們留在這裡，我們知道職責所在。我們看守寶藏，直到主人歸來。

「我想他早就把你們忘光了，」巴弟說，「我確定他本人已經死了好久了。」

我們是殺手，我們負責看守。

古墓昔日建在平原之上，如今卻深陷山丘的地底，巴弟不知道要追溯到多久之前才能回到古墓仍在平原上的時候，但是他猜想一定是很久很久以前。他可以感覺到殺手將恐懼的波浪緊緊纏繞他，就像某種肉食性植物的觸鬚一樣。

他開始覺得冷、覺得動作遲緩，好像心臟被某種毒蛇咬了一口，冰冷的毒液開始流向全身。

他往前走了一步，站在石板前，俯身將那只冰冷的胸針握在手中。

嘶！殺手低語。我們為主人看守寶藏。

❽英國在一六六三年到一八一三年使用的貨幣，也是英國首次用機器製造的金幣。最初一基尼為二十先令，後因金子升值而有變動。

「他不會介意的。」巴弟說。他退後了一步，走向石階，避開了地上人類和動物的乾屍。

殺手憤怒的蠕動，纏繞著小小的石室，就像鬼魅的煙霧。然後它慢了下來。它會回來的，殺手用糾結的三重聲音說。它總會回來的。

巴弟拚命衝上山丘地底的石階。一時之間他以為有東西在追他，但等他衝出頂端，進入佛比沙陵墓，嗅到涼爽的清晨空氣時，才發現身後一點動靜也沒有，也沒有追兵。

巴弟坐在空曠的山頂，手裡拿著胸針。他原以為胸針整個都是黑的，但等到太陽升起，他才發現黑色的金屬中央嵌著紅色的寶石。寶石的大小和知更鳥蛋相仿，巴弟盯著寶石，忽然有種錯覺，以為寶石的中心有東西在動，他的眼睛和靈魂深深陷在那暗紅色的世界裡。如果巴弟年紀再小一點，他一定會把它塞進嘴巴。

寶石嵌在爪子似的黑色座台中，爪子旁還有某個東西纏繞，那東西看起來像蛇，但頭太多了。巴弟納悶那會不會就是殺手在日光下的模樣。

他漫步走下山丘，抄著他知道的所有捷徑，穿過巴特比家族墓穴上纏繞的常春藤（墓裡巴特比一家人正嘟囔著準備睡覺），攀過鐵欄杆、進入亂葬崗。

他一面大喊：「麗莎！麗莎！麗莎！」一面四下張望。

「早啊，小蠢蛋。」麗莎的聲音說。巴弟看不到她，但是山楂樹下多了一個影子，他一接近，陰影在晨光下化成一道發出珠光的半透明物體，形狀像灰眼的少女。「現在是我睡覺的時間，」她說，「你這次又有何貴幹呀？」

「妳的墓碑，」他說，「我想知道妳希望妳的墓碑上要刻什麼字？」

「我的名字，」她說，「一定要刻我的名字。一個大寫的E，代表『伊麗莎白』，正好跟我出生時死掉的那個老女王同名，再寫一個大寫的H，代表『漢絲托』。其他的我就無所謂了，因為我其實不識幾個大字。」

「那日期呢？」巴弟問。

「征服者威廉一〇六六年，」她在山楂樹下用黎明微風的呢喃輕唱，「一個大寫的E，再一個大寫的H。」

「妳生前有工作嗎？」巴弟問，「我是說，妳沒在當女巫的時候，做些什麼事？」

「我替人洗衣服。」死掉的女孩說，然後破曉的陽光湧向荒地，那兒只剩下巴弟一個人。

現在是早上九點，全世界還在熟睡。巴弟決定要保持清醒，畢竟他有任務在身。他八歲大，對墓園外的世界一無所懼。

衣服，他需要衣服，他知道自己平常穿的那條灰色裹屍布非常不對勁。它的顏色和石頭與陰影一樣，在墓園裡這麼穿當然沒問題，但如果要去墓園圍牆外的世界闖蕩，他一定得入境隨俗。

在廢棄教堂的地窖裡有一些衣裳，但巴弟並不想到地窖底下去，就算是大白天也不想。巴弟已經準備好一套說詞對歐文斯夫婦解釋，但是他沒辦法對塞拉這麼做。一想到那雙黑眸露出怒氣——或是更糟——露出失望的神情，他就覺得慚愧不已。

墓園的遠處有一間園丁小屋，是一棟帶著機油味的綠色建築，裡頭有台舊除草機擱在那兒生鏽，無人使用，另外還放了好幾種古老的園藝工具。最後一任園丁在巴弟出生前就退休了，而小屋就此閒置，打理墓園的工作就由議會（每年四月到九月議會會派一個人來修剪草地和清掃小徑，每個月一次）和當地「墓園之友」的志工分攤。

門上有一道大鎖保護小屋裡的東西，但巴弟很早以前就發現屋後有塊鬆脫的木板。有時候他想一個人獨處，就會到園丁小屋裡坐下來沉思。

從他第一次到那間小屋，門後就掛了一間棕色的工人外套，大概是多年前讓人忘在那兒的。旁邊還放著一件沾滿綠色污漬的園丁牛仔褲。牛仔褲對他來說太大了，但是他捲起褲管露出腳，再拿一條棕色的園藝繩當作腰帶綁在腰上。角落放著一雙靴子，他試著穿上，但實在太大，上面還結了層硬邦邦的泥巴和水泥，穿著那雙靴子幾乎寸步難行，要是勉強走動，靴子就會和腳分離，留在小屋的地板上。

他從鬆脫的木板縫隙把夾克擠出去，自己再擠出去穿上。他覺得如果捲起袖子，看起來好像還不賴。夾克有大大的口袋，他把手插進口袋，覺得自己還挺時髦的。

巴弟走到墓園的大門口，從柵欄間往外望。一輛巴士轟隆隆地從街上駛過，街上有許多車子、噪音和商店。在他身後則是一片涼爽的綠蔭，長滿了茂密的樹林與藤蔓，那兒才是他的家。

巴弟的心兒怦怦跳，邁步走進外頭的世界。

亞巴納瑟・博格這輩子看過不少怪人，要是你有間跟亞巴納瑟一樣的店，你也會和他一樣。那間店位於舊城的鬧區，既賣古董也賣舊貨，還兼營當舖（就連亞巴納瑟自己也搞不清楚這三者有什麼不同），吸引了不少奇奇怪怪的人，有些人想買東西、有些人想賣東西。亞巴納瑟・博格在櫃台上做生意，買賣兼有，但在櫃台後、在後頭的房間裡，他的生意做得更大。他接受來源不明的物品，然後再悄悄脫手。他的買賣是座冰山，表面上只看得見那間沾滿灰塵的小店鋪，其他的全都在底下，而這正合亞巴納瑟・博格的心意。

亞巴納瑟・博格戴著厚厚的眼鏡，臉上永遠都掛著微微嫌惡的表情，好像剛剛發現茶裡加的牛奶壞了，他怎樣都去不掉嘴裡那股餿味。每當有人想賣東西給他，他臉上那副表情就能發揮作用。「老實說，」他會板著臉這麼說，「這東西根本不值錢。不過看在我倆交情的分上，我還是會盡量多給你一些。」如果能從亞巴納瑟・博格手上拿到你預估的價錢，算你走運。

亞巴納瑟・博格的生意吸引怪人，他這輩子也從不少怪人手上騙到了許多寶貝，但那天早上進門來的男孩卻是他記憶中最怪的一個。男孩看起來大約七歲，穿著他爺爺的衣服，聞起來有股倉庫味道。他一頭又長又亂的頭髮，看起來跟死人一樣嚴肅。他穿著滿是灰塵的棕色夾克，兩隻手插在口袋裡，但即使看不見雙手，亞巴納瑟・博格還是知道男孩的右手緊緊抓著某個東西，好像在保護它一樣。

「打擾一下。」男孩說。

「哎呀呀，小朋友啊，」亞巴納瑟・博格充滿戒心地說。他心想：*這些小鬼不是偷了什麼東西，就是想賣掉自己的玩具。*

無論如何，他通常都會一口拒絕。只要買了小鬼偷來的東西，接下來就會有氣得七竅生煙的大人找上門，指控你竟然用十英鎊從小強尼或是瑪蒂達手中買走爸媽的婚戒。跟小鬼打交道，得不償失啊！

「我想替我的朋友買東西，」男孩說，「我想也許可以把我的東西賣給你。」

「我不跟小鬼買東西。」亞巴納瑟・博格斷然說。

巴弟把手從口袋裡拿出來，把胸針放在髒兮兮的櫃台上。博格先是隨便瞄了一眼，接著定睛一瞧。他摘下眼鏡，從櫃台上拿下一個接目鏡塞到眼窩裡，轉開櫃台上的小檯燈，透過鏡片仔仔細細地檢查胸針。「蛇石？」他不是在問男孩，而是在自言自語。接著他拿下接目鏡，戴回眼鏡，用刻薄懷疑的神情看著男孩。

「這東西打哪兒來的？」亞巴納瑟・博格問。

巴弟說：「你買不買？」

「你偷來的。你從博物館還是哪兒偷來的，對吧？」

「不是，」巴弟堅決地說，「你買不買？不買我就去找別人。」

亞巴納瑟・博格刻薄的神情一轉，突然變得和藹可親。他露出大大的微笑。「真抱歉，」他說，「因為這種東西實在少見，像我們這種商店裡尤其難得，大概只有在博物館才能找到了。但是我真的很喜歡，不如這樣吧！我們坐下來喝點茶、吃點餅乾，討論一下這東西該值多少錢，你覺得怎樣？我在後頭的房間裡剛好有包巧克力碎片餅乾。」

眼看男人終於變得和善了起來，巴弟鬆了口氣。「你的價錢得夠買一塊石頭，」他說，「我要替一個朋友買墓碑。呃，她還算不上是我的朋友啦，只是我的一個熟人，我想她算是幫我治過腿吧！」

亞巴納瑟・博格根本沒理會男孩的叨叨絮語，逕自帶著他走到櫃台後，打開儲藏室的門。儲藏室是個沒有窗戶的小空間，裡頭的每一吋地板都疊滿了高高的紙箱，每個紙箱都裝滿了垃圾。房間的角落有個又大又舊的保險箱。有個箱子不僅塞滿小提琴，還堆滿了動物標本、缺了坐墊的椅子、書本和印刷品。

門旁有個小書桌，亞巴納瑟・博格拉過唯一的一把椅子坐了下來，讓巴弟站著。亞巴納瑟在抽屜裡東翻西找（巴弟看到抽屜裡有一瓶喝了一半的威士忌），翻出了一包幾乎已經快吃完的巧克力碎片餅乾，拿了一片給巴弟。接著他打開桌上的檯燈，再看看胸針，寶石上有橘紅相間的漩渦紋路。然後他看著圍繞寶石的黑色金屬條，強忍自己看到蛇頭時的微微顫抖。

「這東西很古老，」他說，「它……」（是無價之寶，他心想。）「大概值不了多少錢，但誰知道呢？」巴弟的臉一沉。亞巴納瑟・博格趕忙擠出安慰的表情。「只是我得先確定它是不是偷來的，然後我才能給你錢。你是從媽媽的梳妝台偷拿的？從博物館偷來的？儘管告訴我，我不會害你惹上麻煩的，只是要先確定一下。」

巴弟搖搖頭，大口咬著餅乾。

「那你是從哪兒弄到那東西的？」

巴弟沒說話。

亞巴納瑟・博格雖然捨不得放下胸針，但還是把它推到桌子對面，還給了男孩。「如果你不告訴我，」他說，「那你最好還是把它拿回去吧！畢竟買賣得靠雙方的互信才行。很高興跟你做生意，但很抱歉，我們只能到此為止了。」

巴弟一時慌了，於是他說：「我在一座古墳裡找到的，但是我不能告訴你在哪裡。」他停了下來，因為亞巴納瑟・博格臉上和藹的表情已經成了赤裸裸的貪婪和興奮。

「那裡還有更多像這樣的東西嗎？」

巴弟說：「如果你不想買，我就去找別人。謝謝你請我吃餅乾。」

博格說：「你在趕時間，是吧？爸爸、媽媽在等你嗎？」

男孩搖搖頭，不過馬上就後悔了。

「沒人在等你啊？很好。」亞巴納瑟・博格的雙手緊緊抓住胸針。「好，現在從實招來吧！你到底在哪兒找到這枚胸針的啊？」

「我不記得了。」巴弟說。

「現在這麼說已經來不及囉！」亞巴納瑟・博格說，「我就給你一點時間好好回想它到底是從哪兒來的。等你好好想過，我們再來聊聊，到時候你一定會乖乖告訴我的。」

他站起身，走出房間，順手關上了門，再用一把金屬大鑰匙鎖上門。

他打開雙手，看著胸針，露出貪婪的微笑。

店門上方的鈴傳來「叮」一聲，通知他有客人上門了。他帶著罪惡感抬頭看，卻沒看到人，只是門稍微開了個縫隙。博格把門關好，順便把門上的牌子翻成休息中，免得麻煩。他拴上門閂，今天他可不想讓哪個好管閒事的人壞了好事。

原本秋高氣爽的天氣漸漸轉陰，細雨滴滴答答地落在骯髒的櫥窗上。

亞巴納瑟・博格拿起櫃台的電話，用幾乎察覺不出顫抖的手指按下按鈕。

「要發財了，湯姆，」他說，「快點過來，愈快愈好。」

巴弟一聽到門上鎖的聲音，就知道自己上當了。他用力拉門，但門卻文風不動。他覺得自己實在很蠢，竟然會被拐來這裡頭，也責怪自己沒有相信自己的直覺，離那個一臉刻薄的男人愈遠愈好。他已經把墓園的規矩全都違反光了，一切都走了樣。塞拉會怎麼說？歐文斯夫婦會怎麼說？他覺得自己慌張了起來，但是他強自鎮定，把慌張的情緒全壓在心底。一切都會沒問題的，他知道。當然，他得先想辦法出去才行……

他仔細檢查把他困住的房間。這間房比一間儲藏室大不了多少，裡頭有張書桌，唯一的出入口就是那扇門。他打開書桌的抽屜，裡頭只有一堆小小的油漆罐（用來幫古董上光）和一支油漆刷。他納悶著能不能把油漆潑在那個男人的臉上，讓他暫時看不見，然後乘機逃跑。他打開一個油漆罐，把手指插進去。

「你在幹嘛？」一個聲音在他耳邊問。

「沒幹嘛。」巴弟說著，連忙蓋上油漆罐的蓋子，塞進夾克的大口袋。

麗莎・漢絲托無動於衷地看著他。「你在這裡幹嘛？」她問，「還有，外頭那個豬頭是誰呀？」

「他是店老闆，我本來想賣東西給他。」

「為什麼？」

「不關妳的事。」

她用鼻子哼了一聲。「好吧，」她說，「你該回墓園了。」

「我沒辦法，他把我鎖在這裡了。」

「你當然可以，只要穿過牆——」

他搖搖頭。「我不行，我只能在家裡穿牆，因為我從小就有『墓園通行術』。」他抬頭看看電燈下的她。雖然很難看清楚，但巴弟這輩子都在跟死人說話。「話說回來，妳在這裡幹嘛？妳為什麼離開墓園？現在是白天，妳又跟塞拉不一樣，妳應該留在墓園才對。」

她說：「墓園裡的居民當然要守規矩，但埋葬在不潔之地的人可就不必了。沒有人能管我要做什麼、要去哪裡。」她氣沖沖地瞪著門，「我不喜歡那個人，」她說，「我去看看他在做什麼。」

燈光一閃，房間裡又只剩巴弟一人了，他聽見遠方傳來隆隆雷聲。

在凌亂又黑暗的「博格古董店」中，亞巴納瑟・博格滿腹狐疑地抬起頭，以為有人在監視他，但隨即覺得是自己多慮了。「那小鬼鎖在房間裡，」他告訴自己，「前門也鎖上了。」他正擦著環繞蛇石的金屬座，動作輕柔又謹慎，簡直就像個考古學家在處理遺跡。他擦掉黑色的鏽斑，露出底下閃閃發亮的銀光。

他開始後悔把湯姆・赫斯汀叫來了，儘管赫斯汀個頭魁梧，可以用來嚇唬別人。等到擦好胸針，他又開始捨不得把它賣掉。胸針很特別。在櫃台的微弱燈光下，胸針閃爍得愈是耀眼，他就愈想把它佔為己有，而且是他一個人獨得。

不過這胸針的來源之地還有更多同樣的寶貝。那男孩會招的，他會帶他找到寶藏。男孩……

突然間他靈光一閃，他依依不捨地放下胸針，打開櫃台後的抽屜，拿出裝滿了信封、卡片和紙片的金屬餅乾盒。

他伸手在盒子裡翻找，拿出了一張卡片。這張卡片只比名片稍大，鑲著黑邊，不過上頭倒沒印名字也沒印地址，只在中間有兩個墨跡已褪成了棕色的手寫字：傑克。

在卡片背面有亞巴納瑟・博格親手寫上的備忘指南，字跡微小工整。儘管是個備忘指南，但是他不可能忘記這張卡片的用途，更不可能忘記要怎麼用它召喚那個名叫傑克的男人。不，不是召喚，而是邀請。像他那號人物，可不是誰召喚得動的。

店外傳來敲門聲。

博格把卡片丟在櫃台上，走到門邊，盯著門外潮濕的午後。

「快點，」湯姆・赫斯汀說，「外頭真慘，天氣壞透了，我都成了落湯雞啦！」

博格一開門，湯姆・赫斯汀便衝了進來，雨衣和頭髮都滴著水。「到底什麼事這麼要緊，不能在電話裡談？」

「咱們要發財了，」亞巴納瑟・博格掛著刻薄的一號表情說，「就是這件事。」

赫斯汀將脫下的雨衣掛在店門後面。「發什麼財？從卡車後頭掉下了什麼好貨嗎？」

「寶藏，」亞巴納瑟・博格說，「有兩種。」他拉著朋友走到櫃台後，在陰暗的燈光下讓他看看胸針。

「這東西很古老吧？」

「從異教的時代就有了，」亞巴納瑟說，「甚至比異教時代更早。也許源自督伊德時代❾，羅馬人來以前。它叫做『蛇石』，我曾經在博物館裡看過，但從沒看過這樣的金屬器、這麼細的手工，它原本一定是屬於哪個王公貴族的東西。找到它的年輕人說它來自一座墳墓——想想看，竟然有座古墳裡頭裝滿了這樣的東西啊！」

「也許值得想個合法的方式幹這一票，」赫斯汀若有所思地說，「宣布那是個藏寶地，這樣一來他們就得用市價向我們收購，我們還可以用自己的名字命名，就叫赫斯汀——博格遺產吧！」

「博格——赫斯汀，」亞巴納瑟不假思索地反駁，接著說：「我認識幾個人，幾個真正的有錢人。為了可以像你一樣把這東西捧在手心裡，他們願意付出比市價還高的價錢……」湯姆・赫斯汀正用手指輕柔地摸著胸針，就像撫摸小貓一樣，「……而且一個問題也不會問。」他伸出手，湯姆・赫斯汀才不情不願地把胸針交給他。

❾督伊德教出現於西元前的年代，為散居於英國、愛爾蘭等地的凱爾特人的宗教信仰之一。

「你說寶藏有兩種，」赫斯汀說，「那第二種呢？」

亞巴納瑟拿起那張黑邊卡片，放到朋友眼前。「你知道這是什麼嗎？」

他的朋友搖搖頭。

亞巴納瑟把卡片放回櫃台上。「有一方在找另一方。」

「那又怎樣？」

「根據我聽到的消息，」亞巴納瑟・博格說，「其中一方是個男孩。」

「到處都有男孩，」湯姆・赫斯汀說，「他們到處亂跑、惹禍上身，我真受不了他們。你是說，有人在找某個特定的男孩嗎？」

「那小子看起來年齡應該沒錯，他的衣服……唉，你看到就曉得了。而且這東西正是他找到的，很有可能就是他。」

「如果真的是他呢？」

亞巴納瑟・博格再次捏著卡片邊緣，拾起卡片，然後慢慢前後甩動，好像把卡片放在隱形的火焰上烘烤一樣。「來了根蠟燭照亮你的床沿……」他唱了起來。

「……跟著把斧頭砍掉你的腦袋。」湯姆・赫斯汀體貼地把歌唱完。「但是你看你，要是你把那個叫傑克的男人找來，就會失去男孩；要是我們失去男孩，寶藏也就飛啦！」

兩個男人你一言我一語地討論，考慮把男孩報上去和尋找寶藏的利弊得失。在他們的心中，藏寶地已經成了裝滿奇珍異寶的巨大地底石窟。他們一面爭論，亞巴納瑟一面從櫃台底下拿出一瓶野莓紅琴酒，替兩人分別倒了一大杯，「以示慶祝」。

兩人的討論像陀螺般來來回回、繞個沒完，卻毫無結論，麗莎很快就失去了興趣，於是她回到儲藏室，發現巴弟站在房間正中央，雙眼緊閉、雙拳緊握，五官像牙痛似的擠成一團，憋氣憋到整張臉都成了紫色。

「你又在幹嘛啊？」她不動聲色地問。

他張開眼，放鬆了下來。「我想使出消失術。」他說。

麗莎嗤笑了一聲。「再試一次。」她說。

他再次努力，這次憋氣憋得更久了。

「夠啦！」她告訴他，「再憋下去你就要爆炸啦！」

巴弟深呼吸地嘆了口氣。「沒有用，」他說，「也許我可以拿石頭砸他，然後拔腿就逃。」房間裡沒有石頭，所以他拿起一塊彩色玻璃紙鎮，在手裡掂掂重量，想知道自己丟石頭的力道夠不夠強，能不能一下就擊倒亞巴納瑟•博格。

「現在外頭有兩個人，」麗莎說，「要是一個抓不到你，還有另一個在後頭支援呢！他們說他們要逼你帶他們去找到胸針的地方，然後挖開墳墓，拿走寶藏。」她沒把其他的討論內容告訴他，也沒提那張黑邊卡片。她搖搖頭。「你為什麼要做這種蠢事啊？你知道照規矩你不能離開墓園，這樣是在自找麻煩。」

巴弟覺得自己沒用又愚蠢。「我想替妳買塊墓碑，」他小聲地承認，「我覺得一定很貴，所以我想把胸針賣給他，好買妳的墓碑。」

她沒有說話。

「妳生氣了嗎？」

她搖搖頭。「五百年來這是第一次有人對我好，」她又露出妖精似的微笑，「我有什麼好氣的？」然後她說：「你是怎麼使消失術的？」

「照潘尼沃斯先生教的方法啊！『我是空盪盪的門口、我是條空巷子，我什麼都不是。眼睛看不到我，眼角的餘光瞄不到我。』但是從來就沒效。」

「那是因為你還活著，」麗莎哼了口氣說，「有些事情只有死人做得來，活人是永遠做不來的，因為死人本來就很難讓人注意到。」

她的雙手緊緊抱著自己，身體前後搖晃，好像在跟自己爭論些什麼，最後終於說：「全是因為我，你才會落得……過來！奴巴弟・歐文斯。」

在小小的房間裡，他只走了一步就走到她身邊。她把冰冷的雙手按在他的額頭上，感覺就像濡濕的絲巾貼著他的皮膚。

「現在，」她說，「也許是我回報你的時候了。」

她一說完便開始喃喃自語，低誦著巴弟聽不懂的話，接著大聲又清楚地說：

化爲洞，化爲塵，化爲夢，化爲風，
化爲夜，化爲黑，化爲願，化爲心，
溜出，滑出，遁爲無形，
在上，在下，其間，其中。

一個龐然大物觸碰了他，把巴弟從頭到腳掃了一回，他不由得顫抖起來，寒毛直豎，渾身起滿雞皮疙瘩。有什麼起了變化。「妳做了什麼？」他問。

「只是幫你一把，」她說，「我也許已經死了，但是別忘了，我就算死了還是個女巫，而且我們從不遺忘。」

「但是——」

「噓，」她說，「他們回來了。」

儲藏室的門鎖傳來鑰匙轉動聲。「好啦！小朋友，」一個巴弟從來沒聽過的聲音說，「我想我們一定能成為好朋友的。」一說完，湯姆・赫斯汀就推開了門，然後他站在門口，四下張望，一臉迷惑。他的身材很魁梧，有著狐狸般的紅頭髮和酒糟鼻。「是這裡嗎？亞巴納瑟？你不是說他在這裡的嗎？」

「是啊。」在他身後的博格說。

「呃，我連他的一根毛都沒看到。」

博格的臉從那張紅嘟嘟的臉後頭冒出，往房裡探頭。

「躲起來了，」他說，兩隻眼睛直盯著巴弟站的地方，「躲起來也沒用，」他大吼，「我看到你了，快出來！」

兩個男人走進小房間，巴弟直挺挺站在兩人之間，動也不敢動，謹遵潘尼沃斯先生的教誨，不反應也不移動，讓兩個男人的目光視而不見地從他身上溜開。

「你會後悔我叫你時你沒出來，」博格說完，立刻關上門。「好！」他對湯姆・赫斯汀說，「你把門擋住，免得他跑出去。」接著他在房間裡四處走動，探看東西的後面，還彆彆扭扭地彎腰查看書桌底下。他直直走過巴弟身邊，打開碗櫥。「我看到你啦！」他大叫，「出來！」

麗莎咯咯笑。

「什麼聲音？」湯姆・赫斯汀問，還轉來轉去地到處查看。

「我什麼也沒聽到。」亞巴納瑟・博格說。

麗莎又咯咯笑了起來，然後嘴巴一噘吹了口氣，發出的聲音一開始像口哨，但過了一會兒又成了遙遠的風聲。小房間裡的電燈一閃，發出一陣嗡嗡聲之後就熄滅了。

「該死的保險絲，」亞巴納瑟・博格說，「走吧，這是在浪費時間。」

鑰匙喀嚓一聲把門鎖了起來，房裡只剩下麗莎和巴弟。

「他逃走了，」亞巴納瑟・博格說。現在巴弟可以聽見他們在門後的交談聲。「那種房間根本沒地方躲，要是他在裡頭，我們一定能看見他。」

「叫傑克的男人不會開心的。」

「誰會告訴他？」

一陣靜默。

「喂，湯姆，胸針到哪兒去啦？」

「嗯？胸針？喔，在這裡，我暫時保管著。」

「保管？在你的口袋裡？我說啊，那還真是個有趣的保管處。我看你是想帶著它開溜，想把我的胸針佔為己有。」

「你的胸針，亞巴納瑟？你的胸針？是我們的胸針才對吧！」

「我們的胸針？你還真敢說呢！我從那男孩手中拿到它的時候，你根本不在場。」

「你指的是那個你沒能替傑克先生好好看住的男孩嗎？要是他知道你找到了他尋尋覓覓的男孩，卻又讓人給跑了，你能想像他會做出什麼事情來嗎？」

「又不一定是同一個男孩。世界上有很多男孩，這個男孩剛好是那個男孩的機率有多大？我打賭他一定是趁我轉身的時候從後門逃走了。」然後亞巴納瑟．博格用甜膩膩的聲音說：「別擔心那位傑克了，湯姆．赫斯汀。我想那絕對不是同一個男孩，我只是一時老糊塗罷了。我們的野莓紅琴酒快喝光啦，要不要來杯高檔的威士忌？我在後頭的房間裡放了威士忌，你在這裡稍等一下。」

儲藏室的門沒鎖，亞巴納瑟拄著枴杖、拿著手電筒走了進去，那張刻薄臉看起來更刻薄了。

「如果你還在這兒，」他用尖酸刻薄的語氣低聲嘟囔，「可別想給我開溜。我已經報警了，就是這麼回事。」他在抽屜裡東翻西找，拿出了一瓶半滿的威士和一只小黑瓶。亞巴納瑟從小瓶子裡倒出幾滴東西到大瓶子裡，然後把小黑瓶放進口袋。「我的胸針，只屬於我一個人。」他嘀咕著，接著大吼一聲：「來啦，湯姆！」

他怒氣沖沖地環視黑漆漆的房間，視線從巴弟身上掃過，然後把威士忌捧在胸前，離開了儲藏室，還不忘鎖上身後的門。

「來啦、來啦，」門外傳來亞巴納瑟．博格的聲音，「把杯子給我，湯姆。這可是高檔威士忌，喝了會長胸毛的。夠了就告訴我一聲。」

一陣沉默。「真是便宜的爛貨，你自己不喝啊？」

「剛才那野莓紅琴酒滲到我五臟六腑去了，得讓我的胃休息一下……」接著，「好啦——湯姆！你把我的胸針怎麼啦？」

「現在又成了你的胸針啦？哇……你、你在我的酒裡摻了什麼，你這混蛋！」

「是又怎樣？我一看你的臉就知道你在打什麼鬼主意，湯姆．赫斯汀，你這個小偷！」

隨之而來的是一陣吼叫、乒乒乓乓的撞擊聲，接著是幾聲轟然巨響，好像家具被翻了過來……

……然後是一陣寂靜。

麗莎說：「快點，咱們趕快離開。」

「但是門上鎖了，」他看著她，「妳有什麼辦法嗎？」

「我？我可沒什麼魔法能幫你離開上鎖的房間，小子。」

巴弟蹲下來，從鑰匙孔往外窺視。視線被擋住了，也就是說，鑰匙插在鑰匙孔中。

巴弟想了想，然後突然露出微笑，那抹微笑讓他的臉色為之一亮，就像一道燈光。他從雜物箱裡拿出一張縐縐的報紙，盡量攤平，然後從門下的縫隙裡塞出去，只留一小角在房裡。

「你在玩什麼把戲？」麗莎不耐煩地說。

「我需要鉛筆一類的東西，不過要更細……」他說，「有啦！」他從書桌上拿起一枝細細的油漆刷，把刷柄插進鑰匙孔裡，輕輕搖動，再用力推擠。

隨著悶悶的「喀啦」一聲，鑰匙被推了出來，掉在外頭的報紙上。巴弟從門縫裡把報紙拉進來，上頭就盛著鑰匙。

麗莎開心地笑了。「真聰明呀！年輕人，」她說，「真是高招！」

巴弟把鑰匙插進鑰匙孔，轉動門把，打開了儲藏室的門。

在擁擠的古董店中央，有兩個男人躺在地板上。

的確有家具被翻倒了，整間店一團亂，滿是壞掉的時鐘和椅子，大塊頭湯姆‧赫斯汀就倒在這團亂七八糟的東西中間，底下還壓著較為瘦小的亞巴納瑟‧博格，兩個人一動也不動。

「他們死了嗎？」巴弟問。

「才沒那麼走運。」麗莎說。

兩個男人身邊的地板上放著銀光閃閃的胸針，紅橘相間的寶石嵌在爪子和蛇頭之間，蛇頭的表情帶著勝利、貪婪與滿足。

巴弟把胸針放進口袋，和沉甸甸的玻璃紙鎮、油漆刷與小油漆罐放在一起。

「把這個也帶著。」麗莎說。

巴弟看著那張一面寫著傑克兩字的黑邊卡片。那張卡片讓他心神不寧，還覺得有點似曾相識，激起他塵封已久的回憶，有種危險的感覺。「我不想要。」

「你不能把它留給他們，」麗莎說，「他們原本想用它來傷害你呢！」

「我不想要，」巴弟說，「它是個壞東西。燒了吧！」

「不！」麗莎倒抽了口氣，「不可以，你絕對不可以那麼做。」

「那我就把它交給塞拉。」巴弟說。他把小卡片放進信封裡，好讓自己盡量別碰到，接著再把信封放進舊園丁夾克的暗袋裡，就在心口旁。

兩百哩外，名叫傑克的男人從睡夢中醒來，嗅了嗅空氣，走下樓。

「什麼事？」他的祖母一邊問、一邊攪著爐上的一個大鐵鍋，「你現在是怎麼啦？」

「我不知道，」他說，「發生了事情……而且是……有趣的事情。」他舔舔嘴唇，「聞起來很可口，」他說，「非常可口。」

閃電照亮了鵝卵石路。

巴弟在大雨中匆匆穿過舊城，往墓園的方向一路爬上山丘。他被困在儲藏室的時候，灰暗的天空早已染上夜色。

一道熟悉的黑影盤旋到街燈下時，他一點也不意外。巴弟遲疑了一會兒，隨著一陣拍動黑夜絲絨的聲響，一道人影在他面前幻化成形。

塞拉站在他面前，雙臂在胸前交叉，不耐煩地大步上前。

「怎麼？」他說。

巴弟說：「對不起，塞拉。」

「我對你真失望，巴弟，」塞拉說著，搖了搖頭，「我一醒來就到處找你，你全身都是麻煩的味道。你知道你不能離開這裡，到活人的世界去。」

「我知道，對不起。」雨水在男孩的臉上像淚水般往下滑。

「首先，我們得送你安全回去。」塞拉彎下腰，把活著的男孩包在斗篷裡，巴弟立刻感到腳下的地面平空消失了。

「塞拉。」他說。

塞拉沒有回答。

「我剛才有點害怕，」他說，「但是我知道如果事情變得太糟糕，你一定會來救我。而且麗莎也在，她幫了我很大的忙。」

「麗莎？」塞拉的語氣很嚴厲。

「那個女巫呀！埋在亂葬崗裡的女巫。」

「你說她幫了你？」

「是啊！特別是她還幫我學會了消失術，我想我現在已經會使了。」

塞拉嘟囔了一聲。「等我們回家再說。」所以直到他們在禮拜堂旁降落以前，巴弟一句話也沒說。他們走進禮拜堂、走進空無一人的大廳。屋外大雨滂沱，地面上的小水坑也濺起了水花。

巴弟拿出放著黑邊卡片的信封。「嗯，」他說，「我想這個應該交給你。呃，其實是麗莎叫我交給你的啦！」

塞拉看看信封，打開來，拿出卡片並瞪著它，然後把卡片翻過來，讀著亞巴納瑟・博格用鉛筆寫的備忘錄。

備忘錄的字跡很小，詳細解釋了卡片的使用方法。

「把事情全都告訴我。」他說。

巴弟一五一十地把白天發生的事情全都告訴他，最後，塞拉若有所思地緩緩搖頭。

「我有麻煩了嗎？」巴弟問。

「奴巴弟・歐文斯，」塞拉說，「你的確是有麻煩了！不過關於要怎麼處罰你才適當這件事，我想就交由你的父母決定了。現在我得處理這個東西。」

黑邊卡片消失在絲絨斗篷裡，然後塞拉又用他獨特的方式離開了。

巴弟把夾克拉過頭頂，沿著滑溜的小徑爬上山頂，來到佛比沙陵墓。他把艾佛琳・派帝佛的棺材拉到一邊，往下走啊走，不停地往下走。

他把胸針放在聖杯和刀子旁邊。

「還給你，」他說，「擦得亮晶晶，看起來很漂亮。」

它會回來的，殺手說，那煙霧纏繞般的聲音滿足地說，它總會回來的。

這一夜很漫長。

巴弟在走路，有些睡眼矇矓，還有些小心翼翼。他經過一座小小的墳墓，墓主的名字很美，叫做「自由・羅琪小姐」（其揮霍者已逝，其施予者永存。謁碑者，請樂善好施），還經過本教區麵包師傅哈里遜・魏斯伍德及其妻妾瑪麗安與瓊安的安息之地，最後來到了亂葬崗。

歐文斯夫婦死後幾百年，人們才認為打小孩是不對的，所以那天晚上，歐文斯先生儘管十分遺憾，還是盡了他自認為應盡的責任，巴弟的屁股疼得跟什麼似的。但話說回來，歐文斯夫人臉上的擔憂比任何責打都令巴弟心痛。

他來到圍繞亂葬崗的鐵欄杆，溜了進去。

「有人在嗎？」他喊。沒有回答，山楂樹叢裡連個人影也沒多出來。「希望我沒害妳也惹上麻煩。」他說。

沒有回應。

他已經把牛仔褲放回園丁小屋，穿著自己灰色的裹屍布還比較自在。但是他留下了夾克，他喜歡口袋。

他去小屋歸還牛仔褲的時候，順便帶走了掛在牆上的小鐮刀。他用那把鐮刀掘著亂葬崗的蕁麻叢，把蕁麻掘得四處亂飛，直到地上只剩下刺人的殘株。

他從口袋拿出玻璃大紙鎮，紙鎮裡頭映著五彩繽紛的光芒，接著他拿出油漆刷和油漆罐。

他把油漆刷沾上油漆，然後在紙鎮的表面小心寫上幾個字……

E．H．

接著在底下又寫上……

永不遺忘

上床時間很快就要到了，最近這陣子要是不準時乖乖上床，可不太明智。

他把紙鎮放在原本是蕁麻叢的平地上，略略估計她頭部所在的地方，把紙鎮安放好，只稍微停下來欣賞自己的作品，之後就穿過鐵欄杆、爬上山丘，這回腳步輕盈了許多。

「不錯，」他身後的亂葬崗傳來一陣俏皮的聲音，「非常不錯！」

但是他回頭張望時，一個人也沒瞧見。

第五章　死之舞

有事情要發生了，巴弟很確定。在涼爽的冬日空氣中，在星辰、微風、黑暗中，在日長夜短的韻律中，一切都隱隱透露著玄機。

歐文斯夫人把他趕出了歐文斯家族的小墓穴。「別來煩我，」她說，「我有正事要忙。」

巴弟看著媽媽。「可是外面好冷。」他說。

「這有什麼奇怪的？」她說，「現在是冬天，本來就該這麼冷。好，」與其說她在對巴弟說話，不如說她在自言自語，「鞋子。看看這件洋裝，得補一補才行。還有蜘蛛網……看在老天的份上，怎麼到處都是蜘蛛網啊！快走吧！」她語氣一轉，又對著巴弟交代：「我有一大堆工作得做，你別來礙事啊！」

接著她自顧自地唱起了一首巴弟從沒聽過的歌曲：

「富人窮人快快走，
齊來歡跳死之舞。」

「那是什麼歌呀？」巴弟問，不過這問題問得真不是時候，眼看歐文斯太太臉上烏雲密佈，巴弟趕緊趁她大發雷霆之前溜出了墓穴。

墓園裡很冷，而且很黑，滿天的星斗也消失了蹤影。巴弟在藤蔓密佈的埃及步道上遇見了殺洛嬤嬤，她正瞇眼瞧著花園。

「小夥子，你比我年輕，眼力比我好，」她說，「你看得見花嗎？」

「花？冬天裡有花？」

「別用那副大驚小怪的模樣看著我，小夥子，」她說，「每種花朵都有它開花的時節。它們發芽又開花、開花又凋謝，萬事萬物都有其時序。」她拉拉斗篷和圓帽，整個人縮得更小，然後開口唸道：

「上工玩耍有時節，
死之舞，已來到，
快快加入小夥伴！」

「我不知道，」巴弟說，「『死之舞』是什麼啊？」

但是殺洛嬤嬤逕自擠進藤蔓裡，不見了蹤影。

「真奇怪。」巴弟自言自語。他想到熱鬧的巴特比陵墓裡尋找溫暖與陪伴，但那天晚上七代同堂的巴特比一家人卻沒時間陪他，從最老的（卒於一八三一年）到最小的（卒於一六九〇年），全都忙著打掃整理。

十歲時夭折的福羅挺拔・巴特比（他告訴巴弟他的死因是「癆病」⑩，有好些年的時間，巴弟一直誤以為福羅挺拔是被獅子或是大熊給吃了，後來他知道原來只是一種疾病，失望得不得了）跟巴弟道歉。

「巴弟少爺，我們不能停下來玩耍，因為明天晚上馬上就到了。這種話可不是天天都能說的呢！」

「每天晚上都能說呀！」巴弟說，「明天晚上每天都會來。」

「這一回可不同，」福羅挺拔說，「這可是千載難逢的好事呀！」

「又不是煙火節，」巴弟說，「也不是萬聖節，更不是聖誕節或是新年。」

福羅挺拔的微笑在他那像派餅、雀斑滿佈的臉上漾了開來。

「都不是，」他說，「這一回是與眾不同的。」

「那它叫什麼名字？」巴弟問，「明天到底會發生什麼事？」

「它是最棒的日子。」福羅挺拔說。巴弟很確定，要是福羅挺拔的媽媽露意莎・巴特比（得年二十）沒叫他過去，在他耳邊罵了幾句，他一定會知無不言地說下去。

「沒事。」福羅挺拔說完，又接著對巴弟說：「對不起，我得去工作了。」然後用一塊抹布擦著他滿是灰塵的棺材。「啦、啦、啦、嗡，」他邊擦邊唱，「啦、啦、啦、啦、嗡。」每唱到結尾的「嗡」拍，他就會使出全身的力氣，用抹布耍出個大花。

「你不唱那首歌嗎？」

「什麼歌？」

「每個人都在唱的那首歌呀？」

「沒時間啦，」福羅挺拔說，「畢竟那件事明天就來啦，明天呀！」

「沒時間囉，」露意莎說，她在生雙胞胎的時候過世，「專心工作。」

然後她用甜美清澈的嗓音唱道：

「眾人傾聽並留步，
快來歡跳死之舞。」

巴弟走下山坡，來到搖搖欲墜的小教堂。他鑽進石縫、溜進地窖，坐在裡頭等塞拉回來。

巴弟的確覺得很冷，但這一點寒意他並不在意，因為墓園擁抱他，而死者並不介意寒氣。

他的監護人在午夜過後的凌晨回來，還帶著一個大塑膠袋。

「裡頭裝了什麼？」

❿肺癆的英文consumption也有「被吃掉」的意思。

「給你的衣服，試試看。」他拿出一件毛衣（顏色和巴弟的裹屍布一樣灰）、一件牛仔褲、內衣和一雙鞋——一雙淺綠色的運動鞋。

「這些衣服是做什麼的？」

「你是說，除了拿來穿以外還能做什麼嗎？嗯，首先，我想你的年紀已經夠大了——你幾歲啦？十歲嗎？——最好能穿上一般活人的衣服。反正你遲早都得穿，不如早點習慣的好，而且也可以當作一種保護色。」

「什麼是『保護色』？」

「如果有個東西看起來跟另外一個東西很像，旁觀的人分不清兩者的差別，那它就有了保護色。」

「噢，我想我懂了。」巴弟穿上袋裡的衣服。鞋帶有點難綁，得靠塞拉教才學得會。巴弟覺得鞋帶真是太複雜了，他重綁了好幾次，塞拉才滿意。一直到鞋帶綁好，巴弟才敢問那個一直放在心裡的問題。

「塞拉，『死之舞』是什麼呀？」

塞拉揚起眉毛，把頭歪向一邊。「你從哪兒聽來的？」

「墓園裡每個人都在說，我想它應該是明天晚上會發生的事。到底什麼是『死之舞』呀？」

「是一種舞蹈。」塞拉說。

「無人能免死之舞，」巴弟一邊唱，一邊回想著，「你跳過嗎？它是什麼樣的舞呀？」

他的監護人用兩窪黑水池似的眼睛看著他，說：「我不知道。巴弟，我知道很多事，因為我已經夜晚出巡很長一段時間了，但是我不知道『死之舞』是什麼樣的舞。只有死人和活人才能跳這種舞，而我既不是死人，也不是活人。」

巴弟打了個冷顫，想把他的監護人擁在懷裡、抱著他，告訴他他永遠不會遺棄他，但這樣的舉動卻是不可能的。他不能擁抱塞拉，就像他永遠也不能抱住月光；不是因為他的監護人沒有形體，而是因為這麼做是不對的。有些人可以擁抱，但那並不包括塞拉。

巴弟的監護人若有所思地端詳著巴弟，那個穿著新衣裳的男孩。「可以了，」他說，「現在你看起來就像一輩子都在墓園外生活似的。」

巴弟驕傲地笑了起來，但那抹笑容隨即戛然而止，他又成了那個一臉肅穆的男孩。他說：「但是塞拉，你會一直在這裡吧？如果我不想離開，我也不必離開吧？」

「萬事萬物都有其時序。」塞拉說，那天晚上他沒有再說話。

第二天，巴弟一早就醒了，太陽在灰濛濛的冬日天空中成了一枚銀幣。巴弟實在太容易睡到日上三竿還不起床，也太容易整個冬天都在墓穴裡過著不見天日的生活，所以每天晚上睡覺前，他都會答應自己要在白天起床，離開歐文斯夫婦溫暖的墓穴，到外頭走走。

空氣中有股奇異的香味，刺鼻又帶點花香。巴弟跟著香味爬上山丘，來到埃及步道。埃及步道上懸著一串串蒼鬱的冬日藤蔓，四季長青的藤蔓掩蓋了仿埃及式的圍牆、雕像與象形文字。

那兒的香味更濃了，地上還鋪滿了白色的花束，有那麼一會兒，巴弟還以為下雪了。巴弟仔細看著一束白花，發現上頭的花朵是五瓣花，他正要把鼻子湊上前，嗅嗅花香時，突然聽見腳步聲接近小徑。

巴弟使出消失術，躲到藤蔓後頭，靜觀其變。三個活著的男人和女人走上小徑，來到埃及步道。女人脖子上戴著華麗的項鍊。

「就是這兒嗎？」她問。

「是的，葛拉薇夫人。」一個男人說。他身材圓胖、一頭白髮、氣喘吁吁地。他手上拿著一個用柳條編成的大空籃，就像其他兩個男人一樣。

女人看起來有些茫然不知所措。「呃，你說是就是吧！」她說，「但我實在不能說我明白。」她抬頭看著花朵，「我現在該怎麼辦呢？」

最矮小的男人從柳條籃裡拿出一把發黑的銀剪刀。「請用剪刀，市長女士。」

她接過剪刀，開始剪下花束，和其他三個男人一起用花束裝滿柳條籃。

「這真是……」過了一會兒，市長女士葛拉薇夫人說，「……荒唐極了。」

「這是一種傳統。」胖男人說。

「真是荒唐極了。」葛拉薇夫人嘴裡雖然這麼說，手上仍忙不迭地剪下白花放進柳條籃。第一個籃子裝滿的時候，她問：「夠了嗎？」

「我們得把四個籃子都裝滿，」矮男人說，「再把花分送給舊城裡的每個人。」

「這是哪門子的傳統呀？」葛拉薇夫人說，「我問過上一任的市長，他說他連聽都沒聽過。」她接著又說：「你不覺得有人在看我們嗎？」

「什麼？」方才一直保持沉默的第三個男人說，他蓄著鬍子，纏著頭巾，拿著兩個柳條籃。

「妳是說有鬼？我可不信鬼神之說。」

「不是鬼，」葛拉薇夫人說，「只是覺得有人在看。」

巴弟努力克制住想躲進藤蔓深處的衝動。

「前任市長不知道這個習俗，也是情有可原，」胖男人說，他的籃子幾乎裝滿了，「冬之花已經八十年沒開花囉！」

纏頭巾的鬍子男雖然不信鬼神，此刻卻也緊張地四處張望。

「舊城裡的每個人都能拿到一朵花，」矮男人說，「不分男女老少。」然後他慢慢地唸起了一首歌曲，彷彿在努力回想很久以前學會的東西：「聚聚散散終有時，無人不跳死之舞。」

葛拉薇夫人哼了口氣。「真是胡說八道。」她說完，繼續剪花。

黃昏來得很早，才四點半就天黑了。巴弟在墓園裡從這條小徑漫無目的地晃到另一條小徑，想找人聊天，卻一個人也找不到。他走到山丘下的亂葬崗，想看看麗莎・漢絲托在不在，結果還是撲了個空。他走回歐文斯夫婦的墳墓，一樣沒有人，不管是他的爸爸或是歐文斯太太都不在。

巴弟開始感到微微的驚慌，巴弟活到十歲，這還是頭一次在這個他自認為是家的地方感到被遺棄了。他跑到山腳的舊禮拜堂，在禮拜堂裡等塞拉。

塞拉沒有來。

「也許我只是恰巧沒碰到他。」巴弟心裡這麼想，其實並不真的這麼以為。他爬到山頂的最高處，眺望遠方。星星高掛在寒冷的夜空中，城市裡圖形般的燈火鋪在他腳下，街燈、車燈和各種燈光不停移動。他慢慢爬下山丘，來到墓園入口的柵門，停了下來。

他聽見音樂。

巴弟聽過各式各樣的音樂，有冰淇淋餐車的甜美鈴鐺聲、工人收音機播放的歌曲，還有克瑞弟・傑克用髒兮兮小提琴拉出的送葬歌曲，但是他從沒聽過這樣的音樂，那是一連串漸漸增強的低沉樂聲，像是一首歌曲的開頭，也許是哪首歌曲的前奏，或者是一首序曲。

他鑽過上鎖的柵門，走下山丘，進入舊城。

他站在角落，遇上了市長女士，看著市長女士在一位路過的商人的前襟別上一朵小白花。

「我不做個人名義的捐款，」商人說，「我都交給公司處理。」

「這不是為了募款，」葛拉薇夫人說，「是我們這兒的地方傳統。」

「啊！」他說著，挺起胸膛向全世界展示那朵小白花，然後洋洋自得地走了開來。

接下來經過的是一位推著娃娃車的年輕女人。

「做啥用的？」眼看市長女士愈走愈近，她懷疑地問。

「一朵給妳、一朵給小寶寶。」市長女士說。

她把花朵別在年輕女人的冬日大衣上，接著用膠帶把花朵黏在寶寶的外衣上。

「但這是做啥用的？」年輕的女人又問。

「這是舊城的習俗，」市長女士含糊其詞，「一種傳統。」

巴弟繼續走，所到之處都看到戴著白花的人。在另一個街角，他遇上了先前在市長女士身邊的男人，他們每個人都拿著一個籃子，逢人便分送白花。不是每個人都拿，但大部分的人都接受了。

音樂仍然飄揚，就在某個地方，隱藏在知覺的一角，莊嚴而又奇異。巴弟把頭歪向一邊，努力尋找樂聲的來源，卻是徒勞無功。音樂飄揚在空中，無所不在，它在旗幟和雨棚的陣陣拍打聲中、在遠方車流的隆隆行駛聲中、在鞋跟敲打乾燥鋪路石的喀噠聲響中……

而且還有一點非常奇特，巴弟看著返家的人群，心裡這麼想。那些人的腳步全都配合著音樂的節拍。

纏頭巾的鬍子男幾乎送完了花。巴弟走向他。

「抱歉。」巴弟說。

男人嚇了一跳。「我沒看到你。」他指責地說。

「對不起，」巴弟說，「能不能也給我一朵花呢？」

纏頭巾的男人狐疑地看著巴弟。「你住在這附近嗎？」他問。

「噢，對啊。」巴弟說。

男人把一朵白花交給巴弟。巴弟接過花，一不小心讓某個東西刺傷了大拇指的根部，痛得他大喊：「哎唷！」

「把花別在外套上，」男人說，「小心大頭針。」

巴弟的拇指滲出了鮮紅的血滴。巴弟用嘴吸掉血，而男人則把花朵別在巴弟的毛衣上。「我沒在附近見過你。」他告訴巴弟。

「反正我住在這裡就是。」巴弟說，「這些花是用來做什麼的呀？」

「這是舊城的傳統，」男人說，「是這座城市發展起來之前的習俗。冬之花在山丘上的墓園綻放時，人們就會把花剪下，分送給每個人，不分男女老少、不論貧富。」

現在音樂更大聲了。巴弟納悶是不是因為戴了那朵花，所以聽得更清楚——他可以聽出節拍，就像遠方有人在打鼓一樣，他還能聽出高亢、遲疑的旋律，讓他身不由己地想舉起腳，跟著樂聲的節拍邁步。

巴弟從來沒有當過觀光客。他忘了不得離開墓園的禁令，也忘了今天晚上，在山丘上的墓園裡，死者全都離開了崗位。他一心想著舊城，於是他快步穿梭，來到舊城市政廳前方的市立花園（舊城市政廳現在已成了博物館兼遊客指南中心，而新的市政廳則移到更氣派、也更新穎無趣的辦公室裡，遠在城市的另一邊）。

四周已經有許多人在市立花園裡漫步著——正是隆冬時節，市立花園看起來和一片大草地差不了多少，上頭零星點綴著幾級階梯、一叢矮樹和一座雕像。

巴弟出神地聽著音樂。川流不息的人潮湧進廣場，有人獨自前來，也有人兩兩結伴；有人全家出動，也有的孤家寡人。他從來沒有同時看過這麼多活人，總共一定有數百人，每個人都在呼吸，每個人都像他一樣活生生，每個人都別著白花。

這就是活人平常的活動嗎?巴弟心想，但隨即明白並非如此：不管這是什麼活動，絕對都是獨特少見的。

先前那位推著娃娃車的年輕女人站在他身邊，抱著寶寶，隨著音樂搖頭晃腦。

「音樂會放多久呢?」巴弟問她，但她一語不發，只顧著搖擺微笑。巴弟覺得她的微笑不太正常。

就在這個時候，巴弟才恍然明白她並沒有聽到他的聲音，可能是因為消失術發揮了作用，也可能是因為她並不在乎巴弟，所以對他說的話聽而不聞。她說：「我的老天爺呀!這簡直跟聖誕節沒兩樣嘛!」她的語氣就像在說夢話，也像是靈魂出竅。她用同樣作夢似的語調說：「這讓我想起了克蕾拉姑婆。奶奶過世後，每年的平安夜我們都會去找她，她會彈那台舊鋼琴，有時還邊彈邊唱，我們則會拿巧克力和核桃出來吃。她唱的歌我連一首都記不得，可是那音樂……那音樂就像是同時播放克蕾拉姑婆唱過的每一首歌呀!」

趴在她肩上的寶寶似乎熟睡著，但就連寶寶也隨著音樂揮舞雙手。

然後樂聲停歇，廣場裡寂靜無聲，四周一片瘖啞，猶如降雪時的靜默。夜色吞沒了一切聲響，廣場裡的人大步不敢踏、小步不敢踩，差一點連呼吸都要屏住了。

附近的時鐘開始報時，午夜已到，那群人來了。

那群人以緩慢的行列走下山丘，人人步伐沉穩、節拍一致，五人一排的佔滿了整條馬路。巴弟認識那群人，或者說他認識其中大部分的人。他認出第一排裡有殺洛嬤嬤、喬賽亞．沃辛頓、十字軍東征時重傷回鄉而死的老伯爵，還有崔佛西醫生，每個人都是一臉肅穆慎重。

廣場裡傳來了驚訝的喘息，有人哭了起來，喊著：「上帝垂憐，這是天譴呀！天譴！」不過大部分的人只是呆呆地瞪眼瞧著，彷彿以為一切都是夢，毫無驚訝的神色。

亡者繼續前進，一排跟著一排，直到抵達廣場。

喬賽亞．沃辛頓走上階梯，來到市長女士葛拉薇夫人的面前，伸出一隻手，用整個廣場都能聽見的洪亮聲音說：「親切的女士，我有一事相求，請與我一起跳死之舞。」

葛拉薇夫人猶豫了一會兒。她抬頭向身邊的男人求助，男人穿著睡衣、披著長袍、腳上踏著拖鞋。他微微一笑，對葛拉薇夫人點點頭。「當然好。」葛拉薇夫人說。

她伸出手。就在她與喬賽亞．沃辛頓指尖相碰的那一刻，音樂又再次響起。如果說巴弟先前聽到的音樂是前奏，那麼此刻的音樂便再也不是前奏。那是他們企盼已久的音樂，讓他們忘情舞蹈的音樂。

生者與死者手牽手地跳起舞。巴弟看見殺洛嬤嬤和纏頭巾的男人跳舞；商人和露意莎．巴特比跳舞；歐文斯夫人牽起老報商的手，對巴弟微笑；歐文斯先生則牽起一個小女孩的手，態度溫文有禮，而小女孩也大方地握住歐文斯先生的手，好像已經等待與歐文斯先生共舞等了一輩子。就在這個時候，巴弟不得不停下觀察的眼光，因為有人握住他的手，舞會開始了。

麗莎‧漢絲托對他咧嘴一笑。「很好。」她說，於是兩人便隨著音樂翩翩起舞。

然後她附和著舞曲的旋律唱了起來：

「踏啊轉，走啊停，

齊來跳這死之舞。」

音樂讓巴弟的腦袋和胸膛盈滿了狂喜，他的雙腳不由自主地踩著舞步，好像已經對舞步再熟悉不過了。

他和麗莎‧漢絲托共舞，一曲舞罷，他的舞伴又成了福羅挺拔‧巴特比。他和福羅挺拔跳舞，跳過一列又一列的舞者，每當他們經過時，一列列舞者便自動散開來讓兩人通過。

巴弟看見亞巴納瑟‧博格和他年老的前任老師博若思小姐共舞。他看見生者與死者共舞。接著，一對一的雙人舞結束，舞者排成了一排又一排長長的行列，踏著齊一的舞步，時而踏步、時而踢腳（啦、啦、啦、嗡！啦、啦、啦、啦、嗡！），列隊跳著已有千年歷史的古老舞蹈。

現在他排在麗莎‧漢絲托的旁邊，他說：「音樂是從哪兒來的？」

她聳聳肩。

「是誰安排讓這一切發生的？」

「總會發生的，」她告訴他，「活人也許不記得，但我們永遠記得……」她突然住口，興奮地喊著：「看呀！」

一匹灰馬踏著躂躂的步伐在街上朝他們而來。巴弟只在圖畫書上看過馬，沒看過真的馬，但這匹灰馬卻是他從來沒有想像過的。牠遠比他想像中的馬兒來得大，還有一張嚴肅的長臉。一個女人騎在無鞍的馬背上，穿著長長的灰洋裝。在十二月的月光下，那身飄逸的洋裝閃閃發亮，就像沾了露珠的蜘蛛網。

灰衣女人抵達廣場，馬兒停步，她輕輕鬆鬆地滑下馬背，站在地上，面對眾人，面對生者與亡者。

她行了個屈膝禮。

眾人動作劃一地回禮，或鞠躬、或屈膝。舞會重新開始。

在被旋風般的舞蹈捲離巴弟身邊之前，麗莎•漢絲托唱道：

「灰馬女士來領導，
眾人齊跳死之舞。」

眾人隨著舞蹈跺步、踩踏、旋轉、踢腳，灰衣女人與他們一起跳舞，熱情地踩踏、旋轉、踢腳。就連白馬也隨著音樂搖頭晃腦、左搖右擺。

樂曲的速度加快，舞者的舞步也跟著加快。巴弟跳得上氣不接下氣，卻怎麼也不願意停下舞步，這是死之舞，生者與死者共舞，與死亡共舞。巴弟在微笑，每個人都在微笑。

他旋轉、跺步，跳過市立花園，不時瞥見灰衣女士的身影。

每個人，巴弟心想，每個人都在跳舞！這念頭才浮現腦海，他就發現自己錯了。在舊城市政廳的陰影下，有個穿著一身黑衣的男人站著。他沒在跳舞，而是靜靜觀察他們。

巴弟想知道塞拉臉上的表情是渴望、悲傷，還是其他的東西，但他監護人臉上的表情令人難以解讀。

他大喊：「塞拉！」希望他的監護人能加入他們的舞蹈，和他們同歡，但聽見自己的名字時，塞拉只是退回陰影，消失在黑暗之中。

「最後一支舞！」有人大喊。尖銳的樂聲風格一變，成了莊嚴緩慢的終曲。

每個舞者都找到一位舞伴，生者配亡者，兩兩成對。巴弟伸出手，發現自己和穿著蛛網洋裝的女士指尖相碰，還凝視著她灰色的眼眸。

她對他微笑。

「你好，巴弟。」她說。

「妳好，」他一邊說，一邊和她跳舞，「我不知道妳的名字。」

「名字其實並不重要。」她說。

「我喜歡妳的馬。牠好大喔！我從來不曉得有那麼大的馬。」

「牠溫柔和善，足以用牠寬厚的背部承載起你們之中最偉大的人；牠強壯有力，足以扛起你們之中最渺小的人。」

「我可以騎牠嗎？」巴弟問。

「總有一天可以的，」她告訴他，蜘蛛網般的裙襬飛揚，「總有一天可以的，每個人都一樣。」

「妳保證？」

「我保證。」

語聲剛落，舞曲也告終。巴弟對舞伴深深鞠躬，一直到這個時候，他才覺得疲累，覺得自己已經跳了好幾個小時的舞。他全身肌肉痠痛，難受得不得了，而且還氣喘吁吁。

某處傳來鐘響，巴弟數著鐘聲，總共有十二下。他不知道他們是跳了十二個小時的舞、二十四小時的舞，或者根本沒跳舞。

他挺直身子，環視四周。死者都離開了，騎灰馬的女士也走了，只有活人留下來。

活人們踏上返家的路程，睡眼惺忪、步履蹣跚地離開市政廣場，彷彿剛從深深的睡眠中醒來，走起路來還有些昏昏欲睡。

市政廣場鋪滿了白色的小花，好像剛剛辦過婚禮。

第二天下午，巴弟在歐文斯夫婦的墓穴醒來，覺得自己好像得知了一個天大的秘密，也好像做了什麼了不起的事情，迫不及待地想找人聊聊。

等歐文斯夫人醒來，巴弟說：「昨天晚上真是太棒了！」

歐文斯夫人說：「噢，是嗎？」

「我們跳了舞呀！」巴弟說，「我們全都跳了舞，就在舊城那裡。」

「是嗎？」歐文斯夫人用鼻子哼了口氣說，「跳舞？你知道你不能進城的。」

巴弟知道在媽媽心情不好的時候最好別去找她閒聊。他溜出墓穴，來到漸漸昏暗的暮色下。他爬上山丘，來到黑色的方尖碑前。那是喬賽亞・沃辛頓的墓碑，那兒有一座天然的圓形露天劇場，他可以在那裡眺望舊城，遠望環繞舊城的萬家燈火。

喬賽亞・沃辛頓站在他身邊。

巴弟說：「你和女市長一起開舞。你和她一起跳舞。」

喬賽亞・沃辛頓看著他，一句話也沒說。

「就是你。」巴弟說。

喬賽亞・沃辛頓說：「死人和活人不打交道的，小子。我們不再屬於他們的世界，他們也不屬於我們的世界。要是我們碰巧和活人跳了死之舞，我們也不會把這件事掛在嘴邊，更不會對活人提起它。」

「但我是你們的一分子呀！」

「還不是，小子。這輩子都不可能。」

巴弟突然了解，為什麼在那場舞會中他的身分是活人，而不是從山丘上列隊而下的亡者。於是他只簡單說了一句話：「我懂了……我想我懂了。」

他跑下山丘。一個行色匆匆的十歲男孩奮力跑著，差點讓笛比・普爾（一七八五～一八六〇，今日吾軀歸故土，他朝君體也相同）的墓碑絆倒。他靠意志力穩住身子，往山下的舊禮拜堂衝去，害怕他會錯過塞拉，害怕他抵達的時候他的監護人早已離開。

巴弟在長椅上坐下。

他身邊傳來動靜，儘管他什麼聲響也沒聽見。他的監護人說：「晚安，巴弟。」

「你昨晚在場，」巴弟說，「別想騙我，因為我知道你在場。」

「沒錯。」塞拉說。

「我和她跳了舞。我和騎灰馬的女士跳了舞。」

「是嗎？」

「你看到了！你一直在看我們！你一直在看活人和死人跳舞！為什麼就是沒人肯談這件事？」

「因為有些事情是謎，因為有些事情不准有人提起，因為有些事情沒人記得。」

「但是你現在就在談呀！我們現在就在談死之舞。」

「我沒有跳那支舞。」塞拉說。

「可是你看見了。」

塞拉只說：「我不知道我看到了什麼。」

「我和那位女士跳了舞，塞拉！」巴弟大喊。這個時候，他的監護人看起來似乎連心都碎了，巴弟發現自己很害怕，就像一個小孩吵醒了沉睡的黑豹。

但塞拉只對他說：「這段對話到此為止。」

巴弟原本還想說點別的——他有一百件事情想說，不過他要真是挑這個時候說，那還真是太不聰明了——突然有個東西讓他分了神，一陣窸窸窣窣的聲音，輕柔又溫和，接著有個東西碰觸了他的臉，感覺就像冰涼的羽毛。

所有關於那支舞的念頭在一瞬間全拋到九霄雲外，歡欣與敬畏取代了他的恐懼。

這是他這輩子第三次看到這樣的景色。

「看哪，塞拉，下雪了！」他說，他的腦袋和胸襟充滿了喜悅，再也擠不下別的東西。「真的下雪了！」

插曲　議會

旅館大廳裡的小招牌寫著「華盛頓室」今晚將舉行私人聚會，恕不對外開放，不過並沒有說明是哪種私人聚會。事實上，要是那晚你有幸瞧瞧「華盛頓室」裡賓客的廬山真面目，你還是搞不清楚到底是怎麼一回事，不過只消一瞥，你就知道這是個女士止步的聚會。裡頭的人清一色全是男性，這一點很明顯，他們圍著圓形的餐桌而坐，正在吃甜點。

參加聚會的賓客約有一百人，全穿著素淨的黑西裝，但黑西裝是他們唯一的共同點。有的一頭白髮、有的一頭黑髮、有的一頭金髮、有的一頭紅髮，還有的根本沒有頭髮。有的親切友善、有的拒人於千里之外；有的樂於助人、有的一臉陰沉；有的心胸開闊，有的鬼鬼祟祟；有的粗野無文，有的敏感細膩。

大部分的賓客都有著粉嫩的膚色，但也有黑皮膚和棕皮膚的男人。裡頭有歐洲人、非洲人、印度人、中國人、南美人、菲律賓人、美國人，彼此交談或對服務生說話時都用英語，但腔調就像他們的種族一樣千奇百怪。他們來自歐洲的各個角落、來自世界的各個角落。

穿黑西裝的男人們圍坐在桌前，其中一位開朗的胖男人穿著禮服，好像剛剛參加完婚宴，此刻他正在講台上宣布「已完成之善行」。來自窮苦地區的孩童獲得幫助，參加了異國旅程。已購入一台巴士，有需要的人士可以利用這台巴士進行短途旅行。

名叫傑克的男人坐在正前方的桌子前，身旁是一位短小精悍的銀髮男人。兩人在等咖啡上桌。

「時光易逝，」銀髮男人說，「我們都不年輕了。」

名叫傑克的男人說：「我一直在想，四年前在舊金山的那件事……」

「非常不幸，但就像春天到了花自然會開一樣，嘩啦啦，那件事和這件事八竿子打不著。你失敗了，傑克，你應該把他們全部處理掉才對，包括那個寶寶。尤其是那個寶寶。你真是功虧一簣啊！」

穿著白夾克的服務生替這桌的男士各倒了一杯咖啡：第一位男士是個矮小的男人，留著細如鉛筆的小鬍子；第二位是個身材高瘦的金髮男子，他那帥氣的長相簡直可以和電影明星或是模特兒媲美；第三位則是個黑皮膚的大頭男人，一雙眼睛總是對人瞪目而視，活像隻生氣的公牛。這三個男人假裝沒在聽傑克的回話，反而專心聆聽講台上的講者，甚至還不時拍手鼓掌。銀髮男人在咖啡裡加了幾匙糖，快速地攪拌了幾下。

「十年了，」他說，「時間不等人，那個寶寶很快就要長大了，到時該怎麼辦呢？」

「我還有時間，花花公子先生……」名叫傑克的男人剛開口，銀髮男人便打斷了他，用一隻碩大的粉紅色手指指著他。

「你曾經有時間，現在你只有一個期限，現在你必須放聰明點。這次我們不會再對你法外開恩，我們已經等得不耐煩了，每一個傑克都等得不耐煩了。」

名叫傑克的男人隨便點點頭。「我有線索。」他說。

銀髮男人啜著黑咖啡。「真的？」

「真的。我再重複一次，我覺得它跟我們在舊金山碰上的麻煩有關。」

「你和秘書談過這件事了？」花花公子先生指著講台上的男人，此刻講台上的男人正在告訴大家去年他們慷慨解囊，購買了一些醫療設備。（「不是一台，也不是兩台，而是三台洗腎機。」他說。房裡的男人彬彬有禮地為自己的慷慨鼓掌。）

名叫傑克的男人點點頭。「我提過。」

「然後呢？」

「他沒興趣。他只問結果。他希望我能有始有終，完成由我開始的工作。」

「我們都有同樣的想法，親愛的，」銀髮男人說，「那個男孩還活著，時間已經不站在我們這邊了。」

同桌的男人方才還惺惺作態，假裝沒在聽兩人說話，此時終於忍不住嘟囔了幾聲，點頭表示贊同。

「就像我說的，」花花公子不露感情地說，「時光易逝啊！」

第十六章 奴巴弟上學去

墓園裡下著雨，一片泥濘，整個世界成了模糊的倒影。巴弟躲開了所有可能來找他的人，不管活人、死人。他坐在拱門底下看書，那道拱門將墓園分隔開來，穿過拱門後便是埃及步道與步道後的西北荒原。

「該死的傢伙！」小徑下方傳來一陣咆哮，「該死的傢伙！先生，我咒你瞎了眼睛！等我看到你——我一定會找到你——我會讓你後悔投胎出世！」

巴弟嘆口氣，放下書，把頭探了出去，看見薩克萊・波林格（一七二〇～一七三四，波林格之子）跺著腳爬上滑溜溜的小徑。薩克萊是個胖男孩，死的時候十四歲，那時他剛入一名油漆師傅的門下當學徒：他拿到八個銅便士，依照囑咐要買半加侖「紅白條紋」色的油漆回來，好替理髮店的招牌上色。

在泥濘的一月早晨，薩克萊花了五個小時逛遍整座城，每到一個地方先是遭到奚落恥笑一番，然後又繼續前往下一個目的地。等他發現自己被耍了一頓，他大為光火，氣得腦中風發作，一個禮拜之內就一命嗚呼，臨終時他怒氣沖沖地瞪著其他的學徒，甚至連油漆師傅荷若賓先生也不放過。荷若賓先生自己還是學徒的時候可是比薩克萊過得還要悽慘，所以他根本搞不清楚到底有什麼好大驚小怪的。

於是薩克萊・波林格死的時候滿腔怒火，手裡緊抓著他的《魯賓遜漂流記》。除了一枚邊緣缺了幾個角的六便士銀幣和生前穿的衣裳，那本書就是他全部的財產，所以在他母親的要求下，那本書成了他的陪葬品。死亡並沒有磨掉薩克萊・波林格的牛脾氣，現在他大吼：「我知道你就在附近！出來接受懲罰，你……你這個小偷！」

巴弟闔上了書本。「我不是小偷，薩克萊。我只是借看一下而已，我保證我看完一定還你。」

薩克萊抬起頭，看見巴弟窩在埃及冥王「奧塞里斯」的雕像後。「我跟你說過不准啦！」

巴弟嘆口氣。「但這裡的書好少，而且我只看了一點點。他發現了一個腳印，不是他自己的，這代表了島上還有其他人！」

「那是我的書，」薩克萊・波林格頑固地說，「還給我。」

巴弟本來打算和他爭辯或是談條件，但看見薩克萊臉上那傷心的表情，便打消了主意。巴弟爬下拱門，跳下最後幾呎，然後把書交出去。「給你。」薩克萊粗魯地一把抓過書，氣呼呼地瞪著他。

「我可以唸給你聽，」巴弟說，「我看得懂。」

「去煮熟你的肥腦袋啦！」薩克萊說著，朝巴弟的耳朵揮了一拳。這一拳正中目標，痛得他眼冒金星，但從薩克萊・波林格臉上的表情看來，他的拳頭八成和巴弟一樣痛。

胖男孩跺著腳走下小徑，巴弟目送他離開，不但耳朵痛，眼裡也噙著淚。他在雨中走回那條滿佈藤蔓的危險小徑，一不小心滑了一跤，擦傷了膝蓋、弄破了牛仔褲。

圍牆旁有一片柳樹林，巴弟一個勁兒地跑著，差點撞上尤菲米亞・霍斯佛小姐和湯姆・桑茲，這對璧人已經同進同出好多年了。

湯姆下葬的年代距今已有好一段時間，他的墓碑只剩下一塊飽經風霜的石頭。他是在英法百年戰爭期間出生死亡，而尤菲米亞小姐（一八六一～一八八三，佳人已長眠，然卻與天使同眠）則是死於維多利亞時代，那時墓園已經擴建翻新，變成相當成功的商業企業，風光了五十多年。

她在柳樹步道上的一道黑門後有個專屬墓穴。話雖如此，歷史時代的差距對這對佳偶來說似乎並不是問題。

「你該走慢點，巴弟小少爺，」湯姆說，「你會受傷的。」

「你已經受傷了，」尤菲米亞小姐說，「噢，親愛的，巴弟，我相信你的媽媽一定會好好數落你一頓的，破了的袴褲可難補呀！」

「嗯，對不起。」巴弟說。

「你的監護人在找你。」湯姆說。

巴弟抬頭看看灰暗的天空。「但現在還是白天呀！」他說。

「今日他『晨起』而作。」湯姆說起話來有些文謅謅，不過巴弟知道「晨起」的意思就是「早起」。「他告訴我，要是見到你，告訴你他想見你。」

巴弟點點頭。

「小約翰家墓碑後頭的灌木叢裡有熟了的榛果。」湯姆說，他帶著一臉微笑，像在安慰巴弟一樣。

「謝謝你。」巴弟說完，冒著雨，胡亂地衝下蜿蜒的小徑，來到墓園較靠近山腳的地方。他繼續跑個不停，直到抵達舊禮拜堂。

禮拜堂的門開著，討厭下雨和夕陽餘暉的塞拉就站在裡頭，站在陰影下。

「聽說你在找我。」巴弟說。

「是的，」塞拉說，然後又說：「你似乎弄破了你的褲子。」

「跑步時弄破的，」巴弟說，「嗯，我跟薩克萊•波林格打了一架。我想看《魯賓遜漂流記》。故事是說有個男人上了一艘船——『船』呢，是一種漂在海上的東西，而『海』呢，是一個一望無際的大水塘——那艘船在一座島上擱淺，『島』呢，是在海上可以站的地方，然後呢——」

塞拉說：「已經過了十一年，巴弟。你和我們在一起已經十一年了。」

「沒錯，」巴弟說，「你說是就是。」

塞拉低頭看著他負責照顧的孩子。男孩很瘦，隨著年齡的增長，那頭鼠灰色的頭髮也變深了一些。

舊禮拜堂裡魅影幢幢。

「我想，」塞拉說，「是時候談談你的出身了。」

巴弟深深吸了口氣，說：「不必現在談。你不想談就不要談。」他故作鎮靜，其實一顆心怦怦跳個不停。

一陣靜默，只有屋外噼哩啪啦的雨聲和排水管嘩啦嘩啦的排水聲。靜默不停延伸，巴弟覺得自己就快要受不了了。

塞拉終於說：「你知道你與眾不同。你活著，我們接納了你——他們接納了你——我同意當你的監護人。」

巴弟沒說話。

塞拉繼續用絲絨般的聲音往下說：「你曾經有爸爸、媽媽，還有一個姊姊。他們都遇害身亡了。我相信你原本也會慘遭毒手，之所以逃過一劫，純粹是因為運氣，出手相救的人就是歐文斯夫婦。」

「還有你。」巴弟說。這些年來早就有許多人把那天晚上的情形說給他聽，有些人還曾親眼目睹那一幕。那天晚上發生的事算是墓園裡的一件大事。

塞拉說：「我相信殺害你全家的人還在外頭找你，還想殺你。」

巴弟聳聳肩。「那又怎樣？」他說，「大不了就是死掉。我是說，我最好的朋友全都死了。」

「沒錯，」塞拉遲疑了一下，「他們都死了，而且他們大部分都是塵緣已了，你卻不是。你還活著，巴弟，這代表你還有無窮的潛力。你什麼都辦得到、什麼都可以創造、什麼夢都可以作。如果你想改變世界，世界就會改變，那就是潛力。一旦你死了，潛力也就消失了、結束了。等到你創造的任務告終，夢想完成了，在青史留名，你就可以埋在這裡，甚至化為鬼魂，但到時你那份潛力也用盡了。」

巴弟思索了一陣。塞拉說的聽起來很有道理，儘管他可以想到一些例外——比如說他的養父母。雖然他比較認同死人，但是他心裡也明白，活人和死人是不一樣的。

「那你呢？」他問塞拉。

「我怎樣？」

「呃，你不是活人，你會去外頭遛達出任務。」

「我，」塞拉說，「就是我，如此而已。就像你說的，我不是活人，但等到我走到生命的盡頭，我只會消失而已。我們要不存在，不然就是不存在，你懂我的意思吧？」

「我不懂。」

塞拉嘆了口氣。雨停了，陰鬱的黃昏不再，真正的暮光登場。「巴弟，」他說，「我們這麼保護你是有理由的。」

巴弟說：「傷害我家人的那個人，那個想殺我的人，你確定他就在外頭嗎？」這個問題一直掛在他心裡，而他知道自己想要的是什麼。

「是的，他還逍遙法外。」

「那麼，」巴弟終於把那句不能說的話說出口，「我要去上學。」

塞拉是個非常冷靜的人，就算世界毀滅，他也能面不改色。但現在他張大了嘴、皺起眉頭，只說了一句話：「你說什麼？」

「我在墓園裡學到了很多東西，」巴弟說，「我學會了消失術，也學會了鬧鬼術。我可以打開食屍鬼門，也學會辨認星座。但還有外頭的世界，那裡有海、有島、有沉船，還有豬。我的意思是，它充滿了我不知道的事物。這裡的老師教給我很多知識，但是如果有一天我要在外面的世界生存，我就需要更多的知識。」

塞拉看似無動於衷。「不可能！在這裡我們才可以保護你，要是你到外面去，我們要怎麼保護你？外頭什麼事都可能會發生。」

「沒錯，」巴弟同意，「這就是你剛才說的『潛力』。」他沉默了一陣，然後說：「有人殺了我的爸爸、媽媽和姊姊。」

「是的，有人殺了他們。」

「是個男人嗎？」

「是個男人。」

「這就表示，」巴弟說，「你問錯了問題。」

塞拉揚起一隻眉毛。「怎麼說？」

「這個嘛，」巴弟說，「如果我到外面的世界去，問題就不應該是：『誰會保護我不受他的傷害？』」

「不是嗎？」

「不是。問題應該是：『誰會保護他不受我的傷害？』」樹枝刮著高處的窗戶，好像也想進屋來。塞拉用尖如刀刃的指甲撣去袖子上看不見的灰塵，說：「我們得替你找間學校。」

一開始沒人注意到那個男孩，甚至沒發現自己沒注意到他。他坐在教室裡靠後頭的位子，不太回答問題，除非特別指名問他。就算回答問題，他的答案也是簡短易忘，毫無特色可言，他在腦海裡消逝，在記憶裡消逝。

「你覺得他的家人是不是有宗教信仰啊？」在教師休息室裡，柯比先生問。他正在改作業。

「誰的家人？」麥金儂太太問。

「八年B班的歐文斯。」柯比先生說。

「那個滿臉雀斑的高個兒？」

「我想應該不是。他的身材不高也不矮。」

麥金儂太太聳聳肩。「他怎麼了？」

「他什麼都用手寫，」柯比先生說，「字寫得真漂亮，簡直跟刻鋼版沒兩樣。」

「那跟他有宗教信仰有什麼關係？」

「他說他沒有電腦。」

「還有？」

「他沒有電話。」

「我還是不懂那跟他有宗教信仰有什麼關係，」麥金儂太太說。自從教師休息室禁煙之後，她的嗜好就成了織毛線，現在她正坐著織一件嬰兒毛毯，不過還沒決定要送給誰。

柯比先生聳聳肩。「他很聰明，」他說，「只是有些東西沒學過。上歷史課的時候他會插嘴說一些捏造的細節，課本上沒寫的東西……」

「什麼東西？」

柯比先生改完巴弟的作業，放在成堆的作業本上。眼前沒了批改的東西，整件事似乎變得模糊又無關緊要。「就是東西囉！」他說著，隨即忘了這件事，就像他忘了把巴弟的名字登記在點名簿裡，在學校的資料庫裡怎麼找也找不到巴弟的名字。

男孩是個模範生，不需要記得，也常常被忘記。大部分的空閒時間，他不是在英文教室後頭看書架上的平裝書，就是到學校圖書館。學校圖書館是個裝滿書本和舊扶手椅的大房間，有些孩子或許是愛吃東西的貪吃鬼，而他則是個嗜書如命的小書蟲。

就連其他的孩子也不記得他，只有在他坐在面前時才記得。歐文斯家的小鬼一旦離開視線，他們就把他忘得一乾二淨。他們不會想到他，也不需要想到他。要是有人叫八年B班所有的學生閉上眼，列出班上二十五個同學的名字，歐文斯家的小鬼絕對不會在名單上。他就像鬼魂一樣，來無影、去無蹤。

但要是他在場，那又另當別論了。

尼克・法尋今年十二歲，可要是說他十六歲也會有人相信——而且有時候還真能讓人信以為真。他是個胖男孩，臉上帶著歪斜的微笑，而且想像力不太豐富。在最基本的事物方面，他十分地實事求是，還是個順手牽羊的高手，偶爾欺凌弱小，因為只要其他身材比他瘦小的孩子聽他使喚，他就不在乎自己不受歡迎。無論如何，他有個朋友，是個女孩，名叫茉玲・奎琳，但是大家都叫她「茉兒」。她很瘦，皮膚蒼白，有一頭淡金色的頭髮、水汪汪的藍眼、尖尖的鷹勾鼻。尼克喜歡順手牽羊，但都是依茉兒的指示去偷。尼克會揍人、傷人、恐嚇人，但茉兒才是指使他的幕後黑手。就像她告訴尼克的，他們是「最佳拍檔」。

他們坐在圖書館的角落，分著從七年級學弟妹身上坑來的錢。他們「訓練」了八、九個十一歲的小孩，每週都會乖乖把零用錢交給他們。

「姓辛的小子還沒把錢吐出來，」茉兒說，「你得去找他。」

「是啊，」尼克說，「他會付錢的。」

「他偷了什麼東西？ＣＤ嗎？」

尼克點點頭。

「只要抓住他的小辮子就行。」茉兒說，希望自己聽起來夠兇狠，就像電視上的硬漢一樣。

「簡單，」尼克說，「我們是好搭檔。」

「就像行俠仗義的蝙蝠俠和羅賓。」茉兒說。

「我看是為非作歹的傑奇醫生和海德先生⓫。」某個人說。這個人原本坐在窗前看書，沒人注意他，他說完這句話便站起來，走出房間。

保羅・辛坐在更衣室前的窗台，雙手插在口袋裡，一肚子煩惱。他從口袋裡拿出一隻手，打開手心，看著手裡的錢幣，搖搖頭，又闔上手掌握住錢幣。

「那就是尼克和茉兒在等的東西嗎？」某個人問，嚇得保羅跳了起來，把錢幣撒了一地。

另一個男孩幫他把錢幣撿起來，還給他。男孩年紀比較大，保羅覺得他有些似曾相識，但又不太肯定。保羅說：「你是跟他們一夥的嗎？我是說尼克和茉兒。」

另一個男孩搖搖頭。「不是，我覺得他們相當惹人厭。」他遲疑了一會兒，接著又說：「事實上，我是來給你一些忠告的。」

「是嗎？」

「不要給他們錢。」

「你說得容易。」

「因為他們沒有勒索我嗎？」

男孩看著保羅，保羅羞愧地躲開他的眼神。

「他們打你或是威脅你，逼你去偷ＣＤ給他們，然後他們告訴你，除非你把零用錢給他們，否則就去告狀。他們做了什麼？把你偷東西的過程拍下來嗎？」

保羅點點頭。

「拒絕就對了，」男孩說，「不要答應他們。」

「他們會殺了我，他們說……」

「告訴他們，你覺得比起一個小孩被強迫偷ＣＤ，警察和學校老師對兩個小孩強迫年紀比較小的孩子偷東西，再逼他們交出零用錢，一定比較有興趣。要是他們敢再碰你，你就會報警，而且你把自白都寫好了，如果你發生什麼事，比如說你突然冒出個黑眼圈，你的朋友們就會自動地把自白書寄給學校老師和警察。」

保羅說：「可是我辦不到。」

「那麼你就付他們零用錢付到畢業吧！而且你還會繼續害怕他們。」

⓫小說《化身博士》（Dr. Jekyll and Mister Hyde）的主角。《化身博士》是十九世紀羅勃．路易士．史帝文生（Robert Louis Stevenson，1850～1894）所寫的驚悚心理小說。傑奇醫生是一個名聞遐邇的大善人，然而他發明了一種藥水，可以讓人的個性與身材為之改變，以另一種身分為所欲為。傑奇醫生在喝下藥水之後，搖身一變成為人人憎惡的男子海德。

保羅想了想。「為什麼我不乾脆報警就好了？」他問。

「要是你喜歡，也可以。」

「我會先試試你的方法。」保羅說，露出了微笑。那抹微笑不大，但好歹是抹微笑，三個禮拜來這是他第一次微笑。

於是保羅・辛對尼克・法尋解釋他為什麼不再付錢，說完以後頭也不回地離開，只留下尼克・法尋站在原地，一語不發，兩隻拳頭握了又放、放了又握。

第二天，其他五個十一歲的孩子在操場找到尼克・法尋，要他還錢，而且是把上個月他們交的零用錢全部還回來，否則他們就會去報警。現在尼克・法尋成了一個極度不開心的小男孩。

茉兒說：「就是他，是他起頭的。如果不是他……他們才不會想到這個點子。只要教訓教訓他，其他人就會乖乖聽話了。」

「誰？」尼克說。

「那個老是在看書的人。那個老愛窩在圖書館的人。叫『巴布・歐文斯』的那個傢伙。」

尼克緩緩點頭，然後說：「妳到底在說誰啊？」

「我會指給你看的。」茉兒說。

巴弟習慣被忽略，習慣在陰影底下活動。如果平常別人眼角的餘光總掃不到你，哪天要是有人的眼光落在你身上、有人的眼角餘光掃到你、注意到你，你就會變得非常敏感。如果你和別的活人不一樣，幾乎不存在別人的心裡，那麼你被指指點點的時候，被跟蹤的時候……你一定會馬上注意到。

他們跟著巴弟離開學校，走到馬路上，經過街角的報攤，穿過鐵路大橋。巴弟好整以暇，刻意讓那個大個子男孩和尖臉金髮女孩跟上他。

接著他走進馬路盡頭的小教堂庭院，那座庭院事實上是位在教堂後方的迷你墓園。他在羅德烈・珀森的墳墓邊等待，和羅德烈・珀森一起長眠於此的，還有他的老婆雅瑪貝拉，以及他的第二個老婆波楚妮亞（此輩雖長眠，他日必復活）。

「你就是那個小鬼，」一個女孩的聲音說，「巴布・歐文斯。哼，現在你麻煩大了，巴布・歐文斯。」

「是『巴弟』才對，」巴弟說，他瞪著兩人，「是『巴弟』。你們是傑奇和海德。」

「是你，」女孩說，「就是你去教七年級的人怎麼對付我們。」

「所以我們要給你一點教訓！」尼克・法尋說，臉上皮笑肉不笑。

「我看是你們才需要好好教訓，」巴弟說，「要是你們沒把老師的教訓當耳邊風，就不會跟小朋友勒索零用錢了。」

尼克皺皺眉，說：「你死定了，歐文斯。」

巴弟搖搖頭，指指四周。「我還沒死，」他說，「他們才死了。」

「誰死了？」茉兒說。

「住在這裡的人，」巴弟說，「聽著，我帶你們來這裡是要讓你們有選擇的機會——」

「你才沒有帶我們來這裡。」尼克說。

「總之你們來了，」巴弟說，「我希望你們來這裡。不管你們是不是跟蹤我才來到這裡，結果都是一樣的。」

茉兒看起來很緊張。「你在這裡有朋友？」她問。

巴弟說：「恐怕妳搞錯重點了。你們兩個得停止，別再欺負人，也別再傷人了。」

茉兒狡猾地咧嘴一笑。「看在老天的份上，」她對尼克說，「揍他。」

「真是給臉不要臉。」巴弟說。尼克惡狠狠地朝巴弟揮拳，卻撲了個空，他的拳頭打在墓碑上頭。

「他到哪兒去啦？」茉兒說。尼克一邊咒罵，一邊甩手。茉兒環視陰暗的墓園，一頭霧水。「他剛剛還在的啊！你知道他在的。」

尼克沒什麼想像力，而且也不打算動腦筋。「也許他逃跑了。」他說。

「他沒有逃跑，」茱兒說，「他只是不見了。」茱兒的想像力比較豐富，開始有了一些聯想。暮光照在陰森森的墓園裡，她覺得寒毛直豎。「事情真的、真的不太對勁。」茱兒說，接著她驚恐地尖聲說道：「我們得離開這裡。」

「我要去找那個小鬼，」尼克・法尋說，「我要把他痛揍一頓。」茱兒覺得渾身不自在，陰影好像在他們身邊團團轉。

「尼克，」茱兒說，「我很害怕。」

恐懼是有傳染力的，誰都可能被傳染。有時候只要有人先喊怕，恐懼的感覺就會變得真實無比。

茱兒很害怕，現在連尼克也開始害怕了。

尼克什麼也沒說，拔腿就跑，茱兒也跟在他後頭狂奔。

他們跑回外頭的世界，街燈在他們身後一一亮起，將黃昏轉成了夜色，讓陰影變成什麼都可能發生的暗處。

他們跑進尼克家，打開所有的燈，茱兒打電話給媽媽，幾乎是哭著要媽媽開車接她回就在附近的家，因為她今天晚上不想走路回去。

巴弟心滿意足地看著他們逃跑。

「幹得好，親愛的，」某個人在他身後說，是個穿白衣的高瘦女人。「先是一招漂亮的消失術，接著又是恐懼術。」

「謝謝，」巴弟說，「我沒在活人身上試過恐懼術。我是說，我知道它該怎麼使，不過沒真的用過。」

「那一招真的很靈，」她開心地說，「我叫雅瑪貝拉・珀森。」

「我叫巴弟。奴巴弟・歐文斯。」

「你是那個活人小子？從山丘上那座大墓園來的？真的？」

「嗯。」巴弟還不曉得他的名聲居然傳到了墓園外。雅瑪貝拉正在敲墳墓。「老公？波楚妮亞？快看看誰來了！」

現在巴弟面前一共有三個人，雅瑪貝拉替巴弟引見其他兩人，巴弟一邊握手、一邊說：「幸會，幸會。」他可以用九百年來各種不同的說法打招呼。

「歐文斯少爺嚇跑了一些壞小孩。」雅瑪貝拉解釋。

「漂亮，」羅德烈・珀森說，「想必是些罪有應得的粗人吧？」

「是幾個以大欺小的無賴，」巴弟說，「逼小孩子把零用錢交出來之類的小事而已。」

「先使出恐懼術的確是高招，」波楚妮亞・珀森說，她是個矮胖的女人，比雅瑪貝拉年紀大上許多，「不過要是恐懼術失效，你還有什麼盤算嗎？」

「我倒沒想過——」巴弟剛開口，雅瑪貝拉便插嘴。

「我想『夢遊術』應該是最有效的辦法了。你會夢遊術吧？」

「我不確定，」巴弟說，「潘尼沃斯先生教過我，但是我沒有真的——呃，有些事情我只懂理論，實際上呢——」

波楚妮亞・珀森說：「夢遊術很好，但我想斗膽建議『降臨術』。對這些人得使出撒手鐧才行。」

「噢，」雅瑪貝拉說，「降臨術是嗎？親愛的波楚妮亞，我可沒想到——」

「噢，妳當然想不到，幸好我們之中有人想到了。」

「我得回家了，」巴弟連忙說，「他們會擔心我的。」

「當然。」珀森一家人說，接著是一連串的告別，包括「很高興能見到你」還有「晚安了，年輕人」。雅瑪貝拉和波楚妮亞氣呼呼地瞪著彼此。羅德烈・珀森說：「冒昧請問，您的監護人是否無恙？」

「塞拉？呃，他很好。」

「請代我向他致意。恐怕如寒舍這般微小的教堂庭院，無緣與榮譽衛隊的成員一會，不過知道有榮譽衛隊盡其職責，仍令人心中十分寬慰。」

「晚安。」巴弟說，他不清楚那個男人在說些什麼，不過也沒有多加追問。「我會的。」

他拿起書包，踏上歸途，路上的陰影讓他覺得心安。

巴弟雖然和活人一起上學，但也沒怠忽了死人的課程。長夜漫漫，有時候巴弟還是熬不住累，只能說聲抱歉，在午夜前就爬上床去。大部分的時候，他還是努力把課都上完。

潘尼沃斯先生最近對他的學生可滿意了。巴弟很用功，也常常發問。今天晚上巴弟問了「鬧鬼術」，而且問得愈來愈仔細，潘尼沃斯先生幾乎要招架不住，因為連他自己也從來沒施展過那一招。

「到底要怎麼樣在空中製造一個『寒區』⑫啊？」他問，還有：「我想我已經掌握了『恐懼術』，請問我要怎樣才能修煉到『驚駭術』？」潘尼沃斯先生長吁短嘆了一番，盡力解釋，等到課程告一段落，時間已是凌晨四點。

第二天上學時巴弟很累。第一堂課是歷史課，是巴弟最喜歡的課，儘管巴弟常常得忍住插嘴的衝動，不去告訴老師，根據曾經親身經歷那段歷史的人所說，事實根本不是那樣。不過今天早上，巴弟竟然得努力跟瞌睡蟲搏鬥。

他想盡辦法專心上課，所以並沒有注意到身邊發生的事。他想著英王查理一世，想著爸爸、媽媽，包括扶養他長大的歐文斯夫婦和他的另一個家庭，那個他完全沒有記憶的家庭。突然有人敲門，全班同學和柯比先生都轉頭去看是誰（是個七年級的學生，奉命來借教科書），就在大家轉頭時，巴弟覺得有東西刺在他的手背上。他沒有喊出聲，只是抬頭瞧。

尼克・法尋咧著嘴對他笑，手上拿著削尖的鉛筆。「我不怕你。」尼克・法尋壓低了聲音說。巴弟看著手背，一小滴血從鉛筆刺穿的地方冒出來。

那天下午，茉兒・奎琳在走廊上遇見了巴弟，她眼睛睜得老大，巴弟可以看見她的黑眼珠旁繞著一圈白眼。

「你是個怪胎，」她說，「你沒有朋友。」

「我上學不是為了交朋友，」巴弟老實說。「我上學是為了學習。」

茉兒的鼻子抽了抽。「你知道那有多怪嗎？」她問，「沒有人上學是為了學習。我是說，我們來上學是因為不得不上學呀！」

巴弟聳聳肩。

「我不怕你，」她說，「不管你昨天使了什麼把戲，都嚇不倒我的。」

「好吧。」巴弟說，繼續在走廊上走。

他懷疑自己仗義執言的行為是不是錯了，唯一可以確定的是，他的判斷力確實失了準頭。

⓬cold spot，研究超自然的用語，用來描述氣溫驟降之處。

茉兒和尼克開始談論他，或許連七年級都開始談他了。他成了風雲人物，而不是個無所謂的小人物，這讓他非常不自在。塞拉曾經告誡他要保持低調，告訴他在學校時要使出一部分的消失術，可是一切都改變了。

那天晚上他去找他的監護人談話，把事情的來龍去脈全告訴他，但塞拉的反應大出他所料。

「我真不敢相信，」塞拉說，「你竟然會這麼……這麼蠢。我千叮萬囑，要你保持隱形，但現在你居然成了學校的風雲人物？」

「呃，不然你要我怎麼辦？」

「今非昔比，他們可以追蹤到你，巴弟。他們可以找到你。」塞拉僵硬的表情就像覆蓋住熔岩的地殼，巴弟會知道塞拉有多生氣，全是因為他對塞拉的個性非常了解。塞拉好像在和憤怒對抗，努力壓抑著怒火。

巴弟吞了口口水。

「我該怎麼辦？」他坦誠地問。

「別回去，」塞拉說，「上學這件事是個實驗，咱們就面對現實，承認實驗失敗吧！」

巴弟沉默了一會兒，然後說：「不只是上課而已，還有其他的東西。你知道跟滿屋子會呼吸的活人在一起，感覺有多棒嗎？」

「我從來不覺得那有多有趣，」塞拉說，「好了，你明天不准回去上學。」

「我不會逃跑的。我不會躲避茉兒、尼克，或是學校。我寧可離開這裡。」

「你給我乖乖聽話！」塞拉說，黑暗中，他彷彿一團熊熊燃燒的絲絨。

「不然怎樣？」巴弟的臉頰通紅，「不然你要怎麼把我留下來？殺了我嗎？」他一個旋踵，跑上通往柵門、離開墓園的小徑。

塞拉開口叫男孩回來，但隨即停止，獨自一人站在夜色中。

他的表情向來是難以解讀，此刻他的表情就像一本書，書中的語言已為人遺忘許久，其中的字母更是從未有人想像。塞拉像披上毛毯似的用陰影裹住全身，瞪視著男孩離去的方向，沒有追上去。

尼克・法尋在床上呼呼大睡，就在他夢見海盜遨遊在陽光普照的藍色大海時，事情突然變得不太對勁。前一刻他還是海盜船的船長——那艘船真是個樂園，船員全是聽話的十一歲小鬼，不過上頭的女孩兒都比尼克大上一、兩歲，穿著海盜服看起來格外漂亮——下一刻他就一個人孤單單地在甲板上，一艘油輪般的大黑船張著破爛的黑帆在暴風雨中撞向他，船首還是個骷髏頭。

然後就像在作夢一樣，他站在不速之船的黑色甲板上，有人從上方俯視他。

「你不怕我。」俯視他的人說。

尼克抬頭瞧。夢境中的尼克很害怕，他害怕眼前的男人。那個男人穿著海盜服，活像剛從死人堆裡爬出來，手還按在短彎刀的刀柄上。

「你覺得你是海盜嗎，尼克？」俘虜尼克的男人說，突然間，尼克覺得這個男人有點眼熟。

「你是那個小鬼，」他說，「巴布・歐文斯。」

「我，」俘虜他的人說，「是奴巴弟。你必須改變，你必須洗心革面，重新做人，不得有誤，否則你就會變得很慘。」

「怎麼個慘法？」

「你的腦袋會變得很慘。」海盜王說。現在他只是他的同班同學，他們在學校禮堂，而不是海盜船的甲板，不過暴風雨並沒有減弱的跡象，禮堂的地板依然像海中的船隻一樣顛簸搖晃。

「我在作夢。」尼克說。

「你當然是在作夢，」另一個男孩說，「要是我在現實生活裡還能做這種事，我一定是個怪物。」

「在夢裡你能對我怎樣？」尼克問，他露出了微笑，「我不怕你，你的手背還有我鉛筆留下的痕跡。」他指指巴弟手背上石墨留下的黑色疤痕。

「我本來希望不會走到這步田地的。」另一個男孩說。他歪著頭，好像在聽什麼聲音。「他們餓了。」他說。

「什麼餓了？」尼克問。

「地窖裡的東西，或是甲板下面的東西。如果是學校就是地窖，如果是船就是甲板，對吧？」

尼克覺得自己開始慌了。「不會是……蜘蛛……吧？」他說。

「也許是，」另一個男孩說，「你會知道的，不是嗎？」

尼克搖搖頭。

「不要，」他說，「求求你不要。」

「嗯，」另一個男孩說，「全看你怎麼做囉！改頭換面，不然就到地窖去吧！」

聲音愈來愈大——喀噠喀噠的小跑步聲，雖然尼克不知道那是什麼聲音，但他完完全全可以確定，那會是他這輩子碰過最可怕的東西……

他尖叫著醒來。

巴弟聽到驚駭的尖叫聲，有種大功告成的滿足感。

他站在尼克家外頭的人行道，夜晚的濃霧沾濕了他的臉。他既興奮又疲憊：剛才的夢遊術使得並不好，他心裡很清楚，夢裡只有尼克和自己兩個人，而且嚇壞尼克的只是一些聲音而已。

但是巴弟覺得很滿足。另一個男孩下次要欺負小朋友的時候一定會三思。

那麼現在呢？

巴弟把雙手插在口袋裡，邁開腳步，卻不確定自己要往哪裡去。他想離開學校，就像他離開墓園一樣。他要去一個沒有人認識他的地方，他要在圖書館坐一整天，看書，聽別人呼吸。他想知道世界上是不是還有無人的荒島，就像魯賓遜船難後漂流到的那個島一樣。他想去住在那樣的島上。

巴弟沒有抬頭。要是他抬頭，一定會看到一雙水汪汪的藍眼睛從臥室的窗戶凝視著他。

他走進小巷子裡，離開燈光讓他覺得舒坦許多。

「你要逃跑了嗎？」一個女孩的聲音說。

巴弟沒說話。

「那就是活人和死人不同的地方，不是嗎？」那個聲音說。那是麗莎・漢絲托的聲音。雖然看不見那個小女巫，但巴弟知道是她。「死人不會讓你失望。他們已經活過了，什麼都做過了。我們不會改變。而活人呢？他們總是會讓你失望，不是嗎？你遇到一個勇敢又高貴的男孩，結果他長大就逃跑了。」

「那不公平！」巴弟說。

「我認識的奴巴弟·歐文斯不會一聲不吭地就從墓園跑掉，不跟關心他的人告別。你會讓歐文斯太太傷心的。」

巴弟從沒想過這一點。他說：「我和塞拉吵架了。」

「所以呢？」

「他要我回墓園，不要再去上學。他覺得學校太危險了。」

「為什麼？你的聰明才智加上我的咒語，幾乎不會有人注意到你。」

「我扯進了一些事。有幾個小孩欺負別的小孩，我想叫他們住手，結果引來了注意……」

現在麗莎已經現出了形體，一道霧濛濛的人影在小巷裡跟著巴弟走。

「他就在外頭的某個地方，而且他希望你死掉。」她說，「那個殺掉你家人的人希望你死掉。但是在墓園裡，我們希望你活著。我們希望你給我們驚喜、讓我們失望、讓我們敬佩、讓我們大開眼界！回家吧，巴弟。」

「我覺得……我對塞拉說了一些重話，他會生氣的。」

「如果他不關心你，就不會生氣。」她一句話點醒了巴弟。

秋天的落葉踩在巴弟腳下滑溜溜的，霧氣模糊了世界的邊界。才過了幾分鐘，一切似乎變得不如巴弟想的那麼非黑即白了。

「我使了夢遊術。」他說。

「使得如何？」

「很好，」他說，「呃，還可以啦！」

「你應該去跟潘尼沃斯先生說，他會很高興的。」

「妳說得沒錯，」他說，「我會告訴他的。」

他來到小巷子的盡頭，原本打算右轉到外頭的世界去，現在卻改變了心意，左轉到大街上，準備沿著大街回到丹士頓路，回到山丘上的墓園。

「幹嘛？」麗莎・漢絲托說，「你在幹嘛？」

「回家，」巴弟說，「就像妳說的。」

商店的燈光已經亮起，巴弟聞到街角薯條店傳來的熱油香味，人行道的鋪地石閃閃發亮。

「很好。」麗莎・漢絲托說，現在她的形體又快消失殆盡，只剩下一個聲音。接著那個聲音又說：「快跑！或者趕快消失！事情不太對勁！」

巴弟正想告訴她別傻了，沒有什麼事情不對勁，突然一輛頂著閃光的大車從馬路對面轉向而來，停在他面前。

兩個男人下了車。「抱歉，小朋友，」其中一個男人說，「我們是警察。請問你為什麼深夜還在外面遊蕩？」

說。

「有哪條法律規定深夜不准在外遊蕩嗎？」巴弟說。

身材最魁梧的警察打開車子的後門。「妳看到的就是這位年輕人嗎，小姐？」他說。

茉兒・奎琳下車，看著巴弟，微微一笑。「就是他，」她說，「就是他在我們家後花園破壞東西，然後就逃跑了。」她直視巴弟的眼睛。「我從我的臥室看到你，」她說，「我想這陣子打破窗戶的人就是他。」

「你叫什麼名字？」比較矮小的警察問，他留著薑黃色的小鬍子。

「奴巴弟，」巴弟說，接著他大喊：「好痛！」因為薑黃色小鬍子警察正用食指和拇指捏著巴弟的耳朵用力擰。「少耍嘴皮子，」警察說，「給我有禮貌地回答問題，好嗎？」

巴弟沒說話。

「你到底住哪裡？」警察問。

巴弟還是沒說話。他想施展消失術，但消失術必須要在別人沒注意你的時候才能使，即使有小女巫的加持也一樣，更何況現在大家的目光都在他身上，還有一雙警官的大手抓著他。

巴弟說：「你不能因為我沒告訴你我的名字和地址就逮捕我。」

「沒錯，」警察說，「我是不能，但我可以把你帶到警局，等你說出父母的名字、監護人的名字，或是其他照顧你的人，然後再放了你。」

他把巴弟塞進後座，跟茉兒坐在一起。茉兒的臉上帶著笑，好像一隻剛把金絲雀吃光光的貓。「我從我正前方的窗戶看到你，」她低聲說，「所以我就報警了。」

「我什麼也沒做，」巴弟說，「甚至連妳家的花園都沒進，而且他們為什麼要帶妳出來找我？」

「後頭給我安靜！」大個兒警察說，車子裡立刻一片鴉雀無聲，直到車子在茉兒家門前停下來為止。大個兒警察替茉兒打開車門，她下了車。

「我們明天再打電話給妳，向妳爸媽報告我們的發現。」大個兒警察說。

「謝謝你，譚姆叔叔。」茉兒說完，微微一笑，「我只是在盡本份。」

他們在沉默中駛過城鎮，巴弟拚命想消失，但並不奏效。他覺得既難受又悲慘。短短一個晚上，他卻經歷了好多事情：第一次跟塞拉真正大吵一架，計畫逃家，可是逃家不成，現在連家都回不去了。他不能告訴警察他住在哪裡，也不能透露他的名字，他的下半輩子就要在警察局的地牢或專門關小孩的牢房裡度過了。有專門關小孩的牢房嗎？他不知道。

「抱歉請問一下，有專門關小孩的牢房嗎？」他問前座的男人。

「開始擔心啦？」茉兒的譚姆叔叔說，「我不怪你，你們這些小鬼就是愛撒野，我看有些小鬼是該關起來才對。」

聽完譚姆叔叔的回答，巴弟還是不曉得有沒有專門關小孩的牢房。他瞥向車窗外，就在車子的一側上方，有個龐然大物在空中飛，比最大的鳥兒還要黑、還要大，身材約和一個成人差不多，一邊移動、一邊發出噗噗的拍翅聲，就像蝙蝠飛行時鼓動皮翼一樣。

薑黃色小鬍子警察說：「等我們抵達警局，最好招出你的名字，告訴我們該打給誰來接你，我們會告訴他們我們把你好好訓了一頓，然後再叫他們把你帶回家。懂了嗎？好好合作，今晚就沒那麼難熬，也免了麻煩的書面工作，皆大歡喜。我們是你的朋友。」

「你對他太好了。在地牢裡待一晚可沒那麼難受，」大個兒警察對他的朋友說，然後他回頭看著巴弟說：「除非今晚局裡忙，我們得把你跟一些醉鬼關在一起，他們才噁心呢！」

巴弟心想：他在說謊！他們是故意的，一個扮白臉、一個扮黑臉……

警車轉彎，突然「碰！」的一聲，有個大東西撞上車子的保險桿，彈飛到黑暗之中。車子停下，伴著刺耳的煞車聲，薑黃色小鬍子警察開始低聲咒罵。

「是他自己衝到馬路上的！」他說，「你也看到了！」

「我不確定我看到了什麼，」大個兒警察說，「不過你的確撞到東西了。」

他們下了車，拿著手電筒到處照。薑黃色小鬍子警察說：「他穿著黑衣服！你看不到的！」

「他在這裡。」大個兒警察喊，兩個男人手裡拿著手電筒，趕忙跑到躺在地上的人體前。

巴弟試著打開後車門，但門把卻文風不動，前、後座之間又有一道鐵絲網。就算使出消失術，他還是會被困在警車的後座。

他盡力傾斜身體，引頸張望發生了什麼事，路上又躺了什麼人。薑黃色小鬍子警察蹲在一具人體旁，仔細端詳。大個兒警察則站著，用手電筒照著地上那個人的臉。

巴弟看著地上那個人的臉——然後突然用拳頭瘋狂焦急地搥著車窗。

大個兒警察走到車子旁。

「怎樣？」他暴躁地說。

「你撞到我——我爸了！」巴弟說。

「你開什麼玩笑？」

「看起來很像他，」巴弟說，「我可以下去看看嗎？」

大個兒警察肩膀一垂。「喂，賽門，小鬼說那是他爸。」

「該死的開什麼玩笑？」

「我想他是認真的。」大個兒警察打開門讓巴弟下車。

塞拉躺在地上，躺在出車禍的地方，像死了一樣動也不動。

巴弟的眼睛一酸。

他說：「爸爸？」接著又說：「他死了！」他告訴自己，他並沒有說謊——不算真的說謊。

「我已經叫了救護車。」賽門說，也就是那位薑黃色小鬍子警察。

「是意外。」另一個警察說。

巴弟蹲在塞拉身邊，緊緊握住塞拉冰冷的手。如果他們真的叫了救護車，時間就不多了。他說：「你們倆的工作完蛋了。」

「是意外——你也看到了！」

「他自己衝出來——」

「我看到的，」巴弟說，「是你答應幫姪女一個忙，去嚇唬一個和她吵架的同學。所以你用深夜在外遊蕩的名義，沒有得到逮捕令就逮捕我。然後我爸跑到馬路上想阻止你們，或是想搞清楚到底發生了什麼事，但是你們卻故意撞倒他。」

「是意外！」賽門又說了一次。

「你跟茉兒在學校吵架？」茉兒的譚姆叔叔說，但他聽起來很假。

「我們都唸舊城學校的八年B班，」他說，「你殺了我爸。」

他聽見遠方傳來了警鈴聲。

「賽門，」大個兒說，「我們得談談。」

他們走到車子的另一邊，讓巴弟在黑暗中和倒在地上的塞拉獨處。巴弟聽見那兩個警察在大吵特吵，比如說「你那該死的姪女！」還有「誰叫你開車不看路！」賽門用手指猛戳譚姆的胸口……

巴弟低聲說：「他們沒在看了，快！」然後使出了消失術。

一道更深沉的暗影在空中盤旋，倒在地上的人就站在他身邊。

塞拉說：「我帶你回家，抱住我的脖子。」

巴弟照做，緊緊抱著他的監護人，和他一起衝進夜色中，前往墓園。

「對不起。」巴弟說。

「我也很對不起。」塞拉說。

「會痛嗎？」巴弟問，「讓車子撞你會痛嗎？」

「會，」塞拉說，「你應該謝謝你的小女巫朋友。她來找我，告訴我你有麻煩，還告訴我是什麼樣的麻煩。」

他們在墓園降落。巴弟看著他的家，覺得自己好像是初次看見它。他說：「今晚發生的事很蠢，是吧？我是說，我讓很多事情處於險境之中。」

「比你想像的還多，奴巴弟・歐文斯小少爺。」

「你說得對，」巴弟說，「我不會回去。我不會回那間學校，不會就這樣回去。」

茱玲・奎琳度過了有生以來最糟糕的一個禮拜，尼克・法尋再也不跟她說話；譚姆叔叔為了歐文斯小子的事對她大吼大叫，不准她對任何人提那天晚上發生的事，免得他飯碗不保，而要是他飯碗不保，她也別想過好日子；她的爸媽也對她大發脾氣；她覺得全世界都背棄了她，就連七年級生也不再怕她了。

一切真是糟透了！她想看那個歐文斯小鬼痛苦地滿地打滾，因為一切都是他的錯。如果那小子覺得被逮捕已經夠糟……她開始在腦袋裡精心構思復仇大計，既複雜又惡毒的復仇大計。只有計畫復仇才能讓她好過一些，儘管那些計畫其實於事無補。

如果說有什麼工作會讓茱兒退避三舍，那肯定是非打掃實驗室莫屬了——把本氏燈收好，確定所有的試管、培養皿、沒用完的濾紙等全都物歸原位。打掃實驗室的工作採嚴格的輪班制，她只需要每兩個月輪班一次，但一切似乎冥冥中早有注定，她要在她人生中最慘的一週輪班待在實驗室裡。

至少自然科學老師霍金太太還在。一天的課程終了，霍金太太在實驗室裡收拾報告、整理東西。有人陪伴令茱兒覺得安心許多，不管是不是霍金太太都行。

「妳做得很好，茱玲。」霍金太太說。

一隻泡在防腐劑裡的白蛇從玻璃罐裡茫然地瞪著她們。茱兒說：「謝謝。」

「不是應該有兩個人嗎？」霍金太太問。

「今天跟我值班的應該是歐文斯小鬼，」茉兒說，「但是他好幾天沒來上學了。」

老師皺起眉頭。「他是誰？」她心不在焉地問，「我的點名簿上沒有他。」

「巴布・歐文斯，頭髮帶點棕色，還有點太長。平常不太講話。上次小考就是他把人體全身上下的骨骼名稱都說對了。記得嗎？」

「不記得了。」霍金太太說。

「妳一定記得他！怎麼會沒人記得他？就連柯比先生也不記得！」

霍金太太把剩下的作業塞進包包，說：「嗯，我很感謝妳一個人獨力完成工作。別忘了離開前要把工作檯擦一擦。」然後她便離開實驗室，還不忘轉身關門。

實驗室很老舊，裡頭放了加裝煤氣燈噴嘴和水槽的黑色木桌，以及陳列了許多大瓶子的黑色櫃子。漂浮在大瓶子裡的東西已經死了，而且死了很久。實驗室的一角甚至還放了一具黃色的骷髏，茉兒不知道它是真的還是假的，但現在那具骷髏讓她毛骨悚然，不寒而慄。

在那間大房間裡，她發出的每個聲音都有回音。她打開所有的燈，就連白板上的燈也打開了，好讓這個地方不那麼恐怖。實驗室開始變冷了，她想打開暖氣，於是走到一台大暖氣機前摸一摸。暖氣機熱得燙手，但她還是凍得直發抖。

實驗室裡沒有別人，顯得空盪又令人不安。茉兒覺得房裡好像不只她一個人，似乎有人在看她。

噯，當然有人在看我，她心想。那些玻璃瓶裡有上百隻死掉的動物看著我，更別提那具骷髏了。她抬頭看著櫃子。

就在這個時候，玻璃瓶裡死掉的東西動了起來。一隻睜著白濁盲眼的蛇在裝滿酒精的瓶子裡展開蜷曲的身子；一隻無臉的多刺海洋生物在液態的家園裡扭動旋轉；一隻死了幾十年的小貓張嘴露出尖牙，還用爪子猛抓玻璃。

茉兒閉上眼，告訴自己：這些都不是眞的，全是我想像出來的。「我不害怕。」她大聲地說。

「很好。」某個人說，他站在陰影裡，就在後門附近，「嚇得屁滾尿流的感覺真的很糟。」

她說：「沒有一個老師記得你。」

「但是妳記得我。」男孩說，他真是她的掃把星。

她拿起一個玻璃燒杯丟向他，但卻連他的邊都沒碰到，就在牆上砸碎了。

「尼克還好嗎？」巴弟若無其事地問。

「你知道他好不好，」她說，「他甚至不肯跟我說話。在班上安靜得很，還乖乖回家寫作業，也許還在搭鐵軌模型。」

「很好。」他說。

「你，」她說，「你一個禮拜沒來上學了。你麻煩大了，巴布・歐文斯，前幾天警察來學校找你。」

「這提醒了我……妳的譚姆叔叔好嗎？」巴弟說。

茉兒沒答腔。

「從某些方面來說，」巴弟說，「妳贏了，我要離開學校了。但從另外一些方面來說，妳沒有贏。妳碰過鬼嗎，茉玲・奎琳？妳曾經看著鏡子，猜想看著妳的眼睛是不是自己的？有沒有坐在一間空房間，卻覺得不只妳一個人？這可一點都不好玩。」

「你要裝鬼鬧我？」她的聲音顫抖。

巴弟一句話也沒說，只是瞪著她。在房間遠處的角落，有個東西掉在地上，她的包包從椅子上滑落到地板上，她回頭瞧，房間裡卻只有她自己一個人，或者只是她沒有看到而已。

她的歸途將變得漫長、黑暗。

男孩和他的監護人站在山頂，眺望城鎮的燈火。

「會痛嗎？」男孩問。

「一點點，」他的監護人說，「但我恢復得很快。不用多久，我又會變得跟往常一樣健康了。」

「你會因為出車禍死掉嗎？你自己跳出來撞車耶！」他的監護人搖搖頭。「要殺死我這種人有很多方法，」他說，「但是不包括車子。我老是老，但老當益壯。」

巴弟說：「我錯了，是不是？本來的計畫是不要引人注意，但我卻插手管學校同學的閒事，結果馬上碰到警察和一堆亂七八糟的事。全是因為我太自私了。」

塞拉揚起一隻眉毛：「你不自私。你的確需要和同樣年紀的孩子在一起，這是可以理解的。只是外頭的活人世界比較難對付，我們不能輕輕鬆鬆地保護你。我希望能將保護你的工作做到滴水不漏。」塞拉說，「但是像你這樣的人，只有一個地方能完完全全地保護你，而只有在經歷了所有的冒險，冒險也不再有意義之後，你才能抵達那個地方。」

巴弟用手磨著湯瑪斯・R・史陶特的墓碑（一八一七～一八五一，識其者無不深感哀慟），感覺青苔在他的指下化為碎片。

「他還在外面，」巴弟說，「殺了我親生家人的那個男人。我需要了解人。你還要阻止我離開墓園嗎？」

「不，那是個錯誤的決定，你和我也都學到了教訓。」

「那我們該怎麼辦？」

「我們應該盡力滿足你對故事、書本和俗世的興趣。除了圖書館，還有別的辦法。還有許多情境你可以遇到其他活人，比如說戲院或是電影院。」

「那是什麼東西？像足球的東西嗎？我喜歡在學校看同學踢足球。」

「足球啊……嗯……我想踢足球的時間對我來說通常有些太早，」塞拉說，「不過露佩思古小姐下次要去看足球賽的時候，或許可以順便帶你去。」

「好主意。」巴弟說。

他們往山丘下走。塞拉說：「過去幾個禮拜，我們兩人留下了許多痕跡。他們還在找你，你知道的。」

「你說過了，」巴弟說，「不過你怎麼知道？他們又是誰？目的又是什麼？」

但是塞拉只是搖搖頭，不管巴弟再怎麼追問也不願回答，巴弟只能暫時將心中的疑問擱在一旁。

第七章

傑克的兄弟

過去幾個月，塞拉不知在忙些什麼，常常離開墓園好幾天，有時候甚至一走就是幾個禮拜。聖誕節的時候，露佩思古小姐替塞拉代班三個禮拜，巴弟每天都和她在她位於舊城的小公寓吃飯。露佩思古小姐甚至還帶巴弟去看足球賽，就像塞拉先前答應的一樣。不過露佩思古已經回到她稱為「故土」的地方，臨行前她捏捏巴弟的小臉，親暱地叫他「迷你米」，這個名字已經成為露佩思古小姐對巴弟的暱稱了。

塞拉走了，現在連露佩思古小姐都走了。歐文斯夫婦坐在喬賽亞・沃辛頓的墳墓裡，跟沃辛頓准爵說話，沒有一個人是開心的。

喬賽亞・沃辛頓說：「兩位的意思是，他沒有告訴兩位要去哪裡，也沒交代孩子要怎麼辦？」

眼看歐文斯夫妻倆雙雙搖頭，喬賽亞・沃辛頓忍不住問：「唉，那他到底到哪兒去啦？」

歐文斯夫婦無法回答。歐文斯先生說：「他從來沒有離開這麼久過。孩子來的時候，他答應要負起照顧的責任，不然也會找個人來幫忙我們照顧。他答應了的。」

歐文斯夫人說：「我擔心他是不是發生了什麼意外，」她一副泫然欲泣的模樣，但沒一會兒，她的淚水又成了怒氣。她說：「他這麼做真是太糟糕了！咱們沒辦法找到他，或是叫他回來嗎？」

「我不知道，」喬賽亞・沃辛頓說，「但我想他在地窖裡留了錢買那小子的食物。」

「錢！」歐文斯夫人說，「錢有什麼用啊？」

「巴弟需要錢才能去外頭買食物。」歐文斯先生說，但歐文斯夫人卻轉而把氣出在他身上。

「你們倆一樣壞！」她說。

她離開沃辛頓的墳墓去找兒子。一如她所料，她在山頂找到了正在遠望城鎮的巴弟。

「給你一便士，告訴我你在想什麼？」

「妳沒有錢。」巴弟說。他十四歲了，長得比媽媽還高。

「我的棺材裡有兩便士，」歐文斯夫人說，「也許已經有點生鏽，但絕對夠。」

「我在想活人的世界，」巴弟說，「我們怎麼知道殺了我全家的人還在外頭好好活著？」

「塞拉說他還活著。」歐文斯夫人說。

「但是塞拉沒告訴我們其他的事情。」

歐文斯夫人說：「他只希望你得到最好的，你也知道。」

「謝謝，」巴弟不為所動地說，「那他在哪裡呢？」

歐文斯夫人沒有回答。

巴弟說：「妳看見殺了我全家的兇手，不是嗎？就在妳領養我的那一天。」

歐文斯夫人點點頭。

「他長得什麼樣子呢？」

「當時我只顧著看你，根本沒注意呀！讓我想想喔……他的頭髮是黑色的，非常非常黑，而且我很怕他。他的臉很尖，看起來既饑渴又憤怒。是塞拉送他走的。」

「為什麼塞拉不乾脆殺了他就好？」巴弟的口氣很衝，「他應該當時就殺了他。」

歐文斯夫人用冰冷的手指摸摸巴弟的手背，說：「他不是個怪物，巴弟。」

「如果塞拉當時就殺了他，我現在就安全了，我可以去任何地方。」

「關於這件事，塞拉知道的比你還要多，比我們任何一個人都要多，而且塞拉也了解生與死。」歐文斯夫人說，「事情沒有那麼簡單的。」

巴弟說：「殺了我全家的兇手叫什麼名字？」

「當時他沒有告訴我們。」

巴弟歪歪頭，然後用雷雨雲般灰的眼睛瞪著她，「但是妳知道了，對不對？」

歐文斯夫人說：「你沒有別的辦法啊，巴弟。」

「有，我可以學習，我可以學習所有我需要知道的事情。我知道食屍鬼門，也會使夢遊術，露佩思古小姐教我觀星、塞拉教我沉默。我會鬧鬼術，也會消失術。我對這座墓園瞭若指掌。」

歐文斯夫人伸出一隻手，摸摸兒子的肩膀。「有一天……」她欲言又止。有一天，她會無法再碰觸到他。有一天，他會離開他們，有一天。然後她說：「塞拉告訴我，殺了你全家的男人叫做傑克。」

巴弟沉默了半晌，然後才點點頭。「媽媽？」

「怎麼了，兒子？」

「塞拉什麼時候回來？」

午夜的風很冷，來自北方。

歐文斯夫人不再生氣，而是替兒子感到害怕。她只說了一句話：「但願我知道，親愛的孩子，但願我知道。」

史嘉蕾・安珀・博金斯今年十五歲。此刻她正坐在舊式巴士的上層，一肚子怒氣無處發洩。她討厭爸媽分開，討厭媽媽搬離蘇格蘭，討厭爸爸似乎不在乎女兒離開。她討厭這座城，因為這座城是如此不同，和她從小生長的格拉斯哥沒有一丁點兒一樣。她討厭這座城，因為她常常在轉過街角時看見某個東西，然後突然間這個世界就變得熟悉得令人心痛害怕。

那天早上她和媽媽大吵了一架。「至少我在格拉斯哥有朋友！」史嘉蕾說，她吼得不算大聲，哭得也不算難看，「我再也見不到他們了！」但媽媽的回答只是：「至少那個地方妳去過。我是說，妳小時候我們住過那裡。」

「我不記得了，」史嘉蕾說，「而且那裡的人我也不認識了。妳要我去找五歲的玩伴嗎？那就是妳要的嗎？」

媽媽說：「嗯，我不會阻止妳。」

史嘉蕾一整天上課都氣鼓鼓的，現在也一樣氣。她討厭學校、討厭這個世界，現在還特別討厭鎮裡的巴士。

每天放學，通往市中心的九十七號公車會從校門載她到一條街的街口，她的媽媽在那裡租了一間小公寓。

今天她在四月的強風中在站牌前等了將近半小時，九十七號公車卻怎麼也不來，所以她看見寫著「通往市中心」的一二一號公車出現時，便爬上了車。不過到了她的巴士要右轉時，這台巴士卻往左轉，進入了舊城，經過舊城廣場的市政花園，經過喬賽亞・沃辛頓准爵的雕像，然後爬上兩旁排著大房子的蜿蜒山丘。史嘉蕾不由得心一沉，不再發火，而是覺得自己很可憐。

她離開座位，慢慢往前走，看著告訴她「行進中請勿與司機交談」的牌子，然後說：「對不起，我想去洋槐大道。」

司機是個胖女人，皮膚比史嘉蕾還黑，她說：「妳應該搭九十七號才對。」

「但這輛車也到市中心呀！」

「最後是會到的，但就算妳到了，還是得回來才行。」女人嘆了口氣，「妳最好還是在這兒下車，走下山丘，市政廳前有一個公車站牌。妳可以在那兒搭四號或五十八號公車，兩輛車都可以載妳到洋槐大道附近。妳可以在運動中心下車，然後往上走到那兒，懂了嗎？」

「四號或五十八號。」

「妳就在這兒下車吧！」這裡是山坡上的公車招呼站，剛才經過了一道敞開的鐵柵門，看起來不太吸引人，還有些陰沉。史嘉蕾杵在巴士打開的門前不肯走，直到巴士司機說：「走吧！下車吧！」才走到人行道上。巴士吐出幾口黑煙，揚長而去。

風吹得圍牆另一邊的樹木沙沙作響。

史嘉蕾回頭往山坡下走——這就是為什麼她需要手機了，她心想。只要她晚五分鐘到家，媽媽就會抓狂，但卻說什麼也不肯替史嘉蕾買手機。好吧，她只好再忍受一次吼叫大賽。反正那不是第一次，也不會是最後一次。

現在她來到敞開的柵門前，她往裡頭瞥了一眼，然後……

「真奇怪。」她自言自語。

有一個詞叫「似曾相識」，意思是你覺得自己好像曾經到過某個地方、曾經在夢裡夢過某件事，或是曾經有過相同的經歷。史嘉蕾有過這樣的經驗——老師還沒告訴他們她去蘇格蘭的因弗內斯度假，她就未卜先知，事先猜到了；或是有人又用同樣的方式掉了湯匙。但這次不同。這次她不只是心裡有曾經到此一遊的感覺，而是真的來過這裡。

史嘉蕾走進敞開的柵門，進入墓園。

她走進墓園時，一隻喜鵲飛起，猶如一道黑、白、虹彩綠的閃光。喜鵲停在紫杉樹的枝頭上看著她。在那個轉角附近，她心想，有座教堂，教堂前面有個長椅。她轉彎，的確看見了教堂——教堂比她記憶中來得小，是一座灰石砌成的哥德式小教堂，形狀四方，看起來有些陰森，屋頂上還有一座凸出的尖塔。教堂前有一只破爛的長椅。她走了過去，坐在長椅上，盪著兩條腿，好像還是個小女孩。

「妳好？呃，妳好？」她身後的一個聲音說，「請恕我無禮，能請妳幫我拿著這個東西嗎？呃，我需要多雙手幫忙，希望不會麻煩妳。」

史嘉蕾回頭，看見一個穿著淡黃褐色雨衣的男人蹲在一座墓碑前，手裡拿著一大張隨風飄揚的紙，她趕忙跑上前去。

「妳拿這邊，」男人說，「一隻手拿這裡、一隻手拿那裡，就是這樣。我知道這是個唐突的要求，實在感激不盡。」

他身邊有個餅乾錫盒，他從餅乾錫盒裡拿出一枝大小如同小蠟燭的蠟筆，用輕鬆熟練的動作在石頭上來回摩擦拓印。

「好啦！」他開心地說，「差不多啦……哎呀！還差一點點，就在底下這裡，我想應該是藤蔓——維多利亞時代的人喜歡用藤蔓當裝飾，因為藤蔓具有很深的象徵意義……好啦！妳可以放手了。」

他站起來，用一隻手撫過灰髮。「噢，得站一站才行，我的兩條腿麻啦！」他說，「好啦，妳覺得成果如何？」

墓碑上滿佈綠色與黃色的苔蘚，而且飽經風吹雨打，褪盡了顏色，上頭的字幾乎難以辨識，但拓印出來的字跡卻很清楚。「瑪潔拉・康是彼，本教區之老處女，一七九一～一八七〇，形骸皆已失，唯有記憶留。」

「或許連記憶都沒囉！」男人說。他的頭髮有些稀薄，露出了遲疑的微笑，透過小小的圓眼鏡對史嘉蕾眨眨眼，那副眼鏡讓他看起來有點像隻友善的貓頭鷹。

一滴斗大的雨水落在紙上，男人趕忙把紙捲起來，抓起裝了蠟筆的錫盒。又是一陣雨滴落下，史嘉蕾照男人的指示收起立在墓碑旁的卷宗，跟著他走進教堂的小門廊躲雨。

「真是太感謝了，」男人說，「我沒想到雨會這麼大。今天下午的氣象預報說今天的天氣大部分是晴天。」

說時遲那時快，突然間颳起一陣寒風，大雨傾盆而下。

「我知道妳在想什麼。」拓印墓碑的男人對史嘉蕾說。

「真的？」她正在想：我媽會殺了我。

「妳在想，這是個教堂還是個辦葬禮的禮拜堂？答案是，就我所能確定的，這裡的確曾經有一座小教堂，而原來的墓園只是教堂的庭院。那是好久好久以前的事了，大概是西元前八百年的時候，甚至是九百年的時候。那座教堂經過了許多次的重建與擴建，不過在一八二〇年代的時候這裡發生了火災，而且那時候教堂也太小，不敷使用了。這裡的人都用村莊廣場上的聖丹士頓教堂作為教區的教堂，所以他們來這兒重建的時候，就把這兒蓋成辦葬禮的禮拜堂，保留了許多原來的特色——像是裡面那面牆上的彩色玻璃窗據說就是原來的……」

「事實上，」史嘉蕾說，「我在想我媽會殺了我。我搭錯公車，回家時間已經晚了……」

「我的老天爺啊，可憐的孩子。」男人說，「聽著，我就住在底下那條路上，妳在這兒等等——」說著他便把卷宗、蠟筆盒和紙捲塞進她手裡，然後弓著背，冒著雨快步跑到柵門。幾分鐘後，史嘉蕾看見一輛車的車燈，還聽見車子的喇叭聲。

史嘉蕾跑到柵門前，看見一輛車子，是一輛老舊的綠色迷你小車。剛才和她說話的男人就坐在駕駛座上。他搖下車窗。

「上車吧！」他說，「我該載妳到哪兒呢？」

史嘉蕾站在原地，雨水流下她的脖子。「我不坐陌生人的車。」她說。

「說得沒錯，」男人說，「不過俗話說得好，好心有好報……好啦，把東西放在後頭免得弄濕了。」他打開後車門，史嘉蕾把身子探進去，把拓印墓碑的裝備塞進後座。

「這樣好了，」他說，「妳打電話給媽媽——妳可以用我的電話——告訴她我的車牌號碼。妳可以上車再打，不然妳要在外頭濕透囉！」

史嘉蕾遲疑了。雨水打濕了她的頭髮，天氣很冷。

男人靠過來，把手機交給她。史嘉蕾看著手機，發現和上車比起來，自己還比較害怕打電話給媽媽。她說：「我也可以打給警察吧？」

「當然可以。妳也可以走路回家，或是打電話給媽媽，請她來接妳。」

史嘉蕾坐到後座，關上門，接過手機。

「妳住在哪裡？」男人問。

「真的不必麻煩。我是說，你可以載我去公車站就好……」

「我載妳回家。妳的地址是？」

「洋槐大道一百零二號a座。就在大馬路旁，大運動中心再過去一點……」

「妳真的繞了很遠的路，是吧？好，咱們送妳回家吧！」他放下手煞車，掉頭往山下開去。

「妳是在地人？」他說。

「不是。我們聖誕節後才搬過來的，不過我五歲的時候曾經住在這裡。」

「妳好像有點愛爾蘭口音？」

「我們在蘇格蘭住了十年。在那裡，我說起話來跟大家一樣，到了這裡卻像隻受了傷的大拇指，想不引人注意都難啊！」她故作輕鬆，想把這件事當成笑話講，可惜事實就是如此，連她自己都聽得出來。她聽起來一點都不好笑，而是很憤慨。

男人開到洋槐大道，在屋子前停車，堅持要跟她一起走到前門。門一開他就說：「擅自送令千金回家，實在非常抱歉。看得出來令千金的家教非常好，她知道不應該坐陌生人的車子，不過外頭在下雨，她又搭錯公車，結果到了城鎮的另一頭去了。情形實在有些混亂。請您寬宏大量原諒她，也原諒……嗯……啊……我，好嗎？」

史嘉蕾以為媽媽會對兩人大吼大叫，沒想到媽媽只淡淡說了一句：這年頭還是小心為上，請問「嗯啊」先生是老師嗎？要不要進來喝杯茶？

「嗯啊」先生說他姓「佛洛斯特」，但請叫他「阿傑」就好；博金斯太太則微微一笑，請他稱呼她「努娜」，她已經在燒開水了。

喝茶的時候，史嘉蕾告訴媽媽她搭錯公車的遭遇，說她發現自己到了一座墓園，在小教堂旁遇見佛洛斯特先生……

博金斯太太的茶杯掉了。

他們圍著廚房的矮圓桌而坐，所以茶杯摔得不重，沒有破掉，只是把茶水灑了一地。博金斯太太尷尬地道歉，從水槽拿了塊抹布擦地。

然後她說：「山丘上的墓園？在舊城裡的那座墓園？」

「我就住在那兒，」佛洛斯特先生說，「拓印了很多墓碑。妳知道嗎？嚴格說來那裡是自然保護區。」

博金斯太太說：「我知道。」她的嘴唇抿成了薄薄的一條線，然後說：「謝謝你載史嘉蕾回家，佛洛斯特先生。」她的每個字聽起來都像冰塊一樣冷，接著她說：「我想你該回去了。」

「呃，我想下逐客令實在有些過分了，」佛洛斯特先生和善地說，「我不是有意冒犯您。是我說錯了什麼嗎？我拓印墓碑是為了一個地方歷史計畫，可不是為了挖骨頭之類的事情。」

有那麼一瞬間，史嘉蕾以為媽媽會掄起拳頭，朝一臉憂慮的佛洛斯特先生打去，但博金斯太太只是搖搖頭說：「抱歉，只是家裡過去發生的一些事情，不是你的錯。」接著她強自鎮定，故作開朗地說：「這個嘛……事實上，史嘉蕾小時候常常在那座墓園玩。那已經是……噢……十年前的事了。她還有個想像的朋友，一個叫做『奴巴弟』的小男孩。」

佛洛斯特先生的嘴角閃過一抹微笑。「是個鬼魂嗎？」

「不，我想不是，只是住在那兒而已，她甚至還指出他住在哪座墳裡，所以我想也許他的確是個鬼魂。親愛的，妳記得嗎？」

史嘉蕾搖搖頭。「我以前一定是個奇怪的小孩。」她說。

「我想妳一定不是……嗯……啊……」佛洛斯特先生說，「您的女兒教得真好，努娜。呃，茶很好喝，認識新朋友真是令人開心。我得告辭了，得替自己做晚餐，然後還要去開地方歷史的會議。」

「你自己做晚餐？」博金斯太太說。

「是啊，自己做。呃，其實只是解凍而已。我是冷凍食品大師，一個人吃飯、一個人生活，是個硬脾氣的老單身漢。事實上，報紙上總說像我這樣的人是同性戀，對吧？我不是同性戀，只是沒遇到我的真命天女。」有那麼一會兒，他看起來十分悲傷。

博金斯太太不喜歡做菜，此刻卻說她週末時總是做太多菜。她送佛洛斯特先生出門時，史嘉蕾還聽見佛洛斯特先生答應星期六晚上要來吃晚餐。

博金斯太太從前門回來時，只對史嘉蕾說：「希望妳的回家作業已經做好了。」

那天晚上，史嘉蕾躺在床上，聽著車子駛過大馬路的嘎嘎聲響，想著那天下午發生的事情。她小時候的確曾經去過那裡，去過那座墓園，所以一切才會那樣地熟悉。

她在腦海中想像、回憶，不知不覺睡著了，但在睡夢中她仍然走過墓園的小徑。已是夜晚，但她的視力依然像白天一樣清晰。她在山坡上，一個約略和她同年的男孩背對著她站立，看著城市的燈火。

史嘉蕾說：「小鬼？你在做什麼？」

他四下張望，好像很難看清楚。「誰在說話？」然後說：「噢，我看到妳了，有點模糊就是。妳在使夢遊術嗎？」

「我想我是在作夢。」她同意。

「妳有點誤會我的意思了。」男孩說，「妳好，我是巴弟。」

「我是史嘉蕾。」她說。

他再次看著她，好像和她初次見面。「沒錯，真的是妳！我就覺得妳很面熟。今天妳和那個男人在墓園裡，那個帶著紙的男人。」

「佛洛斯特先生，」她說，「他人真的很好，還開車送我回家。」然後她說：「你看到我們了？」

「是啊！我一直在觀察墓園發生的事。」

「『巴弟』這名字真奇怪。」她問。

「是『奴巴弟』的簡稱。」

「原來如此！」史嘉蕾說，「所以我才會作這個夢！你是我小時候幻想出來的朋友，現在你長大了。」

他點點頭。

他長得比她高，穿著灰色的衣服，不過她不知道該怎麼形容那件衣服。他的頭髮太長，她覺得他應該很久沒有剪頭髮了。

他說：「妳真的很勇敢。我們到山丘的地底下去，看到了靛青人，還遇到了殺手。」

她的腦袋裡突然發生了一些事。一陣潮流洶湧而來，黑暗如漩渦般旋轉，各種影像互相撞擊……

「我想起來了。」史嘉蕾說，但黑暗的臥房裡空無一人，她沒有聽見回應，只聽見遠方一輛卡車在夜色中疾駛的低沉隆隆聲。

巴弟在地窖裡藏了許多食物儲藏室，可以將食物保存得很久，在更陰涼的墳墓和墓穴裡也保存了更多的食物。這都是塞拉的功勞。巴弟的存糧夠他吃上好幾個月，除非塞拉或露佩思古也在，否則他不會離開墓園。

他想念墓園柵門外的世界，但他知道那裡並不安全，還不安全。但墓園是他的世界、他的地盤，他以墓園為榮，而且深愛墓園，就像普通的十四歲男孩全心全意愛著某個東西一樣。

但是……

在墓園裡，沒有人會改變。巴弟小時候的玩伴到現在仍然是小孩。福羅挺拔．巴特比曾經是巴弟的莫逆之交，如今卻比他年輕了四、五歲，每次見面時話題都變得愈來愈少；薩克萊・波林格的身高與年紀和巴弟相仿，最近似乎對巴弟和氣了一些，願意和巴弟一起在晚上散步，告訴他發生在他朋友身上的倒楣事。通常故事的結尾都是他的朋友被吊死，成了代罪羔羊，或者只是陰錯陽差使然。不過有時候他們只是被送到美國的殖民地，除非潛逃回英國，否則便能免去吊死的命運。

過去六年來，麗莎・漢絲托一直都是巴弟的朋友，現在她的變化又得從另一個方面來談了。巴弟去蕁麻地找她的時候，她常常不在，就算碰巧遇上她，她也很容易發脾氣、愛吵架，甚至連基本的禮貌都沒有。

巴弟找歐文斯先生談了這件事，他的父親想了幾分鐘後說：「我想女人就是這樣。她喜歡小時候的你，現在你長大了，她反而不知道該怎麼面對你。以前我每天都在鴨池塘旁和一個小女孩玩，等她到了和你差不多的年紀，她突然朝我的腦袋丟了顆蘋果，不再跟我講話，直到我十七歲。」

歐文斯夫人哼了一聲說：「我丟的是梨子，」她不客氣地說，「而且我很快就又再跟你說話了，我們在你表哥涅德的婚禮上跳了一支舞，那是你十六歲生日過後兩天。」

歐文斯先生說：「妳說的當然不會錯啦，親愛的。」他對巴弟眨眨眼，要巴弟知道歐文斯夫人根本是胡說八道，然後他用唇語告訴巴弟：「十七歲。」硬是堅持自己沒記錯。

巴弟沒有交活人朋友，在那段短暫的學校生活裡，他已經了解交朋友只會帶來麻煩。不過他還記得史嘉蕾，自從她離開後，他想念她想念了好多年，也早就認清現實，知道自己再也不會和她見面。可是現在她就在他的墓園裡，但他卻沒認出她……

他漫步走進雜亂的藤蔓與樹木深處。墓園的西北部因為那些蔓生的藤蔓與樹林而變得危機重重，裡頭架了「旅客勿近」的告示牌，但其實是多此一舉。

一旦經過埃及步道邊境的藤蔓和仿埃及式圍牆上的黑色大門（門後通往眾人的長眠之地），氣氛就會變得嚴峻又陰森。

在西北方，大自然已馴服了墓園近一百年，石塊散佈一地，墳墓不是早已無人聞問，就是掩埋在青綠的常春藤與積累了五十年的落葉下。小徑已湮沒在荒草中，無法通行。

巴弟小心翼翼地走著，他對這個地方很了解，也知道它有多危險。

巴弟九歲的時候曾經來這個地方探險，一不注意腳下的泥土突然鬆動，他掉進了幾乎深達二十呎的洞穴中。

那是一座掘得很深的墳墓，目的是要同時埋葬許多副棺材，但此刻它沒有墓碑，也只在最底下埋了一副棺材，裡頭裝著一位十分容易興奮的醫生，名為「賈世德」。

巴弟的到來似乎令他開心過了頭，他堅持要檢查巴弟的手腕（他掉落洞穴時拽住草根，扭傷了手腕），巴弟費盡了唇舌才說動他到外頭找人幫忙。

墓園的西北部滿是腐葉的爛泥和雜亂的藤蔓，狐狸在這兒棲息，倒坍的天使茫然地瞪視著天空。巴弟穿過這荒煙漫草的西北部，因為他急著要跟詩人談談。

詩人名叫尼希米・特洛，他那座掩蓋在綠葉下的墓碑寫著：

葬身此處者名爲：
尼希米・特洛
詩人
一七四一～一七七四
鳥之將死，其鳴也哀

巴弟說：「特洛大師？我可以請教您一件事嗎？」

尼希米・特洛抿著嘴，露出蒼白的微笑。「當然可以，勇敢的男孩。詩人的忠告猶如國王的熱忱！我該怎樣才能用聖油塗抹你的……噢，不，不是聖油，我該如何才能用香油治癒你的傷痛呢？」

「其實稱不上什麼傷痛啦，我只是——呃，我以前認識一個女孩，我不曉得我應不應該去找她，和她說話，或者我該忘了她就好。」

尼希米・特洛站直了身子（他的個頭比巴弟矮），兩隻手興奮地靠在胸前，說：

「噢！你一定要去找她，向她求愛。你一定要稱她是你的特普西珂女神，你的艾珂女神，你的克莉坦娜絲卡⑬。你一定要為她寫詩，為她寫出可歌可泣的頌歌——我可以助你一臂之力——只有這樣你才能贏得真愛的心。」

「其實我沒有要贏得她的心啦！她又不是我的真愛，」巴弟說，「我只是想跟她說話而已。」

「在所有的器官中，」尼希米・特洛說，「舌頭是最非凡的。我們用它來嚐甜蜜美酒與苦口毒藥，也用它來說甜言蜜語與傷人惡言。去找她吧！和她說話吧！」

「我不應該去的。」

「你應該去的，先生！你一定要去！我會寫下這段悲壯的故事。」

「但要是我為了一個人解開消失術，其他人就會更容易看到我……」

尼希米・特洛說：「啊，請聽我一言，年輕的里安德、年輕的希蘿⑭、年輕的亞歷山大。不冒險犯難，最後就什麼收穫都沒有。」

「說得好。」巴弟很高興自己來向詩人請益。真的，他心想，如果不信任詩人能給你明智的忠告，還有誰能信任？這提醒了他一件事……

「特洛先生？」巴弟說，「跟我談談復仇這件事吧！」

「復仇這道菜，愈冷愈夠味。」尼希米・特洛說，「千萬不要被熱血衝昏了頭，一時激動便糊塗行事，一定要等到時機成熟。葛拉布街⑮上有個叫歐萊利的文字匠，我要特別說明，他是個愛爾蘭人。他好大的膽子，居然敢厚顏無恥地評論我那薄薄的出道之作《為高貴紳士獻上的美麗之花》是拙劣的打油詩，那些紙與其拿來印我的詩，還不如──不，我不能說。我只能說那是最粗野低級的惡意批評。」

「但是你對他報了仇嗎？」巴弟好奇地問。

「不只對他報仇，也對他那群危害社會的寄生蟲報了仇！噢，我的確報了仇，歐文斯少爺，而且還是狠狠地報了仇。我寫了一封信，然後廣為出版，再將那封信釘在倫敦的出版社門口，那些毫無文采可言的低級之士常常在那兒遛達。我在信上寫道，由於詩人的天才極為脆弱，所以從今而後，我不會再為他們寫作，只為我自己與死後的名聲寫作。此外，只要我活在世上一天，我就不再出版詩作──不再為他們出版詩作！於是我臨終前留下遺囑，要把我的詩作全數陪葬，不得出版，除非有一天後世子孫發現了我的天才，發現我有數百篇的詩稿無從尋覓──無從尋覓！──只有那個時候，我的屍骨才能重見天日，我的詩作才能從我冰冷又了無生氣的手中離開，廣為出版，讓萬世景仰欣

⓭特普西珂女神（Terpsichore），希臘神話中的繆思女神之一，專司歌舞。艾珂女神（Echo）是希臘神話中美麗的自然女神，有許多傳說，其中一個傳說是她愛上牧羊少年那希索斯（Narcissus），最後憔悴而死。克莉坦娜絲卡（Clytemnestra），希臘傳說中美女海倫（Helen）的攣生姊妹。

⓮里安德（Leander）和希蘿（Hero）是希臘傳說中一對相愛的戀人。里安德夜夜在燈火的指引下泅渡海峽與希蘿相會，一夜，燈火被暴風雨撲滅，里安德溺斃海中，希蘿亦投海自盡。

⓯Grub Street，倫敦的一條舊街，是潦倒文人的聚集之處。

賞。跑在時代的前頭真是一件非常痛苦的事情啊！」

「你死了以後，有人把你挖出來，出版你的詩嗎？」

「還沒有，還沒有，但還有很多時間，死後的時間是浩瀚廣闊的。」

「所以……那就是你報仇的方法？」

「沒錯，而且是個狠毒又聰明的報仇大計！」

「是……是啊。」巴弟不是那麼肯定。

「愈、冷、愈、夠、味。」尼希米・特洛驕傲地說。

巴弟離開墓園的西北部，穿過埃及步道，回到較為整齊清潔的道路。黃昏來臨時，他漫步回到小禮拜堂——不是因為他希望塞拉已經回來，而是因為他總在黃昏時拜訪小禮拜堂，有固定的習慣總讓人覺得心安。而且無論如何，他的肚子餓了。

巴弟從地窖的門溜進地窖，拿出塞滿濕教區報紙團的紙箱，再從紙箱裡拿出一盒柳橙汁、一顆蘋果、一盒麵包棒、一塊起司。他一邊吃，一邊沉思著要怎麼去找史嘉蕾——或許他可以使用夢遊術，因為她也是在夢中來找他……

他走到外面，打算坐在那張灰色的木長椅上，突然看見了一個東西，讓他遲疑了一會兒。有個女孩已經坐在他的長椅上，正在看雜誌。

巴弟使出更強的消失術，融入了墓園的背景之中，比一個影子或一根樹枝起眼不到哪兒去。

但她還是抬頭了。她直直盯著他，說：「巴弟？是你嗎？」

他沒有回答，過了一會兒才說：「為什麼妳看得到我？」

「我幾乎看不到。一開始我以為你只是個影子之類的東西，不過你就跟我在夢中看到的時候一樣，突然間就變清楚了。」

他走到長椅旁，說：「妳真的可以讀那個東西嗎？這裡不會太暗嗎？」

史嘉蕾闔上雜誌，說：「真的很奇怪。你可能會以為這裡太暗，但我就是能在這兒看書，一點問題也沒有。」

「妳……」他欲言又止，不確定自己想問她什麼，「妳一個人來嗎？」

她點點頭。「放學後我幫佛洛斯特先生拓印墓碑，然後我告訴他，我想坐在這裡思考一下，還答應他等我思考完之後，會和他喝杯茶，然後他再送我回家。他沒有問我原因，只說他也喜歡坐在墓園裡，還說他覺得墓園是世界上最和平的地方。」然後她說：

「我可以擁抱你嗎？」

「妳想擁抱我？」巴弟說。

「是的。」

「那好吧，」他想了一會兒，「我不介意妳擁抱我。」

「我的手不會穿透你吧？你是真的人吧？」

「妳不會穿過我。」他告訴她，於是她伸出雙手緊緊抱住他，她抱得非常用力，害巴弟差點不能呼吸。他說：「我會痛。」

史嘉蕾連忙放手。「對不起。」

「沒關係，我覺得很好。我是說，妳只是抱得比我想像中來得用力而已。」

「我只是想知道你是不是真的。這些年來，我一直以為你只是我腦袋裡的幻想，然後我就忘了你。可是原來你不是我捏造出來的，而且你回來了，你不但在我的腦袋裡，也在這個世界裡。」

巴弟微微一笑，說：「妳以前常穿一種橘色的大衣，每次我看到橘色，我就會想到妳。我想妳那件大衣應該已經不在了吧！」

「是不在了。」她說，「早就丟了。現在穿有點太小了。」

「是啊，」巴弟說，「當然。」

「我該回家了，」史嘉蕾說，「不過我想我週末還可以再來。」她看出巴弟臉上的失望，又接著說：「今天是星期三。」

「好主意。」

她轉身準備離開，突然又回頭說：「下次我要怎麼找到你？」

巴弟說：「我會找到妳，別擔心。只要妳一個人來，我就會找到妳。」

她點點頭，離開了。

巴弟走回墓園，往山丘上走，來到佛比沙陵墓。他沒有走進陵墓，而是把茂密的藤蔓當作踏腳處，攀上了石做的屋頂。他坐在屋頂上，一邊沉思、一邊眺望墓園外車水馬龍的世界。他想起被史嘉蕾抱住的感覺，那種感覺雖然短暫，但又是多麼令人安心。他暗自思忖，能放心走在墓園外的世界，是件多麼開心的事；能在自己的小小世界裡作主，又是人生中多大的一件樂事。

史嘉蕾說她不想喝茶，謝謝您的招待，她還說她不想吃巧克力餅乾。佛洛斯特先生很擔心。

「老實說，」他告訴她，「妳看起來像活見鬼。嗯，在墓園裡見鬼當然不值得大驚小怪啦……嗯……啊……我有個阿姨自稱她的鸚鵡中了邪。那鸚鵡是隻五彩金剛鸚鵡，我的阿姨則是個建築師。至於故事的細節，我就不太清楚了。」

「我很好，」史嘉蕾說，「只是累了一天而已。」

「那麼我就送妳回家吧！妳看得出來上頭寫了什麼字嗎？我花了半小時還想不透。」他指著放在小桌子上的墓碑拓本，拓本的四個角用果醬瓶壓著。「妳覺得是『葛萊斯頓』嗎？可能是葛萊斯頓首相⑯的親戚，但是其他的我就看不清楚了。」

⑯威廉・葛萊斯頓（William Gladstone，1809~1898），曾擔任四次英國首相。

「恐怕我也看不出來，」史嘉蕾說，「但是我星期六來的時候很願意再仔細瞧瞧。」

「妳媽媽也會來嗎？」

「她說她早上會送我來，然後就得去買晚餐要吃的東西。她打算做烤雞。」

「妳覺得，」佛洛斯特先生滿懷希望地說，「餐桌上會有馬鈴薯嗎？」

「我想應該會有。」

佛洛斯特先生看起來很高興，接著他說：「我可不想害她費神。」

「她很樂意。」史嘉蕾實話實說，「謝謝你載我回家。」

「別跟我客氣。」佛洛斯特先生說。在佛洛斯特先生又高又窄的房子裡，他們一起走下樓，來到樓梯盡頭的小玄關。

在克拉科夫的瓦維爾山，有許多叫做「龍穴」的洞窟，它的名字來自一隻死了很久很久的龍。那裡有些洞窟是觀光客知道的，但在那些洞窟底下，還有一些洞窟是觀光客不知道，也沒有機會一探究竟的。那些洞穴在地底的深處，而且不是空無人居。

塞拉打頭陣，又大又灰的露佩思古小姐四隻腳著地，安靜地跟在後頭。負責殿後的是「剛達」，他是一具全身纏滿繃帶的亞述族木乃伊，有一雙強而有力的翅膀，紅寶石般的眼睛，身邊還帶著一隻豬。

原本他們總共有四個人，但在上面好幾層的一個洞穴裡，他們折損了一員大將：炎魔「哈樂」。這個炎魔就像其他同類一樣過度自信，不小心誤闖了一個三面都是銅鏡的空間，刺眼的銅鏡反光吞噬了他，他的形體消失，只有影像在鏡子裡時隱時現。在鏡子裡，他烈火般的眼睛睜得老大，嘴巴動個不停，好像在對他們大吼要他們提高警覺，趕快離開，接著他的身影便漸漸消逝，再也看不到了。

鏡子對塞拉起不了作用，他用大衣蓋住其中一面鏡子，陷阱也就失效了。

「好啦，」塞拉說，「看來只剩下我們三個人了。」

「加一隻豬。」剛達說。

「帶豬幹嘛？」露佩思古小姐問，她緊咬著狼牙，用狼的舌頭說話，「為什麼是豬？」

「會帶來好運。」剛達說。

露佩思古小姐發出一聲狼嚎，一副不相信的模樣。

「哈樂也帶了豬嗎？」剛達只淡淡說了一句。

「噓，」塞拉說，「有人來了。從聲音聽來應該為數眾多。」

「讓他們上吧！」剛達低語。

露佩思古小姐憤怒地豎起了頸毛。她一句話也沒說，但已經做好了迎敵的準備，得靠意志力奮力自持，才沒有仰天長嗥。

「山上這裡真漂亮。」史嘉蕾說。

「是啊。」巴弟說。

「所以你的家人都遇害了？」史嘉蕾說，「有沒有人知道兇手是誰？」

「沒有，就我所知沒有。我的監護人只說，兇手還活著，還說有一天他會把其他的事情都告訴我。」

「有一天？」

「等我準備好的時候。」

「他在怕什麼？怕你會扛起槍，衝出去，對殺了你家人的男人大開殺戒？」

巴弟認真地看著她。「嗯，很明顯，」他說，「不會是槍，不過沒錯，差不多就是那樣。」

「你在開玩笑吧！」

巴弟沒說話。他緊抿雙唇，搖搖頭，然後說：「我沒開玩笑。」

這是個晴朗明亮的星期六早晨，他們剛走過埃及步道的入口，有松樹和蔓生的智利南洋杉為蔭，日光無法直射。

「你的監護人也是個死人嗎？」

巴弟說：「我不談他的事。」

史嘉蕾看起來很受傷。「就連我也不能說嗎？」

「就連妳也不能說。」

「那好吧，」她說，「隨便你。」

巴弟說：「聽著，我很抱歉，我的意思不是——」他話還沒說話，史嘉蕾便插嘴：

「我答應佛洛斯特先生不會耽擱太久，我最好還是趕快回去。」

「好吧。」巴弟說，他擔心自己是不是冒犯了她，卻又不曉得該怎麼化解僵局才好。

他看著史嘉蕾走上蜿蜒的小徑，回到禮拜堂。一個熟悉的女聲嘲笑著說：「瞧瞧她！真是個心高氣傲的大小姐！」但四周一個人也看不見。

巴弟走回埃及步道，心裡覺得有些古怪。莉莉貝小姐和紫羅蘭小姐讓他把一箱舊平裝書放在她們的陵墓裡，現在他想去找點東西唸唸。

史嘉蕾幫佛洛斯特先生拓印墓碑到中午，他們一起吃了中飯。佛洛斯特先生為了感謝她，主動說要買炸魚和薯條請她吃。他們一起走到馬路盡頭的速食店，然後再回頭往山丘上爬，邊走邊從紙袋裡拿出熱騰騰的炸魚和薯條吃，炸魚和薯條淋上了醋汁，還撒著亮晶晶的鹽。

史嘉蕾說：「如果想查關於一件謀殺案的資料，要去哪裡找呢？我已經查過網路了。」

「嗯……啊……要看情形。妳想查的是哪種謀殺案？」

「我想應該是本地發生的案子。大概十三、十四年前，這裡發生了一宗滅門血案。」

「哎呀呀！」佛洛斯特先生說，「真有這種事？」

「沒錯。你還好吧？」

「不太好，事實上我有點膽小。我的意思是，這種地方上發生的真實犯罪案件，真令人連想都不敢想。這種事居然會發生在這裡，我真沒想到像妳這樣的小女孩會對這種事有興趣。」

「其實不是為了我自己，」史嘉蕾老實承認，「是為了一個朋友。」

佛洛斯特先生吃掉最後一塊炸鱈魚。「我想妳應該上圖書館。如果沒在網路上，可能就在舊報紙裡。妳怎麼會突然想查這件事呀？」

「噢，」史嘉蕾希望謊撒得愈少愈好，「我認識的一個男生在問。」

「上圖書館準沒錯，」佛洛斯特先生說，「謀殺案耶！哇，真讓我毛骨悚然。」

「我也是，」史嘉蕾說，「我也有一點害怕。」然後她滿懷希望地說：「今天下午能不能麻煩你讓我在圖書館下車呢？」

佛洛斯特先生咬掉半片大薯條，嚼了嚼，看著剩下的薯條，一臉失望。「薯條涼得真快，不是嗎？前一分鐘還燙嘴，下一分鐘卻讓你懷疑薯條怎麼涼得這麼快。」

「對不起，」史嘉蕾說，「我不應該要你載著我到處跑……」

「千萬別這麼說，」佛洛斯特先生說，「我只是在想應該怎麼安排今天下午，還有妳媽媽喜不喜歡巧克力。帶瓶酒還是巧克力好？我實在拿不定主意。也許都帶好了？」

「我可以從圖書館自己回家，」史嘉蕾說，「她喜歡巧克力，我也是。」

「那就帶巧克力吧！」佛洛斯特先生說，似乎鬆了一口氣。他們來到山丘上一排連棟大房子的中間，綠色的迷你小車就停在屋外。「上車吧！我載妳去圖書館。」

圖書館是一棟方正的建築，全部用磚塊和石頭砌成，它的歷史可追溯到上個世紀初。史嘉蕾四下張望了一番，然後走到櫃台前。

櫃台前的女人說：「有事嗎？」

史嘉蕾說：「我想找一些舊剪報。」

「是學校作業嗎？」女人說。

「是地方歷史。」史嘉蕾點點頭說，很得意自己不算真的說謊。

「我們有地方報紙的微縮片。」女人說。她很胖，耳朵上戴著銀耳環。史嘉蕾覺得心兒怦怦跳，她很確定自己看起來像在犯罪，或是很可疑，但女人只是帶著她走進一間滿是盒子的房間，那些盒子看起來很像電腦螢幕。女人告訴她那些盒子的使用方法，一次把一頁報紙投影在螢幕上。「有一天我們會把這些資料都數位化，」女人說，「好啦，妳要找的日期是？」

「大概十三、十四年前，」史嘉蕾說，「我不曉得更確切的日期。我看到的時候就會知道。」

女人把裝滿五年報紙微縮片的小盒子交給史嘉蕾。「請自便。」她說。

史嘉蕾以為那宗滅門血案會出現在頭版，但沒想到最後竟然是在第五版的一角發現它。命案發生在十三年前的十月。

報導裡沒有立場、沒有說明，只輕描淡寫地列出一連串的事件：建築師羅納德・杜連（三十六歲）、其妻出版商卡洛塔（三十四歲）與其女米詩蒂（七歲），被發現陳屍於丹士頓路三十三號，死因疑爲謀殺。警方發言人表示，就目前調查階段而言，發表評論仍嫌過早，但警方會根據重要線索持續追查。

報導裡沒有提及這家人是怎麼死的，也沒說到走失的寶寶。接下來的幾個禮拜沒有追蹤報導，警方也從來沒有提出評論，至少史嘉蕾沒有發現。

不過就是這篇報導了，史嘉蕾很確定，丹士頓路三十三號。她知道那棟房子，她去過那兒。

她把那箱微縮片還給櫃台，跟圖書館員道謝，在四月的陽光下走路回家。她的媽媽在廚房煮飯——平底鍋的焦味幾乎充滿整棟公寓，看來這頓飯做得不是很順利。史嘉蕾回到臥房，把窗戶大大地打開，好讓焦味散出去，然後她坐在床上打電話。

「喂？是佛洛斯特先生嗎？」

「史嘉蕾呀！今晚還好吧？妳媽媽好嗎？」

「噢，一切都在控制中，」史嘉蕾把媽媽的回答轉述給佛洛斯特先生聽。「嗯，佛洛斯特先生，你在你家住了多久？」

「多久？呃，大概四個月吧！」

「你是怎麼找到那棟房子的？」

「房地產公司介紹的。裡頭沒人住，價錢我也付得起。呃，多多少少啦！嗯，我希望能住在走路就能到墓園的地方，而這裡實在很理想。」

「佛洛斯特先生，」史嘉蕾思索著該怎麼說，然後鼓起勇氣開口：「十三年前，有三個人在你的房子被謀殺了。是一戶姓杜連的人家。」

電話的另一頭一陣沉默。

「佛洛斯特先生？你還在嗎？」

「嗯……還在，史嘉蕾。對不起，聽到這種事真是太令人意外了。我是說，這棟房子很老了，從前一定發生過一些事情，但怎麼也不會是……呃，到底是怎麼回事？」

史嘉蕾想想自己該跟他透露多少，最後才說：「舊報紙上有一篇短短的報導，上頭只寫了地址就沒了。我不知道他們是怎麼死的，也不曉得其他的線索。」

「噯，老天啊！」對這條新聞，佛洛斯特先生聽起來比史嘉蕾預料的還要有興趣。「小史嘉蕾，這就是我們這些地方歷史學家大展身手的地方啊！交給我，我會盡全力蒐集資料，再向妳回報。」

「謝謝你。」史嘉蕾如釋重負。

「嗯……我想妳會打這通電話，是因為要是努娜發現我家發生過命案，就算是十三年前的陳年舊案，也會大驚小怪，不准妳再來我家或是再去墓園。所以呢，嗯，我想除非妳自己說，否則我絕對守口如瓶。」

「謝謝你，佛洛斯特先生！」

「七點見啦！我會帶巧克力過去。」

晚餐非常地愉快。廚房的焦味不見了，雞肉很好吃、沙拉更美味、烤馬鈴薯有點太脆，但開心的佛洛斯特先生卻說這樣正合他口味，還吃了第二碗。

佛洛斯特先生帶來的花朵很受歡迎，拿來當點心的巧克力很完美，佛洛斯特先生和她們一起坐著聊天，然後又一起看電視到晚上十點左右，才說他得告辭了。

「時間和歷史研究都不等人。」他說。他熱情地和努娜握手，對史嘉蕾心照不宣地眨眨眼，然後走出門。

那天晚上，史嘉蕾努力想夢見巴弟。她躺在床上一直想他，想像自己在墓園裡找他，但是等到她真的開始作夢，卻夢見自己和以前的學校同學在格拉斯哥的市中心遊蕩。他們在找一條街，卻只找到一連串的死胡同，一個接著一個。

在克拉科夫的山丘地底深處，在人稱「龍穴」的洞穴之下，在最深、最深的陵墓裡，露佩思古小姐一個踉蹌，跌倒在地。

塞拉在她身邊蹲下，把露佩思古小姐的頭抱在懷裡。她的臉上沾了血，有些血還是她自己的。

「別理我，」她說，「救孩子要緊。」她的形體正逐漸恢復人形，現在一半是灰狼，一半是女人，但她的臉是女人的臉。

「不，」塞拉說，「我不會離開妳。」

在他身後，剛達抱著小豬，就像小孩抱著洋娃娃一樣。他的左翼碎裂，再也無法飛翔，但他留著鬍鬚的臉依然毫不動搖。

「他們會回來的，塞拉，」露佩思古小姐低語，「太陽很快就要升起了。」

「那麼，」塞拉說，「我們得在他們準備好進攻以前一舉滅敵。妳站得起來嗎？」

「當然，我可是上帝的獵犬啊！」露佩思古小姐說，「我會站起來的。」她埋首在陰影中，活絡了一下手指，等她抬起頭來，那張臉已經變成一張狼臉。她把前爪放在石地上，費盡全身的力氣站了起來：她成了一隻比熊還大的灰狼，毛皮和嘴鼻灑著斑斑鮮血。

她仰起頭，發出一聲憤怒與挑戰的長嗥。她的嘴角往後扯並露出尖牙，然後再次低頭。「現在，」露佩思古小姐低吼，「我們徹底解決這件事吧！」

星期天接近傍晚時，電話響了。史嘉蕾坐在樓下，正在素描本裡精心臨摹漫畫裡的臉，那本漫畫她剛剛才看完。媽媽接起電話。

「真巧，我們剛好在談你，」媽媽說，不過她們剛才根本沒在談他，「好極了，」媽媽繼續說，「昨天真的很愉快。老實說，一點也不麻煩。巧克力？真的太棒了，沒話說。我叫史嘉蕾告訴你，只要你想好好吃頓晚飯，隨時跟我說一聲。」然後說：「史嘉蕾？沒錯，她在家，我叫她聽電話。*史嘉蕾？*」

「我就在旁邊啦，媽，」史嘉蕾說，「用不著大叫。」她接過電話，「佛洛斯特先生嗎？」

「史嘉蕾？」他聽起來很興奮，「嗯……啊……關於我們談過的那件事，就是在我家發生的那件事啊，妳可以告訴妳的朋友，我發現了——嗯，聽著，妳那位『朋友』指的是妳自己，還是真的有這個朋友啊？希望妳不會覺得我在探妳隱私——」

「我真的有個朋友想知道那件事。」史嘉蕾說，覺得很有趣。

媽媽疑惑地看了她一眼。

「告訴妳的朋友我挖到了一些資料——不能說是挖啦，不過我確實東翻西找了好一會兒，而且也的確花了許多精神到處搜尋——我想我或許發現了一些可信度極高的資料。應該說我碰巧找到了一些藏起來的東西。呃，我想我們不能把那些資料隨便透露出去……我……嗯……我發現了一些事情。」

「什麼事情？」史嘉蕾問。

「聽著……不要覺得我瘋了，但是呢，嗯，就我所知，有三個人遇害，但有一個人還活著，我想是個嬰兒。那不是三口之家，而是四口，只有三個人死了。叫妳的那位朋友過來找我，我會把詳情告訴他。」

「我會轉告他的。」史嘉蕾說。她放下電話，覺得一顆心怦怦地跳個不停。

巴弟六年來第一次走下那道狹窄的石階，他的腳步聲在山丘地底的石室裡迴響。

他來到石階的底部，等待殺手現身。他等啊等、等啊等，但什麼也沒有出現，沒有低語聲、沒有動靜。

他環視石室，漆黑的環境對他絲毫不成問題，因為他的夜視力就像死人一樣好。他走到嵌在地板中的聖壇石板，石板上放著杯子、胸針和石刀。

他伸手摸摸刀鋒，刀鋒比他想像中來得銳利，劃破了他指尖的皮膚。

它是殺手的寶物。三個聲音同時低語，但比他記憶中來得微弱、來得遲疑。

巴弟說：「你是這裡最老的東西，我是來向你請益的。」

一陣猶疑。沒有人會來找殺手請益。殺手負責守衛，殺手等待。

「我知道，但塞拉不在，我不知道該找誰說話。」

殺手用沉默代替回答，靜默的聲音迴盪在灰塵與寂寥之中。

「我不知道該怎麼辦，」巴弟誠實地說，「我想我有辦法找出殺我家人的兇手，找到那個想殺我的人，不過這樣一來我就得離開墓園了。」

殺手沒說話。藤蔓般的煙霧慢慢纏繞住石室的內部。

「我不怕死，」巴弟說，「只是有那麼多我關心的人，花了那麼多時間為我的安全著想，教導我、保護我。」

又是沉默。

然後他說：「這件事我必須自己來。」

是的。

「那就這樣吧！抱歉打擾了。」

此時，殺手用滑溜諂媚的聲音在巴弟的腦袋裡低語：殺手的職責是守衛寶藏，直到我們的主人回來。你是我們的主人嗎？

「不是。」巴弟說。

殺手的語氣突然透出一線希望：你願意當我們的主人嗎？

「恐怕不行。」

如果你是我們的主人，我們就會將你永遠纏繞。如果你是我們的主人，我們會保護你的安全，直到時間的盡頭，絕對不會讓你面對俗世的危險。

「我不是你們的主人。」

的確不是。

巴弟感到殺手蠕動著爬過他的腦袋，說：「那麼就去尋找你的名字吧！」之後他的腦袋是一片空盪，石室裡也一片空盪，只剩下巴弟一個人。

巴弟小心但快速地回頭往樓梯上走。他心中已經下了決定，得趁那個念頭還在心中發熱時趕快付諸實行。

史嘉蕾在禮拜堂旁的長椅等他。「怎麼樣？」她說。

「我決定去做。來吧！」他說，然後兩人肩並肩，走上通往墓園柵門的小徑。

丹士頓路三十三號是一幢大房子，像根針似的細長，位在一排連棟房屋的正中央。它是棟紅磚建築，外形絲毫不起眼。巴弟不太肯定地看著它，納悶它為什麼一點也不熟悉、一點也不特別。它只是一棟房子，跟其他的房子沒兩樣。它的前方有一塊不是花園的水泥地，還有一輛綠色的迷你小車停在路邊。前門本來漆著明亮的藍色，但歲月與日曬已讓它黯淡失色。

「好了嗎？」史嘉蕾說。

巴弟敲敲門。一開始沒有聲音，接著裡頭傳來一陣腳步聲，隨即門打了開來，露出一條通道和樓梯。站在門口的是個戴眼鏡的男人，一頭灰髮已經有禿頭的傾向。他對巴弟眨眨眼，然後對巴弟伸出手，緊張地微微一笑，說：「你一定是博金斯小姐的神秘友人了。很高興認識你。」

「這位是巴弟。」史嘉蕾說。

「巴布？」

「是巴『弟』。」她說，「巴弟，這位是佛洛斯特先生。」

巴弟和佛洛斯特握手。「我燒了開水，」佛洛斯特先生說，「我們邊喝茶、邊交換訊息，你說怎樣？」

他們跟著他上樓來到廚房，他倒了三杯茶，然後帶著他們來到一間小小的起居室。「住在這間房子裡就得爬個不停，」他說，「廁所在樓上，再來是我的辦公室，臥室則在辦公室的樓上。」

他們坐在紫到了極點的大沙發上（佛洛斯特先生說：「我來的時候就有了。」），啜著茶。

史嘉蕾本來還擔心佛洛斯特先生會問巴弟一大堆問題，但事實並不然。他只是看起來很興奮，好像剛剛找到某個消失已久的名人墓碑，急著想要告訴全世界。他在椅子上不耐煩地動來動去，好像要告訴他們什麼天大的消息，沒辦法把話立刻吐出來真是要了他的命。

史嘉蕾說：「你的發現是什麼呢？」

佛洛斯特先生說：「呃，妳說得沒錯。我是說，這棟房子的確是那樁命案的事發現場。而且它……我想那樁命案……嗯，並不是真的被吃案了，而是被忘記了、被忽略了……被有關當局給忘了、忽略了。」

「我不懂，」史嘉蕾說，「很難有人會忘記謀殺案啊！」

「這樁案子就是被忘了。」佛洛斯特說，他喝光了茶。「外頭有些人具有影響力，這是唯一的解釋，至於那個小寶寶後來的遭遇嘛……」

「他的遭遇如何？」巴弟問。

「他活了下來，」佛洛斯特說，「我可以確定這一點。但沒有搜索行動。走失的小嬰兒通常會是轟動全國的大新聞，但他們呢，嗯……啊……他們一定想辦法把新聞壓了下來。」

「他們是誰？」巴弟問。

「殺死那家人的幕後黑手。」

「你還知道其他的消息嗎？」

「知道，呃，知道一點點而已啦……」佛洛斯特先生停了下來，「真的很對不起，聽著，根據我所找到的資料，事情真是太不可思議了。」

史嘉蕾開始覺得有些洩氣。「到底是什麼事情？你到底發現了什麼？」

佛洛斯特看起來很羞愧。「妳說得對，我真的很抱歉，竟然神秘兮兮地，真不是個好主意。歷史學家不會埋藏事情，而是挖掘真相、昭告世人。沒錯。」他停下來，猶豫了一會兒才說：「我找到了一封信，就在樓上，原先藏在一塊鬆動的地板下面。」他轉向巴弟，「年輕人，我猜想你……呃……你對這件這麼恐怖的事情有興趣，是因為一些私人因素，不知道我猜得對不對呢？」

巴弟點點頭。

「那我就不再多問了。」佛洛斯特先生說，「來吧！」他對巴弟說，隨即對史嘉蕾說：「不是妳，還沒輪到妳。我會給他看，如果他說沒問題，我再給妳看，一言為定？」

「一言為定。」史嘉蕾說。

「我們馬上就下來。」佛洛斯特先生說，「來吧，小夥子。」

巴弟站起來，擔心地看了史嘉蕾一眼。「沒關係。」她說，盡量對他露出安慰的微笑，「我會在這裡等你。」

她目送他們的背影走出房間上樓。她覺得很緊張，但也充滿期待。她納悶巴弟會知道什麼，也很高興他是第一個知道的人，畢竟，那是他的故事，也是他的權利。

在房外的樓梯上，佛洛斯特先生帶路。

巴弟一邊張望四周，一邊爬上房頂，但沒有一樣東西看來眼熟，一切似乎都很陌生。

「一路爬到頂樓吧！」佛洛斯特先生說，他們又爬上了一級階梯。他說：「我不——呃，如果你不想回答，可以不要回答，但是——嗯，你就是那個男孩，對不對？」

巴弟沒說話。

「到啦！」佛洛斯特先生說。他轉動頂樓房間的鑰匙，推開門，兩人一起走進房。

房間很小，是一間有著斜屋頂的閣樓。十三年前，裡頭曾經放著一張嬰兒床，現在男人和男孩幾乎就把整間房佔滿了。

「我真是走運，」佛洛斯特先生說，「正所謂『遠在天邊，近在眼前』啊！」他蹲下來，拉開破爛的地毯。

「所以你知道我的家人為什麼會被謀殺囉？」巴弟問。

佛洛斯特先生說：「全都在這兒。」他伸手往下，摸到一塊短短的地板木，用力推擠，直到地板木翹了起來，「這裡本來是寶寶的房間，」佛洛斯特先生說，「我要讓你看看……你知道的，對這樁命案，我們唯一不清楚的是兇手的身分，一點也不知道。我們真的完全沒有頭緒。」

「我們知道他的頭髮是黑的，」巴弟說，這間房曾經是他的臥室，「而且還知道他的名字是傑克。」

佛洛斯特先生把手伸進地板底下的空間。「幾乎過了十三年，」他說，「十三年過去，頭髮稀薄也花白了，但沒錯，他的名字的確是傑克。」

他站起身，伸進地板裡的那隻手拿著一把銳利的大刀。

「好啦，」名叫傑克的男人說，「好啦，小子，該是了結的時候了。」

巴弟瞪著他，佛洛斯特先生好像成了可以穿在身上的大衣，或是戴在身上的帽子，現在那個男人已經用不著佛洛斯特先生，便把他給脫了下來。那層和藹可親的外皮已經蛻去得一乾二淨。

男人的眼鏡閃過一道白光，刀鋒也閃過一道光芒。

樓下有人在呼喚他們——是史嘉蕾。「佛洛斯特先生？有人在敲門，要我去開門嗎？」

傑克先生的眼光只稍稍移開半刻，但巴弟知道機不可失，使出了最完整的消失術。傑克先生回頭看看巴弟原來站立的地方，然後瞪大眼在房間裡四下張望，臉上又是困惑又是憤怒。

他往房間深處再走一步，「你一定在這裡，」傑克先生低吼，「我聞得到你！」在他身後，閣樓臥室的小門重重關上，他一轉身，聽到門上了鎖。

名叫傑克的男人放聲大吼：「你逃得了一時，逃不了一世，小子！」他對著上了鎖的房間大喊，接下來只說了一句話：「我們還有帳沒算完，你和我。」

巴弟急著找史嘉蕾，他衝下樓梯，撞上牆，幾乎是頭下腳上地滾下樓。

「史嘉蕾！」他看到她，說，「是他！快走！」

「誰？你在說什麼啊？」

「是他啊！佛洛斯特。他就是傑克，他想殺我！」

名叫傑克的男人踢了房門一腳，樓上傳來了「砰」的一聲。

「但……」史嘉蕾努力理出頭緒，「……但他是個好人呀！」

「不，」巴弟一邊說，一邊抓著史嘉蕾的手往樓下的玄關衝，「他不是好人。」

史嘉蕾拉開大門。

「啊，晚安，小姐。」門口的男人低頭看著她說，「我們來找佛洛斯特先生。我想他應該就住在這兒。」他有一頭銀白色的頭髮，身上有古龍水的味道。

「你們是他的朋友嗎？」她問。

「噢，是啊。」白髮男身邊站著的矮個兒說。他留著一撮黑色的小鬍子，也是唯一一個戴帽子的男人。

「當然。」第三個男人說，他比較年輕，身材魁梧，是個金髮的北歐人。

「我們每個人都是他的朋友。」最後一個男人說，他的身材肥壯，像頭公牛，還有一顆大頭。他的皮膚是棕色的。

「他……佛洛斯特先生……他出門了。」她說。

「但他的車子還在，」白髮男說，金髮男接著說：「妳又是誰？」

「他是我媽的朋友。」史嘉蕾說。

她看見巴弟站在那群男人的後頭，瘋狂地對她比手畫腳，要她趕快甩掉那群男人跟他走。

她故作愉快地說：「他剛剛才出門去買報紙，就在街角那兒的商店。」她關上身後的門，繞過那群男人，準備離開。

「妳要去哪兒？」小鬍子男問。

「我得趕公車。」她說。史嘉蕾爬上通往公車站和墓園的山丘，下定決心絕對不回頭。

巴弟走在她身邊，在漸濃的暮色中，就連史嘉蕾也覺得他若隱若現，好像某個幾乎不存在的東西，就像一道閃著微光的蒸騰熱氣，一片教人錯看成男孩的滑溜樹葉。

「走快一點，」巴弟說，「他們全都在看妳，但別跑。」

「他們是誰？」史嘉蕾低聲問。

「我不知道，」巴弟說，「但他們看起來很詭異，好像不是人類。我想回去聽他們說話。」

「他們當然是人類。」史嘉蕾說，她爬上山丘，儘可能加快腳步而不狂奔，再也不確定巴弟是不是就在她身邊。

四個男人站在三十三號的門口。「我不喜歡這樣。」脖子像公牛粗短的男人說。

「你不喜歡這樣是嗎，水手先生？」白髮男說，「我們也不喜歡。全都亂了套，全都不對勁了。」

「克拉科夫失守了，他們沒有回應。在墨爾本和溫哥華相繼失守後……」小鬍子男說，「就我們所知，倖存的只剩我們四個了。」

「請閉上你的嘴巴，帆船先生，」白髮男說，「我在思考。」

「抱歉，先生。」帆船先生說。他用一根戴著手套的手指輕撫小鬍子，上下看著山丘，咬緊牙齒吹起了口哨。

「我想……我們應該追上她。」肥壯的水手先生說。

「我想你們應該聽我的話，」白髮男說，「我叫你們閉嘴的時候，就給我閉嘴。」

「對不起，花花公子先生。」金髮男說。

他們安靜了下來。

在沉默之中，他們可以聽見房子的高處傳來「砰砰砰！」的聲音。

「我要進去，」花花公子先生說，「水手先生，你跟我進去，靈活先生和帆船先生，去抓那個丫頭，把她帶回來。」

「是要就地正法，還是活捉回來？」

「當然是活捉，你這個白癡，」花花公子先生說，「我要知道她知道些什麼。」

「也許她跟他們是一夥的，」水手先生說，「就是那些害我們在溫哥華和墨爾本和——」

「去抓她，」花花公子先生說，「現在就給我去。」金髮男和戴帽小鬍子男匆匆跑上山丘。

花花公子先生和水手先生站在三十三號門口。

「咱們破門而入。」花花公子先生說。

水手先生用肩膀抵著門，使盡全身的力氣推門。「它被強化了，」他說，「受到了保護。」

花花公子先生說：「沒有一個傑克解決不了另一個傑克幹的好事。」他脫下手套，赤手扶著門，低聲唸了幾句不像英語的句子。「再試一次。」他說。

水手先生再次抵著門，哼著氣使勁推門，這次門鎖開了，門旋了開來。

「幹得好。」花花公子先生說。

在他們上方，頂樓傳來了轟然巨響。

名叫傑克的男人在樓梯的中途遇見他們。花花公子先生對他咧嘴一笑，但那笑容私毫沒有真心，只有兩排編貝般的牙齒。「哈囉，傑克・佛洛斯特⑰，」他說，「我以為你抓住了那個男孩。」

「我本來抓住了，」名叫傑克的男人說，「但給他跑了。」

「又跑了？」傑克・花花公子的笑容變得更大、更開心，牙齒也變得更漂亮了。

「傑克，一是過、二是禍。」

「我們會抓到他的，」名叫傑克的男人說，「今晚就能了事。」

「最好是這樣。」花花公子先生說。

「他會在墓園裡。」名叫傑克的男人說。

三個人匆忙奔下樓梯。

⑰ Jack Frost，在英語中有代表「冰霜」的意思。

名叫傑克的男人嗅嗅空氣。他的鼻孔裡還留著男孩的氣味，頸背上一陣刺麻，覺得這一切似乎是多年前的往事重演。他停下腳步，穿上他的黑色長大衣，大衣就掛在前門的玄關，和佛洛斯特先生那件毛呢夾克與淡黃色防水外套毫不相配。

前門對著大街敞開，陽光幾乎完全消逝了。這一次，名叫傑克的男人完全知道該往哪兒走。他沒有停頓，而是大步邁出房子，奔向通往墓園的山丘。

史嘉蕾抵達時，墓園的柵門已關上。史嘉蕾絕望地拉拉柵門，但夜晚的柵門上了鎖。然後巴弟到了她身邊。「你知道鑰匙在哪裡嗎？」她問。

「我們沒有時間了，」巴弟說，他靠近鐵欄杆，「抱著我。」

「什麼？」

「抱著我，閉上眼睛。」

史嘉蕾瞪著巴弟，好像在跟他下戰帖，不過她沒多久還是緊緊地抱住他，用力閉上眼睛。「好了。」

巴弟靠在墓園柵門的鐵欄杆上。柵門的鐵欄杆也算是墓園的一部分，他希望他的「墓園通行術」或許有那麼一點點可能也對其他人有效，只要這一次就好。然後，巴弟像一陣煙似的穿過了柵欄。

「妳可以張開眼睛了。」他說。

她張開眼睛。

「你怎麼辦到的？」

「這是我家，」他說，「我可以在這裡做很多事。」

鞋子敲在人行道上的聲音傳來，兩個男人出現在柵門的另一邊，喀噠喀噠地搖著柵門，用力拉扯。

「哈囉！」傑克・帆船說，嘴上的小鬍子還抽動了一下，透過柵欄對著史嘉蕾微笑，像一隻懷著秘密的兔子。他的左前臂繫著一條黑絲繩，此刻他用戴著手套的右手解下絲繩，拿在手上測試，把絲繩在兩隻手纏來纏去，好像要玩翻花繩遊戲一樣。「出來呀，丫頭，沒關係的，沒人會傷害妳。」

「我們只是需要妳回答幾個問題，」金髮高大的靈活先生說，「我們在替政府辦事。」（他說謊。「傑克兄弟會」跟政府一點關係也沒有，不過確實有幾個傑克在政府、警局一類的地方工作。）

「快跑！」巴弟拉著史嘉蕾的手臂對她說。她拔腿狂奔。

「看到了嗎？」姓「帆船」的傑克說。

「看到什麼？」

「我看到她身邊有人，一個男孩。」

「是那個男孩？」姓「靈活」的傑克說。

「我怎麼知道？來，幫我一把。」高大的「靈活」先生兩手交握，架成了階梯，傑克・帆船把穿著黑鞋的腳踏了上去。靈活先生把手抬高，他就拚命搆住柵門的頂端，然後翻身跳進了車道，像青蛙似的四腳落地。他站起身，說：「找其他的路進來，我要去追他們了。」然後便跳上蜿蜒的小徑，往墓園前進。

史嘉蕾說：「告訴我，我們到底要幹嘛？」巴弟正快步走在暮色籠罩的墓園中，但他沒有奔跑，還沒有奔跑。

「什麼意思？」

「我想那個男人想殺我，你看到他是怎麼玩那條黑繩的嗎？」

「我相信他的確想殺妳，那個叫傑克的男人——也就是妳的佛洛斯特先生——他則是想殺我。他手裡有刀。」

「他不是我的佛洛斯特先生。好吧，我想從某方面來說，他的確是我的佛洛斯特先生，對不起。我們要去哪裡呢？」

「首先我們要帶妳去安全的地方，然後我再處理他們。」

在巴弟四處，墓園的居民一個個醒來，圍了過來，既擔憂又驚恐。

「巴弟？」該猶・龐培說，「發生了什麼事？」

「有一群壞人，」巴弟說，「能不能請大家幫我監視他們？讓我隨時知道他們在哪裡。我們得把史嘉蕾藏起來，有什麼好主意嗎？」

「禮拜堂的地窖如何？」薩克萊・波林格說。

「他們第一個會找的地方就是那裡。」

「你在跟誰講話？」史嘉蕾說，她瞪著巴弟猛瞧，好像覺得他瘋了。

該猶・龐培說：「躲在山丘的地底如何？」

巴弟想了想。「不錯，好主意。史嘉蕾，妳記得我們發現靛青人的那個地方嗎？」

「有點印象，是個黑漆漆的地方。我記得那裡其實沒什麼好怕的。」

「我要帶妳去那裡。」

他們匆匆走上小徑，史嘉蕾看得出來巴弟一邊走路、一邊跟人講話，但只聽得到巴弟說的話，感覺就像聽人講電話一樣。這提醒了她……

「我媽會發火的，」她說，「我死定了。」

「不會，」巴弟說，「妳不會死的，還不到時候，還要很久很久以後妳才會死。」接著又對別人說：「現在有兩個人。兩個人一起行動嗎？好的。」

他們來到佛比沙陵墓。「入口在左邊最底下那副棺材的後面，」巴弟說，「如果妳聽到有人來，而且不是我，就走到陵墓的最底部……妳有會發亮的東西嗎？」

「有，我的鑰匙圈上有個小小的ＬＥＤ燈。」

「很好。」

他打開通往陵墓的門。「小心點，不要跌倒了。」

「你要去哪裡？」史嘉蕾問。

「這是我的家，」巴弟說，「我要保護它。」

史嘉蕾緊緊抓著繫著ＬＥＤ燈的鑰匙圈，趴了下來。棺材後的空間很窄，但她還是鑽過山丘地底的洞穴，盡力把棺材拉回原位。在微弱的ＬＥＤ燈光下，她看見了石階。她站起身用一手扶著牆，走下三階，然後停下腳步，坐了下來，希望巴弟知道自己在幹嘛。她靜靜等待。

巴弟說：「他們在哪裡？」

他的父親說：「一個人在埃及步道旁找你，他的朋友則在小巷旁的圍牆等待。另外三個人正在趕來的路上，想踏著大鐵箱翻過圍牆。」

「真希望塞拉在這裡，他一定能三兩下就解決他們。或者露佩思古小姐也行。」

「你不需要他們。」歐文斯先生替他打氣。

「媽媽呢？」

「在小巷旁的圍牆那兒。」

「告訴她我把史嘉蕾藏在佛比沙陵墓裡頭，要是我出了什麼事，麻煩幫我注意她。」

巴弟跑過漆黑的墓園，要進入墓園的西北部，唯一的途徑是穿過埃及步道，而要去埃及步道，他就必須和帶著黑絲繩的矮小男人擦身而過。那個男人在找他，想置他於死地……

他是奴巴弟・歐文斯，他告訴自己。他是墓園的一部分，他不會有事的。

他跑進埃及步道，差點錯過那個矮小的男人——那個姓「帆船」的傑克。那個男人幾乎已融入陰影之中。

巴弟吸了口氣，盡全力使出消失術，然後像隨著晚風飄過的灰塵一般，從他身邊閃過。

他走到綠蔭垂蓋的埃及步道，然後運用意志力儘可能地現形，還踢了一顆鵝卵石。

他看見拱門旁有一片陰影從黑暗中分離，幾乎像亡者一般寂靜無聲地朝他追來。

巴弟擠過埃及步道上擋路的藤蔓，進入墓園的西北角。他知道自己必須分秒不差，太快的話男人會跟丟他；但要是太慢的話，一條黑絲繩就會纏上他的脖子，奪走他的呼吸和未來。

他窸窸窣窣地穿過雜亂的藤蔓，驚擾了墓園裡的一隻狐狸，狐狸躍進了矮樹叢。這裡是一片叢林，隨處可見傾頹的墓碑和無頭的雕像、樹木和冬青樹叢，還有滑溜溜的腐葉堆，但是從巴弟懂得走路和閒晃開始，這片叢林就是他探險的樂園。

現在他匆忙卻小心地踩過盤根交錯的常春藤，踏在石塊上，再從石塊踏在泥地上。他可以感覺得到墓園想要隱藏他、想要保護他、想要讓他消失，但是他努力抗拒、努力保持現形。

他看見尼希米・特洛，遲疑了一下。

「啊哈，小巴弟！」詩人喊道，「我聽說興奮是時間的主宰，還聽說你疾疾行走，如彗星劃過蒼穹。通關密語是什麼呢，好巴弟？」

「站在那兒，」巴弟說，「請你就站在原地，替我監視我的背後，他接近我的時候告訴我一聲。」

巴弟繞過藤蔓覆蓋的賈世德之墓，站了起來，上氣不接下氣，背對著他的追捕者。他靜靜等待。他只等了幾秒鐘，感覺卻像是小小的永恆。

（「他來了，小夥子，」尼希米・特洛說，「大概在你身後二十步。」）

姓「帆船」的傑克看見男孩就在他面前。他用兩隻手扯緊黑絲繩。多年來，它曾經纏上許多脖子，而且給它纏上的人沒有一個倖存。它很柔軟，卻很強韌，還能避開X光的掃描。

帆船先生除了小鬍子抽了抽以外，完全不動聲色。他看見了獵物，不想打草驚蛇。他開始前進，像陰影般安靜。

男孩挺直了身子。

傑克・帆船衝上前，擦得發亮的黑鞋踩在腐葉堆上幾乎一點聲響都沒有。

（「他來了，小夥子！」尼希米・特洛大喊。）

男孩轉身，傑克・帆船撲向他——

然後帆船先生覺得腳下一空。他用一隻戴著手套的手四處亂抓，卻只能往下滾啊滾，滾了二十呎，掉進古老的墳墓裡，摔在賈世德先生的棺材上，把棺材蓋和他的腳踝一起壓得粉碎。

「解決了一個。」巴弟冷靜地說，不過他一點兒也不冷靜。

「幹得漂亮，」尼希米・特洛說，「我應該做首古賦來謳歌一番。要不要留下來聽一聽？」

「沒時間了，」巴弟說，「其他人在哪裡？」

尤菲米亞・霍斯佛說：「有三個在西南方的小徑上，朝山丘上前進。」

湯姆・桑茲說：「還有一個人。現在他正繞著禮拜堂走。上個月我瞧見他在墓園裡，但他現在看來有點不太一樣。」

巴弟說：「幫我看好和賈世德先生在一起的那個人——麻煩替我向賈世德先生道歉……」

他鑽進松樹枝底下，大步跑過山丘，有時在小徑上跑，但有時也會抄短路離開小徑，在紀念碑和石塊間跳來跳去。

他經過老蘋果樹。「還剩下四個人，」一個酸溜溜的聲音說，「四個人，全都是殺手，而且不會每一個都笨到掉進開著的墳墓裡。」

「哈囉，麗莎，我還以為妳在生我的氣呢！」

「也許是，也許不是，」她說，只聞其聲不見其人，「但我不會讓他們把你大卸八塊的，絕對不會。」

「那就幫我絆住他們。幫我絆住他們、混淆他們，並拖慢他們的速度，妳辦得到嗎？」

「好讓你再逃跑嗎？奴巴弟，歐文斯，你為什麼不乾脆使出消失術，舒舒服服地躲在你媽媽的墳墓裡，不讓他們找到你，而且塞拉很快就會回來解決他們——」

「也許他會，也許他不會。」巴弟說，「我們在雷擊樹旁見。」

「我還是不要跟你說話，」麗莎・漢絲托的聲音說，她的語氣趾高氣揚、無禮唐突。

「事實上，妳還是想跟我說話。我是說，我們現在就在說話。」

「這是緊急狀況，僅此一次，下不為例。」

巴弟來到雷擊樹，那是一棵老橡樹，二十年前曾遭雷擊，現在成了一隻朝天空伸出五指的焦臂。

他有了一個想法，但還不算完全成形。這個想法要成功，他必須記得露佩思古小姐的教導，記得他兒時看過和聽過的每件事。

那座墳比他想的還難找，但他還是找到了——那是一座醜陋的墳墓，傾斜的角度相當奇怪，墓碑上有一個沾滿水漬的無頭天使，外表看起來就像一株巨大無比的真蕈。直到他親自觸碰它，感覺到那股寒意，他才完全確定自己來對了地方。

他坐在墳上，強迫自己完全現形。

「你沒使消失術，」麗莎的聲音說，「誰都能看到你。」

「很好，」巴弟說，「我就是要他們找到我。」

「說別人是傻瓜，其實自己才是個大傻瓜呢！」麗莎說。

月亮東升，一輪巨大的明月低垂天際。巴弟心想，要是他開始吹口哨，不知道會不會做得太過火。

「我看到他了！」

一個男人跌跌撞撞地朝他跑來，其他兩個男人跟在他身後。

巴弟注意到死者紛紛聚集過來看熱鬧，但他強迫自己不理會他們。他動動身子，在醜陋的墳上坐得更安穩些，覺得自己像個誘餌，而且這種感覺不太舒服。

公牛短脖男率先抵達墳墓，負責指揮的白髮男緊跟在後，墊底的是高大金髮男。

巴弟在原地不動。

白髮男說：「啊，我想這位就是來無影、去無蹤的杜連小子。咱們的傑克•佛洛斯特尋遍天下，結果你卻近在眼前，就在他十三年前留下你的地方。」

巴弟說：「那個男人殺了我的家人。」

「的確是他。」

「為什麼？」

「這個問題很重要嗎？你也沒辦法跟別人說了。」

「那麼跟我說說又有何妨，不是嗎？」

白髮男放聲狂笑。「哈！這小子真愛開玩笑。我倒想知道，你怎麼能在墓園裡活了十三年，卻沒半個人發現？」

「你先回答我的問題，我才回答你。」

公牛短脖男說：「不准對花花公子先生無禮，小無賴！我會把你撕爛，我會——」

白髮男靠近墳墓一步。「安靜，傑克・水手。好吧，我就先回答你的問題，待會兒你也得回答我的問題。我們——我的朋友和我——是一個兄弟會的成員，這個兄弟會叫做『傑克兄弟會』，也叫『傑克會』，還有其他各種名字。我們的歷史極為悠久，我們知道……我們記得大多數人早已遺忘的事情，也就是『舊學』。」

巴弟說：「魔法。你懂一點魔法。」

男人欣然點頭。「隨便你怎麼稱呼，但那是一種非常特別的魔法。有一種魔法必須從死亡中獲得。某個東西離開人世，就會有另一個東西來到人世。」

「你殺了我的家人，就是為了──什麼？就為了魔法？真是太荒謬了。」

「不，我們殺你們是為了自保。很久很久以前，我們的一位成員──那是遠在埃及的金字塔時代──他預言有一天，會有一個孩子出世，他能行走於生與死的界線之上。如果這個孩子長大成人，我們的兄弟會和我們所代表的精神就會毀於一旦。在新阿姆斯特丹變成紐約之前，我們就在監視你的家族，我們還從所有的傑克中，挑出我們認為最厲害、最敏銳、最危險的一個去對付你們，以確保萬無一失，逢凶化吉，繼續保我們平安五千年，只不過他辦事不力。」

巴弟看著三個男人。

「那他在哪裡？為什麼他不在這裡？」

金髮男說：「光靠我們就能解決你了。咱們的傑克・佛洛斯特有個靈敏的鼻子，他去追你的小女朋友了。像這麼重要的事情，我們絕對不能留下人證。」

巴弟傾身向前，兩隻手深深插進荒塚上的雜草叢裡。

「來抓我啊！」他只說了一句話。

金髮男咧嘴一笑，公牛短脖男往前一躍，然後──沒錯──就連花花公子先生也往前踏了幾步。

巴弟盡全力把手指插進草堆裡，咬緊牙關，用某種語言說了三個詞，早在靛青人出世以前，那種語言就已經非常古老了。

「斯卡！希伊！卡哇嘎！」

他打開了食屍鬼門。

墳墓的地面像扇門似的打了開來。在門下的深穴裡，巴弟可以看見星星，那漆黑的洞裡滿是閃閃發亮的光芒。

公牛男水手先生恰巧跑到了洞口邊，但他止不住腳步，只能訝然失色地跌進黑暗中。

靈活先生跳向巴弟，他兩手張開，躍過洞穴。巴弟看著那個男人在跳到最高處時突然停了下來，懸在半空中一會兒，然後就被食屍鬼門吸了進去，掉進深淵之中。

花花公子先生站在食屍鬼門邊，站在一塊石頭的邊緣上，低頭看著腳下的黑洞。然後他抬眼看著巴弟，薄薄的嘴上露出一抹微笑。

「我不知道你耍了什麼花招，」花花公子先生說，「可惜沒用。」他從口袋裡伸出戴著手套的手，手上的槍對準了巴弟。「我十三年前就該這麼做了。」花花公子先生說，「絕對不能相信別人。如果是重要的事情，就絕對不能假手他人。」

敞開的食屍鬼門後吹來一陣沙漠之風，又乾又熱，還夾帶著砂礫。「底下是一片沙漠，如果你想找水，應該會找到一些；如果你認真找，也許還會找到一些食物，但是絕對不要和夜魘為敵，也別去食屍鄉。食屍鬼可能會抹掉你的記憶，把你變成他們的一員，或者等你爛透了再把你吃掉。不管是哪一種方法，我想你應該都不想落到那種下場。」

槍管依然毫不動搖。花花公子先生說：「你跟我說這些幹嘛？」

巴弟指向墓園的對面，說：「因為他們。」趁著花花公子先生轉移注意力，巴弟使出了消失術。花花公子先生的眼神閃開了一下，又立刻閃了回來，但巴弟已經不在那座斷裂的雕像旁了。洞穴深處傳來一陣呼喊，就像夜鷹孤獨的呼嘯聲。

花花公子先生四下張望，緊蹙眉頭、滿腔怒火，不知如何是好。「你在哪裡？」他咆哮，「該死的小鬼！你到底在哪裡？」

他覺得他好像聽到一個聲音說：「食屍鬼門一旦打開，就非得再關上不可。食屍鬼門不能一直開著，它想要被關上。」

洞穴的邊緣顫抖搖晃。花花公子先生多年前曾在孟加拉經歷過一次地震，現在的感覺就像地震，地面一陣震動，花花公子先生差點跌進黑洞中，但他硬是抓住那塊傾倒的墓碑，用兩隻手緊緊抱住，死也不放。他不知道腳下有些什麼，也不想知道腳下到底有些什麼。

地面抖動，他覺得墓碑支撐不住他的體重，開始移動了。

他抬起頭，男孩就在那兒，好奇地俯視著他。

「我要讓門關上了，」他說，「我想如果你繼續抱著那個東西，食屍鬼門可能會直接關上，把你夾個稀巴爛，或者可能把你吸收為食屍鬼門的一部分。我也不知道，但我要給你一個機會，你當初可是一個機會也沒有給我的家人。」

一陣劇烈的震動。花花公子先生直盯著男孩的灰眸，出聲咒罵，然後說：「你逃不掉的。我們是傑克兄弟會，我們無所不在。事情還沒完。」

「但你已經完了，」巴弟說，「你們那群人和你們的精神都已經完了，就像你們那位埃及同胞所預測的一樣。你沒有殺死我。你們曾經無所不在，但現在一切已經結束了。」然後巴弟露出了微笑，「那就是塞拉在忙的事情，對不對？他現在就在那裡。」

花花公子先生的表情證實了巴弟的懷疑。

至於花花公子的回應是什麼，巴弟永遠也不會知道，因為花花公子放開了雙手，慢慢跌進了敞開的食屍鬼門中。

巴弟說：「威卡拉多斯！」

食屍鬼門又變回普普通通的墳墓。

巴弟覺得有人在拉他的袖子。福羅挺拔・巴特比抬頭看著他說：「巴弟！禮拜堂旁的那個男人，他要上山了！」

名叫傑克的男人順著氣味尋人。他離開了其他夥伴，而他之所以單獨行動，一個不能算小的原因，就是花花公子先生的古龍水味蓋過了其他輕淡的氣味。

他無法靠氣味找到男孩，在這裡他沒有辦法。男孩的身上充滿了墓園的氣味，但女孩聞起來就像她媽媽的房子，就像她那天早上上學前輕輕搽在脖子上的香水。傑克心想，她聞起來也像個受害者，像因為害怕而流下的汗水，像他的獵物。不管她在何方，男孩遲早也會到那兒去。

他抓住刀柄，走上山丘。在他幾乎走到山頂時，腦中突然閃過一個念頭──那是一種直覺，而他知道這個直覺絕不會錯──花花公子先生和其他人不見了。

很好，他心想，這下我升遷有望了。自從傑克沒把杜連一家人趕盡殺絕之後，他在兄弟會裡的仕途便停滯不前，好像他已經不再受到信任了。

現在，一切即將改變。

女孩的氣味在山頂消失，名叫傑克的男人知道她就在附近。

他回頭走了幾步，看起來幾乎是若無其事似的，然後在大約五十呎遠的地方又再次嗅到她的氣味，就在一座柵門關上的小陵墓旁。他拉動柵門，柵門立刻敞開。

現在她的氣味更濃了，他可以聞到她的恐懼。他把棺材一個一個從架上拉下來，隨意摔在地上，把古老的木頭摔得粉碎，裡頭的東西全撒在陵墓的地上。不，她沒有藏在棺材裡……

那是在哪裡？

他仔細檢查牆壁。牆壁是實心的。他趴下來，把最底下的棺材拉出來，把手伸進牆壁後頭。他的手摸到了一個開口……

「史嘉蕾。」他說。他努力回想自己還是「佛洛斯特先生」時是怎麼喊史嘉蕾的，但他再也想不起來了，現在他是傑克，除了傑克還是傑克。他趴在地上，鑽進牆上的洞。

史嘉蕾聽見上頭傳來摔東西的聲音時，便小心翼翼地走下階梯，左手扶著牆，右手拿著小小的ＬＥＤ鑰匙圈，ＬＥＤ燈的光線剛好夠她看清腳下的路。她來到最底下的石階，慢慢走回空曠的石室中，一顆心跳個不停。

她很害怕，她怕好心的佛洛斯特先生和他那群更可怕的朋友；她怕這間房和有關這間房的回憶；要是她夠誠實，其實她連巴弟都有點害怕。他不再是一個謎樣的安靜男孩，也不再是她兒時的玩伴。他是不一樣的，有點不像人類。

她心想：不曉得媽媽現在在想什麼。她一定在拚命打佛洛斯特先生家的電話，想知道我什麼時候回去。她又想：如果我活著離開這裡，我一定要逼她替我買手機。說實話，我居然是同學裡唯一一個沒有手機的人，眞是太不可思議了。

接著她又想：我好想媽媽。

她從來不知道人類能在黑暗中行動而毫不發出聲音，但就在此時，一隻戴著手套的手摀住她的嘴，一個和佛洛斯特先生只有一丁點兒相似的聲音不帶感情地說：「只要妳敢耍小聰明——不管是什麼——我都會割斷妳的喉嚨。聽懂就點頭。」

史嘉蕾點點頭。

巴弟看見一團混亂的佛比沙陵墓地板，看見棺材掉了一地，棺材裡的東西也撒在走道上。這兒有許多「佛比沙」和「佛弼沙」家族的亡靈，還有幾位「派帝佛」家的先祖，他們一個個既生氣又驚愕。

「他已經在底下了。」艾佛琳說。

「謝謝妳。」巴弟說。他爬進牆底的洞穴，走下階梯。

巴弟的視力就和死人一樣好，他看見階梯，看見階梯底下的石室。階梯往下走到一半，他就看到傑克抓著史嘉蕾，把她的手扭在背後，一把又大又邪惡的去骨刀抵在她的脖子上。

名叫傑克的男人在黑暗中抬頭。

「你好啊，小子。」他說。

巴弟什麼也沒說，只專心使著消失術，然後往前走了一步。

「你以為我看不到你，」名叫傑克的男人說，「的確沒錯，我是看不見你，但我能聞到你的恐懼，還能聽到你的動作、聽到你的呼吸。現在我懂了你那聰明的消失小伎倆，我還能感覺到你。快說話啊！快說話，好讓我聽到你，否則我就要從這位小姑娘身上割下一小塊一小塊的肉啦！聽懂了嗎？」

「是的。」巴弟說，他的聲音在石室中迴盪，「我懂了。」

「很好，」傑克說，「現在，過來這裡，咱們聊一聊。」

巴弟開始走下階梯。他全力使著恐懼術，想把房間裡驚慌的程度升高，讓更強大的驚駭術發揮作用……

「住手，」傑克說，「不管你在幹嘛，給我住手就對了。」

巴弟不再使魔法。

「你以為，」傑克說，「你那點小小的魔法就能對付我嗎？你知道我的身分嗎，小子？」

巴弟說：「你是傑克兄弟會的成員。你殺了我的家人，而且你應該也要殺了我才對。」

傑克揚起一隻眉毛，說：「我應該殺了你才對？」

「噢，沒錯。那個老頭兒說，如果你讓我長大成人，你的兄弟會就會毀滅。我長大了，你失敗了、輸了。」

「我的兄弟會歷史比巴比倫還悠久，沒有什麼能傷害它。」

「他們沒告訴你，對吧？」巴弟站在離傑克五步遠的地方，「那四個人。他們是碩果僅存的四個傑克。那地方叫什麼名字來著……克拉科夫、溫哥華和墨爾本，全都失守了。」

史嘉蕾說：「拜託，巴弟，叫他放開我。」

「別擔心。」巴弟故作冷靜。接著他對傑克說：「傷害她沒有意義，殺死我也沒有意義。你還不懂嗎？傑克兄弟會根本不存在，它已經消失了。」

傑克若有所思地點點頭。「倘若真是如此，」傑克說，「倘若全世界只剩下我一個傑克，那我殺死你們兩個的理由就更充分了。」

巴弟沒說話。

「驕傲，」名叫傑克的男人說，「我以我的工作為傲，以有始有終為傲。」接著他突然說：「你在做什麼？」

巴弟的寒毛直豎，他可以感覺到藤蔓般的煙霧交纏著繞過整間房。他說：「不是我，是殺手。它負責看守埋在這裡的寶藏。」

「少騙我。」

史嘉蕾說：「他沒騙你，是真的。」

傑克說：「真的？埋在這裡的寶藏？別逼我——」

殺手替主人看守寶藏。

「誰在說話？」名叫傑克的男人一邊問，一邊環視四周。

「你聽到了？」巴弟疑惑地問。

「我聽到了，」傑克說，「沒錯。」

史嘉蕾說：「我什麼也沒聽到。」

名叫傑克的男人說：「這裡是什麼地方，小子？這裡到底是哪裡？」

巴弟還來不及回答，殺手就先開口了，它的聲音在石室中迴響：這裡是藏寶處，這裡是力量之地，這裡是殺手負責看守與等待主人歸來的地方。

巴弟說：「傑克？」

名叫傑克的男人把頭歪向一邊，說：「真開心聽到你叫我的名字。如果你早點叫我的名字，我就可以更快找到你。」

「傑克，我的真名到底是什麼？我的家人怎麼稱呼我？」

「你為什麼現在想知道？」

巴弟說：「殺手要我去找我的名字。我的名字到底是什麼？」

傑克說：「我想想……是彼得，還是保羅？難不成是羅德烈——你看起來好像是叫羅德烈。也許你叫史帝芬……」他在捉弄男孩。

「你就乾脆點告訴我吧！反正你遲早是要殺死我的。」巴弟說。傑克在黑暗中聳聳肩、點點頭，好像在說：當然如此。

「我要你放那個女孩走，」巴弟說，「讓史嘉蕾走。」

傑克凝視著黑暗，說：「那是個聖壇石，對吧？」

「我想是的。」

「還有一把刀？一只杯子？一個胸針？」

他在一片黑暗中露出微笑。巴弟可以看到他臉上的表情，一道陌生又開心的微笑，一道發現與了解的微笑，和那張臉十分不搭。史嘉蕾什麼也看不見，只覺得一片漆黑，偶爾還有閃光從她的眼球裡閃過，但她可以聽見傑克語氣中的開心。

名叫傑克的男人說：「所以咱們的兄弟會已經毀滅，議會也完蛋了。不過，就算傑克兄弟會只剩下我一個人，又有什麼關係？我可以成立新的兄弟會，比舊的力量更強大。」

力量。殺手附和。

「真是太好了，」名叫傑克的男人說，「瞧瞧我們。數千年來，多少人都在尋找這個地方，而我們竟有幸身在此處，而且萬事俱備，得來全不費功夫。這讓人忍不住相信天意難違，是吧？又或者可以說，這是所有傑克先賢誠心的禱告終於獲得了回音。」

巴弟可以感覺到殺手在聆聽傑克說話，也可以感覺到興奮的耳語在石室裡漸漸變大。

名叫傑克的男人說：「我要把手伸出去了，小子。史嘉蕾，我的刀還抵在妳脖子上——我放妳走的時候休想逃跑。小子，把杯子、刀子和胸針放在我的手上。」

殺手的寶藏，三重聲音說，它總會回來的，我們替主人看守它。

巴弟彎下腰，從聖壇石板上拿起寶物，放在傑克戴了手套的手掌上。傑克咧嘴一笑。

「史嘉蕾，我要放開妳了。等我把刀子拿走之後，我要妳趴在地上，把手放在頭的後面。只要妳敢輕舉妄動，我就會讓妳死得很痛苦。懂了嗎？」

她倒抽了一大口氣。她的嘴巴很渴，但還是顫巍巍地往前走了一步。她的右手被扭在背脊後，已經麻了，只覺得肩膀有針刺般的感覺。她趴了下來，臉頰貼在硬實的泥土地上。

我們死定了，她心想，但卻是連一點感情也沒有。她覺得自己好像在看發生在別人身上的事情，好像在看一齣超現實的劇碼，但看著看著卻成了一場名為「暗夜兇殺」⑱的遊戲。她聽見傑克抓住巴弟的聲音……

巴弟的聲音說：「放她走。」

傑克的聲音說：「如果你照我的話做，我就不殺她，甚至連她一根寒毛也不傷。」

「我不相信你，她可以指認你。」

「不，」傑克的聲音聽起來很有自信，「她指認不了。」然後又說：「過了一萬年，這把刀依然如此鋒利……」聲音中充滿了無窮的崇敬，「小子，去跪在聖壇石板上，把手放在背後，快點！」

好久好久了，殺手說，但史嘉蕾只聽到一陣嘶嘶聲，好像有巨大的線圈纏繞著石室。

但名叫傑克的男人聽到了。「你想在我把你的血灑在石上之前，知道你的名字嗎，小子？」

巴弟感覺到冰冷的刀子架在他脖子上，就在那一刻，巴弟懂了。一切慢了下來、一切變得清楚了。「我知道我的名字，」他說，「我是奴巴弟・歐文斯，那就是我。」他跪在冰冷的祭壇石板上，突然覺得所有的事情都變得簡單明瞭。

「殺手，」他對石室說，「你還想要主人嗎？」

殺手負責看守寶藏，直到主人回來。

「那麼，」巴弟說，「你們不是終於找到你們期盼已久的主人了嗎？」

他可以感覺到殺手不停地蠕動、變大，聽見猶如千枝枯樹枝刮過表面的聲音，好像有什麼巨大強壯的東西繞著石室的內部蛇行。

然後，巴弟終於見到了殺手的廬山真面目，但從此之後，他再也無法描述他看到了什麼。是個龐然大物，沒錯；它的身體就像一隻巨蛇，但它的頭是怎麼一回事？它有三個頭，三個頭、三個脖子。那三張臉是死人的臉，好像有人用人類和動物的屍塊拼湊出洋娃娃一般。那三張臉上覆蓋著紫色的圖騰，刺著靛青色的漩渦刺青，看起來就像詭異又充滿表情的怪物。

殺手的臉緊挨著傑克，試探般地嗅著他身邊的空氣，好像想輕撫或擁抱他。

「怎麼回事？」傑克說，「這是什麼東西？它是幹嘛的？」

「它叫做殺手，負責看守這個地方。它需要主人命令它做事。」巴弟說。

⑱Murder in the Dark，遊戲的玩法是眾人在黑暗的地方抽籤，所有的籤紙都是白的，只有兩張做了記號，一個是偵探、一個是兇手。抽中偵探的人必須離開現場，兇手則在受害者耳邊低語，受害者立刻倒地裝死。之後偵探再進入地窖，一一詢問眾人，找出兇手，詢問時只有兇手可以隨意扯謊。

傑克揚起手中的打火刀。「漂亮，」他自言自語，接著又說：「當然了，它一直在等我。沒錯，顯然我就是它的新主人。」

殺手纏繞著石室的內部。主人？它說，就像一隻耐心地等了太久的狗。它又說了一次：主人？好像在試試這個詞的味道。它的味道很不錯，所以它又說了一次，說的時候還帶著一聲歡欣又渴望的嘆息，主人……

傑克低頭看著巴弟。「十三年前我錯失良機，現在我們又重逢了。一個兄弟會的結束，卻是另一個兄弟會的開始。別了，小子。」他用一隻手拿著刀砍向男孩的喉嚨，另一隻手拿著杯子。

「巴弟，」巴弟說，「我叫巴弟，不是什麼小子。」他放聲大吼。「殺手，」他說，「你會替你的主人做什麼事？」

殺手嘆了口氣，我們會保護他，直到時間的盡頭。殺手會將他永遠纏繞，不讓他面對俗世的危險。

「那去保護他吧！」巴弟說，「快！」

「我是你的主人，你要服從我的命令！」名叫傑克的男人說。

殺手等了好久，殺手的三重聲音歡欣鼓舞地說，好久好久。它巨大慵懶的身體開始纏上了名叫傑克的男人。

名叫傑克的男人丟掉了杯子。現在他兩手都拿著刀——一隻手拿著打火刀，另一隻手則拿著有黑骨刀柄的刀子——他大喊：「滾回去！別靠近我！不准再過來！」他揮舞著刀子，但殺手依然纏繞著他，然後用力一擠，把名叫傑克的男人整個捲了起來。

巴弟跑向史嘉蕾，扶她起來。「我想看，」她說，「我想看看到底發生了什麼事。」她拿出ＬＥＤ燈，打開電源……

史嘉蕾看到的景象和巴弟看到的不同。她沒看到殺手，這對她來說是件好事，不過她倒是看到了名叫傑克的男人。她看見他臉上的恐懼，這讓他看起來又像佛洛斯特先生了。在驚恐之中，他又變回了那個載她回家的好心人。他飄在空中，先是離地五呎，接著離地十呎，兩隻手瘋狂揮舞著刀子，想刺殺某個她看不見的東西，但顯然是徒勞無功。

佛洛斯特先生也好，傑克也罷，總而言之，那個男人身不由己地離開了他們，身體扯成了個大字，雙手、雙腳大大張開，不停拍打著石室的牆壁。

史嘉蕾覺得好像有什麼東西硬是要把佛洛斯特先生吸進牆壁、拉進石頭裡、吞進石牆中。現在佛洛斯特先生只剩下一張臉還清晰可見。他瘋狂絕望地大吼，要巴弟叫那個東西走開、要巴弟救他，拜託，拜託……然後男人的臉被扯進牆中，聲音也聽不見了。

巴弟走回聖壇石板前，從地上撿起石刀、杯子和胸針，放回原處，但卻沒把掉在地上的黑色金屬刀撿起來。

史嘉蕾說：「我以為你說過殺手不會傷人，我以為它只會嚇唬我們而已。」

「是的，」巴弟說，「但是它想要一個主人來保護。它告訴我的。」

史嘉蕾說：「你的意思是你早就知道了，你早就知道會發生這種事……」

「是的，我希望會發生這種事。」

他扶著她走上階梯，走出地底，走進混亂的佛比沙陵墓。「之後我得再來把這裡收拾乾淨。」巴弟若無其事地說。史嘉蕾盡量不去看撒在地上的東西。

他們走出陵墓，走進墓園。史嘉蕾沒精打采地又說了一次：「你早就知道會發生這種事。」

這次巴弟沒說話。

她看著他，好像不太確定自己看到了什麼。「所以你早就知道了。你知道殺手會抓走他。你就是因為這樣才叫我躲在下面嗎？是不是？那我是什麼？誘餌嗎？」

巴弟說：「不是那樣的。」接著又說：「我們還活著，對不對？而且他也不會再來煩我們了。」

史嘉蕾覺得心中湧起一股怒氣。她不再恐懼，現在她只想大發脾氣、大吼大叫，但是她努力控制衝動。「那其他的人呢？你也殺死他們了嗎？」

「我沒有殺人。」

「那他們到哪兒去了？」

「其中一個掉進一座很深的墳墓裡，摔斷了腿。至於其他三個人嘛，嗯，他們到了很遠的地方去。」

「你沒殺死他們？」

「當然沒有，」巴弟說，「這裡是我的家，我怎麼會希望他們永遠都在這兒閒蕩呢？」接著他說：「聽著，沒事了，我已經解決他們了。」

史嘉蕾離開他一步，說：「你不是人！人類不會做出像你那樣的行為。你就跟他一樣壞，你是個怪物。」

巴弟覺得臉上血色全失。今天晚上他經歷了許多事情，發生了許多事情，但讓巴弟覺得最難受的卻是史嘉蕾這番話。「不，」他說，「不是那樣的。」

史嘉蕾開始後退，想要離開巴弟。她走了一步、兩步，正要轉身拔腿狂奔，不顧一切地離開閃著月光的墓園時，一個穿著黑絲絨的高大男人用一隻手抓住她的手臂，說：「恐怕妳冤枉了巴弟，但毫無疑問地，要是妳把這一切全忘了，絕對會比較快樂。所以咱們不妨一起散散步，就妳和我，咱們一起討論討論過去幾天妳發生了什麼事，妳該記得哪些事情、又該忘記哪些事情。」

巴弟說：「塞拉，不可以，你不可以讓她忘記我。」

「這是最安全的辦法，」塞拉不容他辯駁，「就算不是對我們所有人來說最安全，對她來說也是最安全的。」

「難道——難道我沒有選擇的權利嗎？」史嘉蕾問。

塞拉沒說話。

巴弟朝史嘉蕾靠近一步，說：「聽著，一切都結束了。我知道很難，但我們做到了。妳和我，我們打敗了他們。」

她輕輕搖頭，好像在否認她看到的一切、她經歷的一切。

她抬頭看著塞拉，只說：「我想回家，可以嗎？」

塞拉點點頭。他和女孩一塊兒走上最終將帶他們兩人離開墓園的小徑。巴弟目送史嘉蕾離開，希望她能回頭瞧一瞧，希望她能微微一笑，甚至只要不帶恐懼地看他一眼就好，但史嘉蕾沒有回頭，只是一個勁兒地往前走。

巴弟走回陵墓。他有件事情得做，於是他開始收拾掉在地上的棺材、清掉碎片，把亂成一團的骨骸放回棺材裡，卻發現圍觀的佛比沙、佛弼沙和派帝佛家族儘管人數眾多，卻似乎沒有一個能確定哪些骨頭該放進哪些棺材，巴弟不禁覺得沮喪莫名。

一個男人把史嘉蕾帶回家。之後，史嘉蕾的母親怎麼也想不起那個男人對她說了什麼，不過令人難過的是，她得知好心的「阿傑•佛洛斯特」先生不得不出遠門去了。

男人和她們在廚房裡談她們的生活和她們的夢想，談話結束時，不知為何，史嘉蕾的媽媽決定她們應該回格拉斯哥去，有爸爸在身邊，還能見到老朋友，史嘉蕾一定會比較開心。

塞拉離開，留下女孩和媽媽在廚房裡說話。她們討論著搬回蘇格蘭會遇到哪些困難，努娜也答應史嘉蕾要替她買一支手機。她們幾乎不記得塞拉曾經來過，而這樣正合塞拉的心意。塞拉回到墓園，發現巴弟一臉陰沉地坐在方尖碑旁的露天劇場。

「她還好嗎？」

「我拿走了她的記憶，」塞拉說，「她們會回格拉斯哥去。她在那裡有朋友。」

「你是怎麼讓她忘記我的？」

塞拉說：「人都想忘記不可能的事情，這樣他們的世界會比較安全。」

巴弟說：「我喜歡她。」

「我很遺憾。」

巴弟想微笑，卻怎麼也笑不出來。

「那些男人……他們說他們在克拉科夫、墨爾本和溫哥華碰上了麻煩。是你做的，對不對？」

「我不是單獨行動。」塞拉說。

「還有露佩思古小姐？」巴弟說，塞拉臉上的表情讓他忍不住又追問下去：「她還好嗎？」

塞拉搖搖頭，有那麼一會兒，他的表情痛苦得令巴弟不忍卒睹。「她英勇奮戰。她為你而戰，巴弟。」

巴弟說：「殺手抓住了傑克先生，另外三個掉進了食屍鬼門，還有一個則在賈世德先生的墳墓裡，受了傷，但還活著。」

塞拉說：「他是最後一個傑克，看來我得在天亮前盤問他。」

吹過墓園的風很冷，但不管是塞拉或是巴弟都沒有感覺。

巴弟說：「她怕我。」

「是的。」

「為什麼？我救了她一命。我不是壞人，而且我和她一樣，都是活人。」接著他又說：「露佩思古小姐走得安詳嗎？」

「她走得很勇敢，」塞拉說，「她戰死沙場，為了保護別人而死。」

巴弟的眼眸灰暗。「你可以把她帶回這裡，讓她安眠此地，那我就可以跟她說話了。」

塞拉說：「那是不可能的。」

巴弟覺得眼睛一濕，他說：「她喜歡叫我迷你米，以後再也沒有人那樣叫我了。」

塞拉說：「我們去替你找點東西吃吧！」

「我們？你要我跟你一起去？一起到墓園外面去？」

塞拉說：「現在已經沒有人想殺你了。他們有很多事情都做不了了，所以你沒聽錯。你想吃點什麼？」

巴弟想說他不餓，但那正好跟事實完全相反。他覺得有點不舒服、有點頭昏，而且餓得不得了。「吃披薩好嗎？」他提議。

他們穿過墓園，來到山下的柵門。一路上，巴弟看到了墓園的居民，但他們只是一語不發地讓男孩和他的監護人從他們中間走過，只是靜靜旁觀。巴弟忙不迭地謝謝他們的幫忙，大聲說出他的感謝，但亡者一句話也沒說。

披薩餐廳的燈火通明，亮得讓巴弟不太自在。他和塞拉坐在餐廳靠裡面的座位，塞拉教他怎麼看菜單，還教他怎麼點菜。（塞拉點了一杯水和小碗的沙拉，可是他只用叉子把沙拉攪來攪去，一口也沒吃。）巴弟用手指抓著披薩大吃特吃，沒有問問題，讓塞拉自己決定什麼時候說話。

塞拉說：「我們已經知道他們……也就是傑克會……知道他們很久了，但是我們只能靠他們行動的結果猜測他們的存在。我們懷疑他們的幕後有一個組織，但是他們隱藏得太好了。然後他們來找你，殺了你的家人，而我也就慢慢發現了他們的蹤跡。」

「你所謂的『我們』，指的是你和露佩思古小姐嗎？」巴弟問。

「也包括我們的同類。」

「榮譽衛隊。」巴弟說。

「你怎麼會知道——？」塞拉說，接著他又說：「算了。俗話說『人小耳朵靈』，沒錯，我們就是榮譽衛隊。」塞拉拿起水杯就口，用水潤潤嘴唇，然後再把水杯放回擦得亮晶晶的黑色桌面上。桌子的表面光可鑑人，就像一面鏡子，要是有人仔細瞧，也許會發現那位高高的男士沒有倒影。

巴弟說：「嗯，既然你已經……已經大功告成，你會留下來嗎？」

「我曾經許下承諾，」塞拉說，「我會待在這裡，直到你長大為止。」

「我已經長大了。」巴弟說。

「不，」塞拉說，「幾乎長大了，但還不算長大。」

他在桌上放了十英鎊的鈔票。

「那個女孩，」巴弟說，「也就是史嘉蕾。為什麼她那麼怕我呢，塞拉？」

但塞拉一句話也沒說，巴弟的問題就這樣懸在半空中。男人和少年走出明亮的披薩店，走進等候著他們的黑暗中，很快地，夜晚就吞沒了他們。

第八章　天下無不散的筵席

有時候巴弟會看不到亡者。這個情形大概是一、兩個月前開始發生的，也就是四、五月的時候。一開始只是偶爾發生，但現在卻愈來愈頻繁了。世界正在改變。

巴弟漫步來到墓園的西北部，在那裡，蔓生的藤蔓從紫杉樹上垂落，半遮住了遠方的埃及步道出口。

他看見一隻紅狐和一隻大黑貓，大黑貓的脖子上長了一圈白毛，四隻腳也是白的。紅狐和大黑貓就坐在路中央交頭接耳，巴弟一靠近，立刻抬起頭，一臉驚慌，隨即逃進矮樹叢裡，好像在密謀些什麼詭計，卻給人抓個正著一樣。

眞奇怪，他心想。自從紅狐還是隻小狐狸時，巴弟就認識牠了，而自從巴弟有記憶起，那隻黑貓就在墓園裡徘徊來去了。牠們認識他，要是心情好，還肯讓巴弟摸摸牠們呢！

巴弟想鑽過藤蔓，卻發現不是那麼容易。他彎下腰，推開藤蔓，用力擠了過去。他小心翼翼地走下小徑，避開車輪留下的痕跡和坑洞，來到一塊威嚴的石碑前，那塊石碑標誌了阿隆索・托瑪士・嘉西亞・瓊斯的長眠之地（一八三七～一九〇五，旅人啊，卸下行囊）。

這幾個月來，巴弟每隔幾天就會到這兒來：阿隆索・瓊斯遊遍天下，很樂意告訴巴弟他的旅遊記事。他總會這樣起頭：「我沒碰過什麼新鮮事，」再一臉陰沉地說：「我已經把所有的故事都告訴你了，」接著他會眼睛一亮，說：「不過……我是不是跟你說過？……」不管接下來他說的是：「我從莫斯科脫逃的那件事？」或是「我把價值連城的阿拉斯加金礦拱手讓人那回事？」或是「南美洲大草原牛群大逃竄的那段故事？」

巴弟總會搖搖頭，露出一臉期待的表情，很快地，他的腦袋裡就會充滿許許多多的故事：故事裡有豪氣的壯舉與英勇的冒險，有絕世美人的香吻，有作姦犯科的人命喪槍下，或有人拿起刀劍，與壞人對抗；還有一袋袋的金子，有大如拇指的鑽石，有失落的城市和群山險壑，有蒸氣火車和大帆船，有大草原、海洋、沙漠、苔原。

巴弟走到那塊尖尖的石碑前——石碑很高，還刻著上下顛倒的火把。他等啊等，卻一個人也沒等到。

他呼喊阿隆索・瓊斯的名字，甚至還敲敲石碑，卻什麼回應也沒有。巴弟蹲下來，想把頭伸進墳墓裡呼喚他的朋友，可是他的頭卻不像陰影穿過更深的陰影般滑進石地裡，而是重重地撞在地上，痛得他眼冒金星。

他再呼喊了一次，依舊一無所獲，於是他再次小心翼翼地走出那片散亂一地的雜草與灰石，回到小徑上。在他經過時，三隻停在山楂樹上的喜鵲展翅而飛。

他繼續走，一路上依然一個人影也沒瞧見，等他來到墓園西南方的斜坡時，才看見殺洛嬤嬤熟悉的身影。嬌小的殺洛嬤嬤戴著高高的帽子，穿著斗篷，在墓碑間行走，低頭看著野花。

「這兒啊，小子，」她喊道，「這兒長滿了金蓮花呀！你何不替我摘一些金蓮花，放在我的墓碑旁？」

於是巴弟摘了一些紅色和黃色的金蓮花，帶到殺洛嬤嬤的墓碑前。殺洛嬤嬤的墓碑飽經風霜，上頭刻的字已模糊不清，只剩下：

笑（LAUGH）⑲

這個字讓地方歷史學家疑惑了一百多年。他必恭必敬地把花放在墓碑前。

殺洛嬤嬤對他微笑。「你是個好青年，真不知道我們沒有你會怎樣。」

「謝謝妳，」巴弟說，接著他又說：「大家到哪兒去了？妳是我今天晚上第一個看到的人。」

殺洛嬤嬤突然嚴厲地盯著他。「你的額頭怎麼了？」她問。

「我撞到瓊斯先生的墳了。墳很硬，我……」

但殺洛嬤嬤嘟起嘴、仰起頭，一雙明亮的老眼從帽子底下察看巴弟。「我剛才叫你小子，對吧？但時間一晃眼就過了，你現在是個青年了，不是嗎？你幾歲了？」

「我想大概十五歲吧！不過我覺得我還是跟以前一樣。」巴弟說，但殺洛嬤嬤打斷了他：「我也覺得我還是個小姑娘，在老草原上編雛菊花環呢！你永遠都是你，這一點不會改變；而你永遠都會改變，這一點你也無能為力。」

她坐在她破裂的墓碑上，說：「小子，我還記得你來到這裡的那個晚上，我說：『我們不能讓這個小傢伙離開。』你的媽媽答應了，結果大夥兒吵成一團，直到騎灰馬的女士出來。『墓園裡的人啊，』她說，『聽聽殺洛嬤嬤的話吧！難道你們沒有善心嗎？』於是大夥兒全都同意我了。」她停了下來，搖搖頭，「這兒向來沒什麼新鮮事。四季更迭，藤蔓生長，墓碑傾頹，但是你來了……哎，我很高興你來了，就這樣。」

她站起來，從袖子上扯下一塊髒兮兮的亞麻布，在上頭吐了口口水，然後盡力把手伸長，擦擦巴弟額頭上的血。「好啦，這樣一來你又能見人了。」她嚴肅地說。「總而言之，這次分手，下次不知道何時才能跟你見面了。保重了。」

巴弟感到一股前所未有的不安，他回到歐文斯夫婦的墳墓，看見雙親都在墳墓旁等他，感到非常高興。可是等他走近，他的喜悅卻成了困惑：為什麼歐文斯夫婦要那樣站著？他們各站在墳墓的兩邊，就像彩色玻璃上的人形圖案一樣。他無法明白他們臉上的表情。

⑲殺洛嬤嬤的姓氏Slaughter意為「殺戮」，但去掉頭尾後就剩下laugh，也就是「笑」的意思。

他的父親上前一步，說：「晚安，巴弟，我想你應該過得很好。」

「還可以而已。」巴弟說，每當有朋友問相同的問題時，歐文斯先生也都是這麼回答。

歐文斯先生說：「歐文斯太太和我一輩子都希望有個孩子，我相信我們不可能有比你更好的孩子了，巴弟。」他驕傲地抬頭看著兒子。

巴弟說：「呃，是的，謝謝，但是……」他轉向母親，以為母親會告訴他到底是怎麼一回事，但母親卻不見了。「她去哪兒了？」

「噢，是的，」歐文斯先生看起來不太自在，「啊，你懂貝琪的，有些事情，有些時候，呃，你就是不知道該說什麼才好。你懂嗎？」

「不懂。」巴弟說。

「我想塞拉在等你了。」父親說完，也跟著不見了。

午夜已過，巴弟開始往舊禮拜堂走去。上回暴風來襲時，吹掉了長在尖塔排水溝上的那棵樹，樹木落地時，還抓著一把灰黑色的屋瓦陪葬。

巴弟在灰色的木長凳上等待，卻遲遲不見塞拉。

狂風大作。夏日的深夜裡，暮光永不消逝，而且天氣很溫暖，但巴弟還是覺得手臂上起滿雞皮疙瘩。

一個聲音在他耳邊說：「說你會想念我，小蠢蛋。」

「麗莎？」巴弟說。自從和那幾位傑克兄弟纏鬥過後，他已經有超過一年沒看見那個小女巫，也沒再聽說她的消息了。「妳到哪兒去啦？」

「我一直在看，」她說，「誰說女士不管做什麼都得向人報告的呀？」

「在看我嗎？」巴弟問。

麗莎的聲音在他耳畔說：「說真的，把生命耗在活人身上，真是一種浪費，奴巴弟．歐文斯。因為我們之中有一個人實在太蠢，不配當個活人，而那個人並不是我。說你會想我。」

「妳要去哪裡？」巴弟問，接著又說：「我當然會想妳，不管妳身在何方……」

「太蠢了。」麗莎．漢絲托的聲音低語，他感覺到她的手撫過他自己的手。「太蠢了，不配當個活人。」她的唇輕觸他的臉頰、輕觸他的嘴角。她輕柔地吻他，而他太困惑、也太驚惶，完全不知所措。

她的聲音說：「我也會想你，永遠想你。」一陣微風撫亂他的頭髮，但那又彷彿不是微風，而是她的手。然後他知道，長椅上只剩下他一個人了。

他站了起來。

巴弟走到禮拜堂的門前，抬起門廊旁的石頭，拿出備用鑰匙，鑰匙是許久以前過世的一位教堂司事所留。他連試試穿門而過的技術都不試，便逕自打開大木門的鎖。門咿咿呀呀地打了開來，好像在抗議些什麼。

禮拜堂裡很暗，巴弟發現自己再怎麼瞇眼也看不清楚。

「進來吧，巴弟。」塞拉的聲音說。

「我什麼都看不見，」巴弟說，「這兒太黑了。」

「這麼快就看不見了？」塞拉說。他嘆了口氣。巴弟聽見絲絨發出的沙沙聲，接著有人擦亮一根火柴，點燃房間深處立在雕花大燭台上的兩根大蠟燭。

在燭光之下，巴弟看見他的監護人站在一個大皮箱旁，有人把這種箱子稱為「輪船衣箱」⑳。箱子很大，足以讓一個高大的成人蜷起身體地睡在裡頭。箱子旁放著塞拉的黑皮袋，巴弟曾經看過那個黑皮袋幾次，但至今仍然覺得那是一只非常奇特的袋子。

「輪船衣箱」鑲著白邊。巴弟把手放進空的衣箱裡，摸摸絲質的襯墊，摸到了乾掉的泥土。

「你都在這兒睡覺嗎？」他問。

「沒錯，我遠離家鄉時都在這兒睡覺。」塞拉說。

巴弟大感驚訝，自從他有記憶以來，塞拉就一直在這兒了，甚至在他有記憶以前就在了。「這裡不是你的家嗎？」

塞拉搖搖頭。「我的家在離這裡很遠很遠的地方。」塞拉說，「但我不曉得那兒還能不能住人。我的故鄉有一些問題，我完全不確定我回去以後那兒會是怎樣的光景。」

「你要回去？」巴弟問。「過去從來不變的事情開始改變了。「你真的要走？但你是我的監護人啊！」

「我曾經是你的監護人，但是你年齡已經夠大，足以保護你自己了。我還有別的東西要保護。」

塞拉闔上棕皮箱的蓋子，開始綁上皮繩，扣上釦環。

「我不能留在這裡？不能留在墓園裡嗎？」

「絕對不可以，」塞拉說，在巴弟的記憶中，他說話的語氣從來沒有如此輕柔。「這兒所有的人都度過了他們的人生，儘管有些人的生命十分短暫。現在輪到你了，你必須經歷你的人生。」

「我可以跟你走嗎？」

塞拉搖搖頭。

「我會再見到你嗎？」

「也許吧！」塞拉的聲音裡有和善，還有點別的東西。「不管你看不看得到我，我都可以肯定，我一定會再去看你。」他把皮箱靠著牆放，走向角落深處的門。「跟我來。」巴弟跟在塞拉身後，走下小小的旋轉梯，來到地窖。「我擅自替你整理了行李。」他們來到梯子的底端時，塞拉說。

⑳這種箱子較扁而寬，可以放在船艙底下。

在一箱發了霉的讚美詩集上，有一只小小的皮箱，除了尺寸迷你一些以外，看起來就和塞拉的皮箱一模一樣。「你的東西都在裡頭。」塞拉說。

巴弟說：「跟我說說榮譽衛隊的事，塞拉。你是榮譽衛隊的成員，露佩思古小姐也是。還有誰呢？你們有很多人嗎？你們都做些什麼？」

「我們做得不夠多，」塞拉說，「我們主要是負責守衛邊界。我們守衛事物的邊界。」

「什麼樣的邊界？」

塞拉沒說話。

「你是指阻止像傑克那些人的事情嗎？」

塞拉說：「我們做我們必須做的事。」他聽起來很疲倦。

「但你們做了對的事情。我是指阻止傑克會的那件事。他們真的很可怕，簡直就是怪物。」

塞拉靠近巴弟一步，巴弟不由得仰起頭，看著塞拉蒼白的臉。塞拉說：「我不是一直都做對的事。我年輕的時候……做了比傑克還壞的事，比他做的每一件事都要壞。那時候我才是怪物，巴弟，比任何怪物都要壞。」

巴弟完全不覺得他的監護人在說謊或是開玩笑，他知道塞拉說的是實話。他說：「但是你已經不一樣了，不是嗎？」

塞拉說：「人會變的。」然後沉默了下來。巴弟納悶他的監護人——塞拉——是不是在回想些什麼。接著塞拉說：「我很榮幸能擔任你的監護人，年輕人。」他的手伸進斗篷裡，拿出一只破爛的舊皮夾。「這是給你的，拿去吧！」

巴弟接過皮夾，但沒有打開。

「裡頭有錢，夠你在外頭的世界重新開始，但也只有那麼多了。」

巴弟說：「今天我去找阿隆索．瓊斯，但他不在，也許他在，只是我看不到他而已。我希望他能告訴我他去過的遙遠地方，那些島嶼、鼠海豚、冰山和山脈，還有一些地方上頭住著奇裝異服、飲食奇特的人。」

巴弟遲疑了一會兒，又說：「那些地方還在那裡。我的意思是，外頭有一整個世界。我能去看看那個世界嗎？我能去那裡嗎？」

塞拉點點頭。「是的，外頭有一整個世界。你的行李箱內袋有一本護照，上頭的名字就是『奴巴弟．歐文斯』，那本護照得來可不容易。」

巴弟說：「如果我改變心意，可以回來這裡嗎？」但他隨即自己回答了自己的問題。「如果我回來，這裡只會是一個普通的地方，不再是我的家了。」

塞拉說：「要不要我陪你走到大門？」

巴弟搖搖頭。「我最好自己走。嗯，塞拉，如果你碰上麻煩，打電話給我，我會立刻來救你。」

小。

「我，」塞拉說，「從來不會碰上麻煩。」

「當然，我想也是。但還是希望你能打給我。」

地窖裡很黑，還有霉味、濕氣和老石頭的味道，巴弟第一次覺得這裡似乎非常狹小。

巴弟說：「我想體驗人生，我想把人生捧在手心。我想在荒島的沙上留下足跡，我想和別人玩足球，我想……」他說到這兒，突然停了下來，思考了一會兒，「我想擁有一切。」

「很好。」塞拉說。他舉起雙手，好像想把眼前的頭髮撥開——這個動作對塞拉來說真是太不尋常了。他說：「倘若我真的碰上麻煩，我一定會去找你。」

「就算你沒碰到麻煩也一樣？」

「是的。」

塞拉的嘴角隱隱露出了一些東西，好像是一抹微笑，又好像是遺憾，又或者只是陰影造成的錯覺罷了。

「那麼別了，塞拉。」巴弟伸出手，就像小時候一樣。塞拉也伸出手，那隻手十分冰冷，顏色猶如老舊的象牙。他嚴肅地和巴弟握手。

「別了，奴巴弟・歐文斯。」

巴弟拾起小行李箱，打開門，走出地窖，頭也不回地爬上緩坡，走上小徑。

早已過了柵門上鎖的時間，他不曉得他抵達柵門時，是不是還能穿門而過，又或者他得回禮拜堂拿鑰匙才行。但是他來到入口時，卻發現小小的側門沒上鎖，而是大大地敞著，好像在等候他，好像整座墓園在和他告別。

一個蒼白、圓胖的人影在敞開的柵門前等待，巴弟朝她走去時，她抬頭對他微笑，眼中的淚水在月光下閃耀。

「哈囉，媽媽。」巴弟說。

歐文斯夫人用指關節揉揉眼睛，再用圍裙擦擦眼睛，然後搖了搖頭。「你知道你現在該怎麼辦嗎？」她問。

「去看看這個世界。」巴弟說，「去惹惹麻煩，再把麻煩解決。我要去探訪叢林、火山、沙漠和島嶼，還有人。我要遇見一大堆的人。」

歐文斯夫人沒有立刻回應。她抬頭瞪視著他，然後唱起一首巴弟記憶中的歌曲。巴弟還是個小寶寶的時候，她常常唱這首歌哄他入睡。

「寶寶睡，快快睡，
乖乖睡到大天明。
一覺醒來看世界，
願我心願能得償……」

「妳的心願一定能得償，」巴弟低語，「我一定會去看看這個世界。」

「親吻愛人跳支舞，
找到你的名字和寶藏……」

歐文斯夫人想起了最後一段的歌詞，於是對兒子唱了起來。

「面對人生苦與樂，
不留遺憾是眞理。」

「不留遺憾是真理，」巴弟跟著唱，「這是個很困難的挑戰，但我會盡力而為。」

他想要像小時候那樣擁抱母親，但卻只能擁住霧氣，因為小徑上又只剩下他一個人。

他往前一步，穿過通往墓園外的柵門。他覺得自己好像聽到一個聲音說：「我真以你為榮，兒子。」但或許那只是他的想像而已。

仲夏夜的天空，東方已漸漸發白，巴弟就朝著那個方向展開旅程，他爬下山坡，走向活人的世界，走向城市，走向黎明。

他的行囊裡有護照，口袋裡有錢。儘管略帶倦意，他的唇邊依然閃動著一抹笑，因為這個世界比山丘上的小墓園更為寬闊，裡頭有危險、有秘密；有新朋友要結交，有舊朋友要重新發現；有錯誤要犯，還有許多小徑要走。在經歷過那一切之後，他才能回到墓園，和騎灰馬的女士共乘那匹大灰種馬的寬廣馬背。

但在現在與未來之間，還有一段漫漫人生。巴弟張大了雙眼、敞開了心胸，迎向他的人生。

謝詞

首先我要開門見山地表達我永恆的謝意，我欠了吉卜林（Rudyard Kipling）及其長達兩冊的傑作《森林王子》（The Jungle Book）很大很大的恩情；在我清醒時如此，在我夢遊太虛時更是如此。我在兒時讀完這套書，覺得非常興奮也非常難忘，此後我便再三重讀。如果你對迪士尼卡通版的《森林王子》很熟悉，你應該也看看原著才對。

我的兒子麥可是這本書的靈感來源。在他只有兩歲的那年夏天，他騎著小小的腳踏車在墓碑間穿梭，我的腦袋裡便出現了一本書，接下來我就花了二十多年完成那本書。等我真正開始寫作此書時（我從第四章開始寫），我之所以沒有寫個幾頁就半途而廢，完全是因為我女兒瑪蒂老是央求著想知道接下來發生了什麼事。

嘉德納・多佐伊斯（Gardner Dozois）和傑克・丹恩（Jack Dann）首先出版了短篇故事〈女巫的墓碑〉。喬治亞・葛瑞莉（Georgia Grilli）教授在沒看過這本書的情形下發表了對它的高見，而聆聽她的意見幫助我找到了清楚的主題。

在我看到第一個食屍鬼門時，肯卓拉・史道特（Kendra Stout）就在我身邊，而且還好心地陪我逛遍許多墓園。我寫完前幾章時，她是我第一個讀者，而且她愛極了塞拉。

藝術家兼作家奧黛莉・尼芬格（Audrey Niffenegger）也是一位墓園導遊，她為我介紹了藤蔓覆蓋、教人驚嘆的西海格墓園（Highgate Cemetery West）。我把她告訴我的許多事情悄悄放進了第六章和第七章。

我在寫作本書的過程中，先讓許多朋友試讀過，而且每一位朋友都為我提出了充滿智慧的建言——丹・強生（Dan Johnson）、蓋瑞・K・渥夫（Gary K. Wolfe）、約翰・克勞利（John Crowley）、魔比（Moby）、法拉・孟德爾頌（Farah Mendlesohn）還有喬・桑德斯（Joe Sanders）等。他們慧眼找出了我需要修改的地方。此外，我要緬懷約翰・M・福特（John M. Ford, 1957～2006），他是我最棒的批評家。

伊莎貝爾・福特（Isabel Ford）、艾莉絲・霍華（Elise Howard）、莎拉・歐德丁娜（Sarah Odedina）和克萊莉莎・哈頓（Clarissa Hutton）是這本書大西洋兩岸的編輯，他們替這本書做了最好的妝扮。麥可・康若依（Michael Conroy）用沉著自若的態度導演了這本書的有聲版。麥金先生（McKean）和利道爾先生（Riddell）的畫作令人激賞，而且各具特色。瑪莉李・海菲茲（Merrilee Heifetz）是世界上最棒的經紀人，朵莉・施蒙斯（Dorie Simmonds）在英國漂亮地為我打下了一片江山。

我在許多地方寫作這本書，包括強納生（Jonathan）和珍（Jane）在佛羅里達的家、康瓦耳的一間小屋、紐奧良的一間旅館房間。我去了多莉（Tori）位於愛爾蘭的家，但沒能在裡頭寫作，因為我在那兒得了流行性感冒，但她還是幫助了我，也為我提供了靈感。

謝詞寫到最後，我唯一能確定的是，我不只忘了一個重要的人，而是很多個重要的人。抱歉了，無論如何，謝謝大家。

尼爾・蓋曼

我曾說
她已逝去
但我活著，我活著
現在我來到墓園
爲你唱安眠歌

——多莉・艾莫絲（Tori Amos），〈墓園〉

國家圖書館出版品預行編目資料

墓園裡的男孩 / 尼爾・蓋曼(Neil Gaiman) 作；
馮瓊儀 譯. -- 初版. -- 臺北市：皇冠,
2009.09　面；公分. --
(皇冠叢書；第3895種　Choice；179)
譯自 :The Graveyard Book
ISBN 978-957-33-2574-1　(平裝)

874.57　　98013975

皇冠叢書第3895種

CHOICE 179

墓園裡的男孩

The Graveyard Book

作　　者—尼爾・蓋曼(Neil Gaiman)
譯　　者—馮瓊儀
發 行 人—平雲
出版發行—皇冠文化出版有限公司
台北市敦化北路120巷50號
電話◎02-27168888
郵撥帳號◎15261516號
皇冠出版社(香港)有限公司
香港銅鑼灣道180號百樂商業中心
19字樓1903室
電話◎2529-1778　傳真◎2527-0904
外文編輯—洪芷郁
印　　務—林佳燕
校　　對—鮑秀珍・黃素芬・孟繁珍
著作完成日期—2008年
初版一刷日期—2009年9月
初版十六刷日期—2021年7月
法律顧問—王惠光律師

讀者服務傳真專線◎02-27150507
電腦編號◎375179
ISBN◎978-957-33-2574-1
Printed in Taiwan
本書定價◎新台幣280元/港幣93元